ALL YOUR BROKEN DREAMS

Du wirst mir gehören.

von
Carolina Sturm
Angelina Conti

Dark Mafia Romance

New York Mafia Band 2

Der Roman:

Er ist ein Mafioso.
Er verliert niemals sein Herz.
Aber für diese eine Frau
würde er die Welt vernichten.

Zoey

Ich bin durch die Hölle gegangen, doch mir gelang die Flucht. Nun verstecke ich mich in New York und hoffe, dass mein gewalttätiger Ex mich nicht aufspürt. Niemals wieder lasse ich mich auf einen Gangster ein! Daran wird auch dieser blauäugige Muskelprotz nichts ändern, und wenn sein Beschützersyndrom noch so sehr auf mich anspringt. Aber ich brauche seine Hilfe nicht! Ich kann selbst auf mich aufpassen! Kann ich doch, oder?

Jax

Die Kleine mit den rosa Haaren und den großen Rehaugen braucht eindeutig jemanden, der ihr Manieren beibringt. Aber mehr noch braucht sie jemanden, der auf sie aufpasst. Und ob es ihr nun gefällt oder nicht, dieser Mann bin ich. Ich werde sie um jeden Preis beschützen, und wenn ich dafür ganz New York niederbrennen muss. Früher oder später wird sie einsehen, dass sie bei mir sicher ist. Sie wird mir gehören, auch wenn sie sich noch dagegen sträubt.

Über Angelina Conti:

Du findest mich dort, wo es am dunkelsten ist. In der schwärzesten Nacht. Im tiefsten Abgrund. Ich werde dein Licht sein, das dich sicher nach Hause bringt. Zu dem Happy End, das du verdienst.

Männer mit Bart. Eigenwillige Prinzessinnen. Dominanz und Unterwerfung. Romantik, die durch das Spiel mit dem Feuer unwiderstehlich wird. Emotionen, die dein Herz überfordern, aber denen du verfallen wirst. Liebe, die dich über deine Grenzen führen wird. Wo Sehnsucht, Lust und Schmerz sich verbinden und dich stärker und schöner machen, als du es dir jemals erträumt hast. Wo sein Kuss ein Funke sein kann, der deine ganze Welt in Flammen aufgehen lässt.

Dark Romance by Angelina Conti

Über Carolina Sturm:

Gerade in Zeiten wie diesen braucht die Welt mehr Liebesromane!

Geschichten zum Einkuscheln und Davonträumen.
Zum Mitfiebern und Dahinschmelzen. Bildgewaltige Landschaften und verträumte kleine Städtchen. Starke Frauen und wilde Kerle, die zwischen tiefen, menschlichen Abgründen und alles verzehrender Leidenschaft um das Eine kämpfen, was uns alle ausmacht und vorantreibt – die Liebe!

Lass auch du dich verführen!
Wage den Schritt ins Abenteuer!
Ich verspreche dir, du wirst es nicht bereuen.

Deine Carolina

Carolina Sturm ist ein Pseudonym, die Frau dahinter aber mehr als authentisch. Und genau das transportiert sie in ihren Geschichten.
Die Autorin lebt mit Mann, Kind und zwei Hunden im schönen Allgäu und widmet sich seit 2020 ganz dem Schreiben.

Druck und Distribution im Auftrag der Autorinnen:
tredition GmbH
Halenreie 40-44
D - 22359 Hamburg

Impressum
Originalausgabe März 2024
Copyright © 2024
Carolina Sturm
Angelina Conti
Alle Rechte vorbehalten.
ISBN: 978-3-384-24729-2

Angelina Conti / Carolina Sturm
c/o Enslin Autorenservice
Kirchenheerweg 230
D - 21037 Hamburg

Coverfoto: Adobe Stock
Bildnachweis: CactuSoup, Dippinglab, Signato Studio,
Wise Art

Für alle, die meinen, es allein zu schaffen.
Brauchen wir nicht alle einen Jax?

Prolog

Zoey
(einige Monate zuvor)

Die Musik dröhnt so laut zu mir herauf, dass die dünnen Wände dieser Bruchbude regelrecht zu vibrieren scheinen. Entnervt verstecke ich meinen Kopf unter dem Kissen, um den Schall etwas abzudämmen. Aber der einzige Effekt ist, dass der Plüschbezug im Leopardendesign meine Haare elektrisiert. Knisternd stehen sie zu allen Seiten ab, als ich das Ding resigniert in die Ecke pfeffere. In diesem Moment fliegt die Tür auf und Emilio betätigt den Lichtschalter. Die rote Funzel an der Decke geht an und offenbart die ganze Armseligkeit meiner Existenz: Er hatte mir eine heile Welt versprochen. Ein Leben in Sicherheit, ohne Sorgen, ohne Gewalt und ohne Zwang. Ein Leben, wie ich es noch nie hatte. Alles Mögliche hat er mir vorgelogen, um mich herumzukriegen und an sich zu binden. Aber die Wirklichkeit sah dann ganz anders aus. Denn wenn Emilio mich nicht gerade aus einer Laune heraus in einem seiner Drogenverstecke einsperrt, hausen wir in dieser ranzigen Absteige über dem Nachtclub seines Bruders.

Eigentlich müsste ich über die Dauerbeschallung von unten sogar noch froh sein. Wenn sie nicht wäre, müsste ich mir nämlich das Gestöhne aus den Zimmern neben uns anhören, wo sich die Freier rund um die Uhr die Klinke in die Hand geben.

„Wie siehst du denn aus?", raunzt Emilio mich an. Offensichtlich ist er schon wieder betrunken. „Deine Haare! Denkst du, ich hätte noch Lust, dich zu ficken, wenn du aussiehst wie Chucky, die Mörderpuppe?!" Es wäre besser zu schweigen, das weiß ich wohl. Nur so hätte ich zumindest den Hauch einer Chance, dass er bei seiner Scheißlaune nicht ausrastet. Aber so bin ich nicht. Ich kann einfach nicht anders, als mit kampflustig vorgerecktem Kinn zu erwidern: „Hätte ja sein können, dass du mal wieder einen neuen Kink ausprobieren willst! Aber ich hätte es mir gleich denken können, Darling: Du stehst eben eher auf Barbie als auf Chucky, nicht wahr?"

Er starrt mich mit zu Schlitzen zusammengekniffenen Augen an. Seine Nasenflügel weiten sich wie bei einem wilden Stier. Allem Anschein nach ist er schon so zugedröhnt, dass der Sinn meiner Worte überhaupt nicht mehr zu ihm durchdringt. „Du brauchst mal wieder eine kleine Abreibung, was?!", grunzt er irgendwann, macht sich den Gürtel auf und zieht ihn sich mit einem Ruck aus der Hose. Langsam kommt er auf mich zu. Mein Herz setzt vor Angst einen Schlag aus, nur, um dann wie wild zu rasen.

Ich weiß jetzt schon, dass es nicht bei den Gürtelhieben bleiben wird, die sich tief und schneidend überall am Körper in meine Haut brennen werden. Dass er ihn irgendwann wegwerfen und mit den Fäusten auf mich losgehen wird.

Dieses Mal bringt er mich um, schießt es mir durch den Kopf. *Warum hatte ich nicht den Mut, rechtzeitig abzuhauen?!* Wie ein in die Enge getriebenes Tier kauere ich mich zitternd in die hinterste Ecke des Bettes. Als Emilio sieht, dass mein Blick panisch zur Tür jagt, grinst er böse, dreht sich um und schließt sie ab. „Du haust mir nicht ab, du hässliches Miststück", schnaubt er, während er den Schlüssel in seiner Hosentasche verschwinden lässt. „Niemals! Du bleibst bei mir, bis zum bitteren Ende!“

Eine halbe Stunde später liege ich schluchzend im Bett. Emilio ist wieder nach unten gegangen, nicht ohne vorher noch eine Nase Koks zu ziehen. Wenn es vorbei ist und seine Wut verraucht, haut er immer ab. Manchmal für mehrere Tage, in denen ich mit meinem Schmerz allein bin. Natürlich hat er mich auch heute wieder eingeschlossen.

Aus meiner Nase läuft immer noch Blut aufs Kissen. Alles tut mir weh. Beim Einatmen durchschneidet ein stechender Schmerz meinen Brustkorb und mein Schädel dröhnt. Als er mich gegen die Tischkante gestoßen hat, wurde mir für einen Moment schwarz vor Augen. *Immerhin*, denke ich mit einer Art Galgenhumor. *Es war nicht so schlimm wie beim letzten Mal. Und hey, ich lebe noch! Wenn das kein Grund zur Freude ist!*

Witzig ist daran natürlich rein gar nichts. Beim letzten Mal, es ist jetzt etwa zwei Wochen her, hat Emilio mir die Schulter ausgekugelt, als er mich völlig in Rage die steile Treppe zum Club hinuntergetreten hat. Ich weiß nicht, was schlimmer war, der Sturz und die Schmerzen danach, oder als er seinen grobschlächtigen Schergen Billy beauftragt hat, sie mir wieder einzurenken.

„Täusch dich nur nicht, Emilio“, flüstere ich nun voller Hass. „Eines Tages werde ich dir abhauen! Früher oder später machst du einen Fehler und ich entkomme dir! Und ich schwöre, dass ich mich um nichts in der Welt wieder auf einen Gangster wie dich einlassen werde!“

Jax

„**H**ier ist es“, brummt mein Boss und bleibt vor einem unscheinbaren Laden stehen. „Na los!“

Als wir eintreten, scheppert eine altmodische Türglocke. Es brennt nur ein funzeliges Licht. Die Luft ist abgestanden und es riecht unangenehm nach feuchten Handtüchern.

„Sieht es hier immer so aus?“, frage ich. Connor zuckt mit den Schultern. „Eigentlich nicht“, erwidert er etwas ratlos. „Ist normalerweise alles tipptopp hier.“

Misstrauisch runzele ich die Stirn und trete instinktiv vor ihn, um ihn gegebenenfalls decken zu können. Ich wittere überall einen Hinterhalt, egal, wohin ich komme. Und das liegt nicht nur daran, dass ich jahrelang Bodyguard war. Wer einmal im Leben in eine Falle getappt ist, legt alles daran, es nicht ein zweites Mal zu tun.

Als ich aber mit routiniertem Griff die Knarre unter meinem Jackett hervorziehe, höre ich den Boss hinter mir schnauben. „Sei nicht albern, Jax! Seit wir die Benedettis ausgelöscht haben, würde es niemand wagen, uns am helllichten Tag ...“ Er führt den Satz nicht zu Ende, denn plötzlich ist hinter einer nur angelehnten Tür neben dem Tresen ein verdächtiges Klicken zu hören.

Lädt da irgendein Motherfucker seine Waffe?!

Während auch Connor nun herumfährt und dabei alarmiert seine Beretta zieht, bin ich mit zwei Sätzen bei dem vermeintlichen Versteck. Ich reiße die Tür auf und packe mir den Kerl, der dahinter offensichtlich auf uns lauert. Wenn es sich vermeiden lässt, schieße ich nicht sofort. Lebend ist ein Attentäter tausendmal mehr wert als tot, schließlich brauchen wir ihn in einem verhörfähigen Zustand.

Ein erschrockenes Kreischen erklingt. Dann ein lautes Scheppern. Ich habe schon ausgeholt, um meinem Gegner mit einem harten Schlag mit der Waffe auszuknocken. Doch dann halte ich inne.

Ich habe unzählige Male gegen irgendwelche Kerle gekämpft. Das Gefühl, wenn Muskeln auf Muskeln prallen, ist in meine DNA übergegangen, genauso wie die geradezu elektrische Anspannung und das Testosteron dieser Momente. Doch was sich jetzt in meinem eisernen Griff windet, ist alles andere als hart, rau und kantig. Meine Finger haben etwas gegriffen, das sich ganz anders anfühlt als erwartet. Es ist weich, leicht und geschmeidig. Im ersten Augenblick glaube ich fast, eine Katze gefangen zu haben.

„What the …", presse ich hervor.

Vor meinen Füßen liegt zerbrochenes Gebäck. Schokoguss, Vanillecreme, Sahne. Und der Typ, den ich gecatcht habe, hat schulterlange rosa Locken, dunkel geschminkte Augen und eine Stupsnase. Nun wäre das in New York auch für einen Mann nicht unbedingt ungewöhnlich, aber der Stimme nach zu urteilen, ist dieser Typ kein Typ.

„Nimm sofort die Knarre weg, du krankes Arschloch!", schreit mich das Wesen an, dessen zierlichen Körper ich locker mit einer Hand hochheben könnte. „Die Zeiten sind vorbei, in denen mir Missgeburten wie du Angst machen konnten!"

Ich betrachte meinen Fang mit einer Mischung aus Verwunderung und Belustigung. Den Brüsten nach zu urteilen, handelt es sich eindeutig um eine Frau, auch wenn sie wirklich klein ist. Also die Frau. Ihre Brüste, die sich unter dem engen weißen Shirt gut erahnen lassen, können sich durchaus sehen lassen.

„Verdammt, was ist da los, Jax?", höre ich Connors genervte Stimme hinter mir. „Hast du wieder Scheiße gebaut?! So wie du dich manchmal aufführst, sollte ich mir das mit der Beförderung echt noch mal überlegen!"

Anstatt ihm zu antworten, greife ich nach dem Kinn der Kleinen und zwinge sie, mich anzusehen. „Zuerst nennst du mich ein krankes Arschloch und dann eine Missgeburt, habe ich das richtig verstanden?", knurre ich. Der Schreck sitzt mir noch in den Gliedern, vor allem darüber, dass ich um ein Haar eine Zivilistin abgeknallt hätte. Noch dazu eine ganz süße, wenn man von ihrem frechen Mundwerk mal absehen will.

„Mir fallen noch ganz andere Namen für dich ein, du brutaler Wichser", presst sie zwischen dem harten Griff meiner Finger hervor. „Lass mich gefälligst los, sonst …"

„Sonst was?"

Meine Stimme nimmt einen amüsierten Klang an. Ihre dunklen Augen funkeln wütend zu mir herauf. Leider unterbricht mich mein Boss, der sich nun hinter uns aufbaut. Er stützt sich mit dem Arm im Türrahmen ab und betrachtet das Kuchen-Chaos, das ich in der kleinen Teeküche verursacht habe.

„Ist ja niedlich", bemerkt er trocken. „Darf man fragen, was zum Teufel hier eigentlich vor sich geht?!"

Im Gegensatz zu mir, den sie nun inzwischen schon mit drei für ein so zartes Wesen doch recht derben Ausdrücken bedacht hat, scheint Connor mehr Eindruck auf *Little Miss Pink Hair* zu machen.

„Sie sind Mister O'Brien, richtig?", fragt sie unwirsch. „Können Sie Ihren Wauwau mal bitte zurückpfeifen?" Connor grinst. „Lass gut sein, mein treuer Köter", nickt er mir zu. „Sei ein braver Junge und lass das Fräulein los! Wir sind nicht in Gefahr, soweit ich das beurteilen kann."

Obwohl ich mir da angesichts des grimmigen Gesichtsausdrucks des rosa Kampfzwergs nicht ganz so sicher bin, tue ich augenblicklich, was mein Boss befiehlt. „Dein Glück, Püppchen", raune ich ihr dabei zu. „Sonst wärst du nämlich als nächstes über meinen Knien gelandet!"

„Der Idiot hat die Eclairs ruiniert", schimpft sie, ohne auf meine nett gemeinte Drohung einzugehen. „Mein Chef hat mich mindestens zwanzig Mal darauf hingewiesen, dass ich unbedingt diese bescheuerten Eclairs auftauen muss, bevor Mr. O'Brien kommt! Ich wollte die Dinger gerade in die Mikrowelle stellen, da fällt der Kerl wie ein wilder Schimpanse über mich her und reißt mich herum!"

Connor lacht leise, aber ich verschränke die Arme vor der Brust und runzele die Stirn. Normalerweise verfehlt diese Geste ihre Wirkung nicht, denn der Umfang meines Bizeps kann sich durchaus sehen lassen. Mit Sicherheit ist er um einiges größer als der Umfang von *Little Miss Angrys* Oberschenkeln, deren Form sich in der engen Jeans ebenfalls recht gut erkennen lässt.

„Jetzt pass mal gut auf …", beginne ich grimmig und schaue zum ersten Mal auf das Namensschild, das an ihrem Oberteil pinnt. „Vaiana? Soll das ein Name sein?!"

Irgendwo in meinem Hirn regt sich eine Erinnerung an einen dieser Animationsfilme, die ich mir hin und wieder anschaue, wenn ich am Sonntag verkatert auf dem Sofa herumgammele. War Vaiana nicht diese Kleine, die zusammen mit einem Schwein aufs offene Meer fahren wollte? Dass es in den USA sicher zahlreiche Eltern gibt, die ihre Tochter nach einer Comicfigur benennen würden, weckt in mir keinerlei Zweifel an der Glaubhaftigkeit dieses Namensschildes. Wohl aber die Tatsache, dass der Film maximal acht bis zehn Jahre alt sein dürfte. Etwas älter kommt mir der kleine Wildfang hier aber dann doch vor.

Sie verdreht die Augen und stapft zurück in den Laden, wo sie das Licht einschaltet und ein Fenster aufreißt. „Mein Chef ist leider verhindert", wendet sie sich an Connor. „Er lässt sich tausendfach entschuldigen. Hat er mir mehrmals eingeschärft, dass ich das so sagen soll: tausendfach entschuldigen! Seine Frau hat sich das Bein gebrochen und er musste ins Krankenhaus. Ich bin extra Ihretwegen hier, damit Ihr Termin nicht platzt! Sie müssen ein wichtiger Mann sein, Mr. O'Brien."

Während sie versucht, den Laden notdürftig auf Vordermann zu bringen, lehne ich mich in den Türrahmen und beobachte sie. Checke ihren Körper ab. Ich bin ein Mann, so what?! Auch wenn mir *Vaiana* eigentlich zu klein und zu dünn ist, hat mich unser kleiner Kampf eben nicht ganz kalt gelassen. Etwas an ihr reizt mich, auch wenn es vielleicht nur ihre widerspenstige Art ist. Nicht nur ihre Brüste sind alles andere als übel, auch ihr Arsch kann sich sehen lassen. *Sie geht regelmäßig ins Gym*, denke ich und streiche mir über den Bart. Ich mag sportliche Frauen, schließlich verbringe ich selbst einen nicht unbeträchtlichen Teil meiner Zeit beim Training.

„Richte deinem Chef gute Besserung für die werte Gattin aus, Mädchen", sagt Connor nun knapp und wendet sich zur Tür. „Und dass ich davon ausgehe, dass er trotz dieses Unglücksfalls pünktlich zahlen wird!"

Obwohl er sich schon längst nicht mehr selbst um das Schutzgeldgeschäft kümmert, ist er immer über alles im Bilde. So auch über die ausstehenden Summen, die dieser Barbier uns noch schuldig ist.

Vaiana weiß offensichtlich weder, wer wir sind, noch wovon mein Boss spricht. Aber seine natürliche Autorität und der unterschwellig drohende Tonfall seiner tiefen Stimme scheinen sie zu beeindrucken. Ein Schatten huscht über ihr Gesicht und instinktiv legt sie die Arme um ihren Körper, als wollte sie sich schützen.

„Das mit den Eclairs tut mir leid", bringt sie angespannt hervor.

„Kann mir endlich mal jemand sagen, was Eclairs sind?", frage ich und hoffe, ihr dadurch ihre Befangenheit zu nehmen. Als Kampfzwerg gefiel sie mir besser. Generell mag ich es nicht, wenn Frauen Angst haben. Sicher, manchmal muss es sein, das gehört zum Geschäft. Und in bestimmten Situationen hat es auch seinen Reiz. Aber *Little Miss Scared Eyes* hat nach meinem Überfall in der Küche fürs erste genug, würde ich sagen.

Doch es ist Connor, der mir mit einem schmutzigen Grinsen antwortet: „Liebesknochen, Jax. Sagt dir das etwas?"

Bevor ich darauf reagieren kann, dreht er sich noch einmal zu Vaiana um. „*Er* ist dein Kunde heute", teilt er ihr mit und deutet dabei auf mich. „Er steigt heute Abend zum Zweiten Mann in einem bedeutenden Unternehmen auf. Sein Bart muss zu diesem Zweck makellos aussehen."

Sie nickt. „Geht klar."

Mein Boss wirft mir zum Abschied einen kurzen Blick zu.

„Ruf Ed an, wenn du hier fertig bist, der schickt dir einen Wagen."

Als er schon fast aus der Tür ist, ermahnt er die kleine Angestellte des Barbiers noch: „Behandle ihn gut, Mädchen, er ist mein Kronprinz! Und du legst Hand an sein bestes Stück!"

Dann klingelt die Glocke und die altmodische Glastür fällt ins Schloss. Vaiana mustert mich mit unverhohlenem Widerwillen. Nach einer kurzen Pause schnaubt sie verächtlich: „Na, solange es nicht dein *Liebesknochen* ist, an den ich Hand anlegen muss!"

Zoey

Halleluja! Wo bin ich hier nur wieder hineingeraten? Als Mr. Morales mich heute Morgen anrief, um mich zu bitten, heute doch zu arbeiten – na ja, eigentlich hat er mir ins Ohr geschrien, dass ich mir den Job in meinen hübschen Arsch stecken kann, wenn ich nicht in zehn Minuten vor ihm stehe, aber lassen wir das –, dachte ich echt noch, dass dieser Tag nicht schlimmer werden könnte. Ich meine, hallo? Ich habe ein Vortanzen verpasst! Für *Grease*! Und das nur, weil diese Hippe von seiner Ehefrau zu dämlich ist, um auf eine Trittleiter zu steigen. Ich bin wirklich kein schlechter Mensch – okay, auch das stimmt nicht wirklich … *Verdammt!* Aber selbst ich wünsche selten jemandem etwas Böses an den Hals. Außer eben Mrs. Morales, und das auch nur, weil sie mich bereits wie Dreck behandelt hat, als ich an meinem ersten Tag aus Versehen vor dem Laden in sie hineingerannt bin.

Angebrüllt hat sie mich, auf offener Straße! Als hässlichen Trampel beschimpft, zu dumm zum Geradeauslaufen. Ich bin mir nicht sicher, für wen der Schock größer war, als ihr Mann mich ihr keine fünf Minuten später als „die Neue" vorstellte – für sie oder für mich. Was aber sofort klar war, war die Tatsache, dass sie und ich in diesem Leben keine Freundinnen mehr werden.

Aber ich brauche diesen Scheißjob, auch wenn es mich jeden Tag aufs Neue all meine Überwindungskraft kostet, hierher zu kommen. Und darum könnte ich auch schon wieder heulen, wenn ich daran denke, dass ich genau jetzt ein paar Blocks weiter auf einer Broadwaybühne stehen könnte. Gut, wahrscheinlich hätte ich die Rolle sowieso wieder nicht bekommen, aber darum geht es mir auch gar nicht. Im Grunde geht es einzig und allein darum, dass ich schon mein ganzes Leben lang nur herumgeschubst wurde, und es wohl niemals zur Tänzerin bringen werde. Höchstens vielleicht in einem Nachtclub. Aber da will ich nie wieder hin, das habe ich mir geschworen. Lieber stutze ich Bärte, bis ich versauere, als noch ein einziges Mal auf dem Schoß eines widerlichen Arschlochs herumrutschen zu müssen.

„Wird das heute noch was?"

Mist, den hab ich ja total vergessen. Rasch schmeiße ich all die trüben Gedanken aus dem Fenster auf den dreckigen Gehsteig, ehe ich es wieder schließe und mich meinem Kunden zuwende. *Sein* Boss ist der Grund, weswegen *mein* Boss mich heute her zitiert hat, richtig? Ergo ist *sein* Boss auch daran schuld, dass ich die Audition versäumt habe, was wiederum bedeutet, dass dieses aufgeblasene Michelin-Männchen dort vor mir meinen ganzen Hass verdient hat. Sein Boss ist schließlich nicht mehr da, und außerdem habe ich noch eine Rechnung mit ihm offen. Kein Kerl fasst mich mehr so an, wie er es vorhin getan hat! *Kein* Kerl und *nie* wieder!

„Setz dich", fordere ich ihn wenig freundlich auf und deute auf den mittleren der drei Barbierstühle. Ob er da überhaupt reinpasst? Der Typ ist riesig. Wie Donkey Kongs Bruder, nur nicht so behaart. *Zum Glück*, denke ich und kann plötzlich gar nicht mehr aufhören zu kichern, während ich alle Utensilien zusammensammle. Der Typ schaut schon ganz komisch. Sicher hält er mich für seltsam. Aber das schert mich nicht, schließlich läge er mit dieser Vermutung gar nicht mal so falsch. Ich persönlich lebe aber nach dem Motto, dass ein bisschen

Wahnsinn noch nie jemandem geschadet hat. Im Gegenteil! Wäre ich *normal*, dann hätte ich mich mit Sicherheit längst von irgendeiner Brücke gestürzt.

„Was ist so komisch? Darf ich mitlachen?"

Mein Kichern verstummt. Stattdessen beäuge ich den bärtigen Bullen misstrauisch. Er redet zu viel. Und vor Männern, die zu viel reden, sollte man sich in Acht nehmen, das habe ich mittlerweile gelernt. Denn das sind die großspurigen. Die von sich überzeugten. Und die machen nichts als Ärger. Mir persönlich sind Männer am liebsten, wenn sie einfach nur in Ruhe gelassen werden wollen, mir mein Geld in die Hand drücken und dann schleunigst wieder verschwinden. Weil auch ich in Ruhe gelassen werden will. Und darum ist meine Antwort auf seine Frage auch kurz und simpel: „Nein."

Ich parke den Rollwagen hinter ihm und schüttle den Umhang aus. Er tippt mit den Fingern auf der Armlehne herum, und das macht mich nervös. Keine Ahnung warum, aber irgendetwas in mir reagiert auf diesen dunkelblonden Hünen. Sendet Warnsignale aus, die mir sofort wieder seltsame Bilder in den Kopf pflanzen. Bilder von meinem eigenen Gehirn als hügelige rosa Landschaft, auf deren Erhebungen lauter kleine rote Lämpchen blinken. Dazwischen ragt ein großer Lautsprecher empor, aus dem eine blecherne Stimme immer wieder ein und dasselbe Wort krächzt: „Gefahr!"

Erwähnte ich bereits, dass ich ein wenig schräg bin?

„Das ist schade", antwortet mir da die wandelnde Red Flag mit einem Tonfall, als hätte er reinsten Samt in der Stimme, und ich begehe einen entscheidenden Fehler: Ich begegne seinem Blick im Spiegel. Verdammt! Das wollte ich mit aller Macht vermeiden! Und die blöde Blechstimme in meinem Kopf überschlägt sich. „Gefahr! Gefahr! Frauen und Kinder zuerst!", brüllt sie durch meinen Schädel, doch es ist zu spät. Ich versinke bereits in den blauen Untiefen, deren faszinierende Schönheit mich bereits im Türrahmen der Teeküche davon abgehalten hat, diesem Mann mein Knie in die Eier zu rammen. Ich hätte es tun sollen! Das war schließlich ein Überfall, nicht wahr? Es wäre also reine Notwehr gewesen, wenn ich dafür gesorgt hätte, dass Ghetto-Thor keine kleinen Götter mehr zeugen kann.

Wobei ein Mini-Me von diesem Kerl mit Sicherheit wahnsinnig süß aussehen würde … Diese unsagbar blauen Augen kombiniert mit weichem Babyflaum …

Argh! Ich tue es schon wieder! Kann mal jemand mein Hirn abschalten? Obwohl, vielleicht sollte *ich* es besser mal *ein*schalten, anstatt mich von blauen Augen, Muskelbergen und Tattoos kirremachen zu lassen. Was ist denn heute nur los mit mir?! Schnaubend reiße ich mich von seinem Spiegelbild los und werfe ihm den Umhang über die breite Brust. Was zwangsläufig zu den nächsten Fantasien führt. *Ob meine Hände wohl annähernd groß genug wären, um …* Nein. Diese Brustmuskeln würde ich niemals umgreifen können. *Aber sicher würden sie sich herrlich in meine Handflächen schmiegen!*

Ich schüttle den Kopf über mich selbst. Doch was soll ich machen? Ich kann ja schlecht mit geschlossen Augen arbeiten. Da seine aber ab jetzt für mich tabu sind, bleibt mir wenig anderes übrig, als stattdessen die bunten Ornamente zu fixieren, die über seinen gesamten Hals bis hinab unter das drei Knöpfe weit geöffnete weiße Hemd verlaufen. An den dunklen Schatten, die durch den feinen Stoff scheinen, erkenne ich unschwer, dass die Körperkunst darunter nicht endet, was — wer hätte es auch anders erwartet? — weitere Fragen in mir aufwirft. Ich verbiete mir, auch nur über eine einzige davon nachzudenken.

„Bist du aus der Gegend?", presse ich hervor. Small Talk! Ich hasse Small Talk, doch er ist das Einzige, was mich jetzt retten wird. Ich muss mich ablenken und greife nach dem Trimmer, während ich krampfhaft versuche, seine Blicke zu ignorieren. Viel zu deutlich spüre ich sie auf mir.

„Wie man's nimmt", brummt er und rutscht ein wenig auf dem Stuhl zurück, was mir sofort verrät, dass auch er sich eher ungern unterhält. Oder aber, dass ich das falsche Thema angeschnitten habe. Ich mag ein Freak sein, meine Menschenkenntnis jedoch funktioniert astrein. Ich habe sie notgedrungen perfektioniert.

Gut, dann schweigen wir eben vor uns hin. Soll mir recht sein. Doch gerade, als ich fragen will, was ich mit seinem Bart anstellen soll, streichelt mich dieser schwarze Samt erneut. „Ich wohne in der Upper Eastside. Mein Boss hat mir dort eine Wohnung zur Verfügung gestellt. Aber um deine eigentliche Vermutung zu bestätigen: Ich komme aus der Bronx. Ich bin ein Ghetto-Köter."

Nun starre ich ihn doch an. Kann er Gedanken lesen??

Hab ich das laut gesagt?!

„Woher …?" Aber mit nur einem schneidend scharfen Blick drängt er die Worte zurück in meinen Hals. Ich verschlucke mich fast daran, da mildert ein Lächeln seinen harten Ausdruck. Wie macht er das? Die Frage habe ich mir vorhin bereits gestellt, als er in Nullkommanichts vom Killer in den Schoßhundmodus gewechselt hat. Wobei der Vergleich bei ihm eindeutig hängt. Pitbulls sind keine Schoßhunde. Aber ich schweife schon wieder ab, und daran ist allein er schuld! Mister *Ich-töte-dich-schneller-als-du-buh-sagen-kannst,-schaue-dir-beim-Sterben-aber-mit-dem-schönsten-Lächeln-von-hier-bis-Kanada-zu.*

Ich sollte mich beeilen. Er muss hier raus.

„Ganz ehrlich, Pinky? Du bist ein offenes Buch und mein Job ist es, Menschen zu lesen. Versuch also gar nicht erst, dich zu verstellen." Pinky?! So ein Arsch!

„Ich verstelle mich nicht, ich kann dich wirklich nicht leiden!", pampe ich ihn an, worauf er mit einem selbstgefälligen Grinsen den Kopf schüttelt. „Ist das so, ja?", fragt er und der Sarkasmus trieft aus jedem Wort.

„Ja! Das ist so. Und jetzt, Mister, wie willst du deinen Bart? Ach, und mein Name ist immer noch Vaiana, merk dir das!"

Er schnaubt. „Das Märchen kannst du jemand anderem erzählen, Pinky Pie. Du bist definitiv nicht auf einem Floß von Hawaii nach Manhattan gesegelt."

„Polynesien."

„Was?"

Und zum ersten Mal sehe ich echte Verwunderung in seinem markanten Gesicht. Ha! „Polynesien. Vaiana stammt von einer Insel in Polynesien, und das ist von Hawaii ungefähr so weit weg wie …"

„Ja, ja, ich hab's verstanden." Er wedelt mit einer seiner riesigen Pranken. „Von mir aus. Aber da kommst du weder her noch heißt du so, also lass das Theater und schneid mir den Bart."

„Das will ich doch die ganze Zeit, aber du lässt mich ja nicht!"

„Wie bitte?!"

Oh, oh! Instinktiv ziehe ich den Kopf ein, weil er selbst im Sitzen vor mir so groß geworden ist, dass er auf mich herabschaut. „*Du* plapperst doch unentwegt vor dich hin und kicherst mit dir selbst. Ist da oben auch alles in Ordnung?"

Und damit tippt er mir doch allen Ernstes gegen die Stirn. Das reicht! Ich flippe aus. Niemand außer mir selbst zweifelt öffentlich an meinem Geisteszustand und *niemand* fasst mich ungefragt an!

„Raus!", schreie ich und will rückwärtsweichen. Aber da mein Hirn und mein Körper bekanntlich nicht immer im Einklang miteinander sind, mache ich das genaue Gegenteil!

Ich will es nicht! Zwar merke ich, dass ich mich nach vorn stürze, auf den Typen zu statt von ihm weg, aber ich bin machtlos, habe keinen Muskel mehr unter Kontrolle. Denn der Ghetto-Köter ist plötzlich nicht mehr der Ghetto-Köter. Er hat sich vor meinem inneren Auge längst in meinen größten Alptraum verwandelt. Der dunkelblonde Schopf ist schwarz, die blauen Augen dunkel wie die Nacht. Und er greift nach mir. Greift nach mir und will mich töten. *Emilio* will mich töten!

„Nein!" Ich brülle, schlage um mich. Wehre die Hände ab, die mir an die Kehle wollen – ganz bestimmt! – und weiß nicht mehr, was ich tue. Eine aufgebrachte Männerstimme. Derbe Flüche. Ein Summen. Und ich vollkommen in Rage. Bereit, meinem Angreifer alles entgegenzusetzen, was mein zierlicher Körper aufbringen kann. Überleben! Ich will überleben, und greife an. Reiße meinen Arm hoch und …

„Verdammte Scheiße! Komm wieder zu dir!"

Ich falle. Werde zu Boden gerissen und krache keinen Wimpernschlag später so hart auf den alten Holzdielen auf, dass mir sämtliche Luft aus den Lungen weicht. Fuck! Ich sterbe! Das ist mein Todesurteil! Ich …

„*Vaiana!*"

Blau. Die Augen, in die ich starre, sind blau. Nicht mehr schwarz. *Blau!* Und die Haare … Wie Honig. Eclairs. Küche. Der Ghetto-Köter. Heftig atmend, die Augen weit aufgerissen, komme ich zu mir. Realisiere, dass ich auf dem Fußboden liege. Dass ich mich nicht rühren kann und um jeden Atemzug kämpfe, weil … weil *er* auf mir liegt! Scheiße, was hab ich getan?!

„Ich … ich heiße nicht Vaiana", stammle ich. „Ich heiße Zoey."

„Was du nicht sagst."

Ein leises Lachen erhellt sein Gesicht, dennoch kann ich den Unglauben und die Fassungslosigkeit noch immer sehen.

In den zwei tiefen Falten zwischen seinen Augenbrauen. Er stemmt sich hoch, gibt mir Raum zum Atmen, den ich nur zu dankbar annehme.

„Es … es tut mir leid. Ich …" Ich schüttle den Kopf. Kann mir noch immer nicht erklären, was hier gerade vorgefallen ist, und das Gefühl der Scham kämpft sich an die Oberfläche. Brennend wie die Tränen hinter meinen Augen. Tränen, die ich nie wieder weinen wollte. Tapfer blinzle ich sie fort, denn was dieser Mann jetzt neben einer Psychopatin, die auf ihn losgeht, wohl noch weniger gebrauchen kann, ist eine, die heult. Da fällt mein Blick auf seinen Bart und …

„Ach du Scheiße."

Okay, jetzt wird er mich doch umbringen. Mir eigenhändig den Hals umdrehen, auch wenn er mich eben vielleicht noch vor mir selbst retten wollte. Davon gehe ich zumindest aus, denn dass dieser Kerl nicht lange zappelt, wenn es um Selbstverteidigung geht, das habe ich ja bereits mitbekommen. Und obwohl ich wie eine Furie auf ihn losgegangen bin, bin ich unversehrt. Er hat mich außer Gefecht gesetzt, ohne mir auch nur ein Haar zu krümmen oder seine Waffe einzusetzen, die in dem Holster steckt, das sich hart gegen meinen Rippenbogen drückt. Er hat mir ganz erstaunlicherweise also nichts getan, meine Wortwahl jedoch lässt ihn jetzt skeptisch den Kopf neigen. Ich schlucke heftig gegen die erneut aufsteigende Panik an. Scheiße! Scheiße, Scheiße, Scheiße! Wenn er das sieht, bin ich geliefert! Tot! Und dann wirklich und zu Recht! Ich muss hier weg! Sofort!

„Ich … ähm … lässt du mich mal raus?"

Noch immer liegt er auf mir, ein Bein zwischen meinen Schenkeln und zu beiden Seiten meines Kopfes auf die Ellbogen gestützt. Sein Misstrauen wächst und wächst. Ich spüre es. Ich *sehe* es! In seinen Augen, die meinem entsetzten Blick gefolgt sind und nun hin und her huschen. Von mir zu dem blöden Trimmer, der neben uns auf dem Boden noch immer vor sich hin brummt, und zurück. Gleich wird er es herausfinden. Es kann sich nur noch um Sekunden handeln! Er ist nicht blöd. Er wird Eins und Eins zusammenzählen! Spätestens aber wird er es herausfinden, wenn er in den Spiegel schaut! Holy Shit, ich muss jetzt echt weg!

„Bitte! Ich …“

Ich habe keine Ahnung, was ich ihm erzählen soll, damit er mich endlich freigibt, und wimmere mich immer tiefer in die Scheiße. Da verändert sich plötzlich sein Ausdruck. Verbinden sich seine Brauen zu einer einzigen dunklen Linie und die Gewissheit lässt mein Herz stillstehen. Er fasst sich ans Kinn. Streicht über die Stelle, wo vorhin noch ein stattlicher Bart von seiner Männlichkeit zeugte. Jetzt allerdings …

„Tu mir nichts! Bitte! Das war keine Absicht! Wirklich! Ich …“ Weiter komme ich nicht.

Mit einem Satz ist er aufgesprungen. Thront breitbeinig über mir und ich weiß, dass er sich im Spiegel sieht. Dass er *es* im Spiegel sieht. Mein Verderben. Das Ende meines jämmerlichen, kleinen Lebens.

„Scheiße.“

Ich schlage mir die Hände vors Gesicht. Will mich schützen, mich verstecken. Doch je länger die Stille andauert, die er auf dieses eine kleine Wort folgen lässt, umso deutlicher begreife ich, dass darin nichts von dem mitgeschwungen ist, was ich erwartet hatte. Kein Zorn. Keine Wut. Keine Mordlust. Es war ein einfaches *Scheiße*, das überraschter nicht hätte klingen können. Mutig blinzle ich zwischen meinen Fingern hervor und treffe prompt auf seinen Blick. Na ja, vielleicht habe ich mich auch zu früh gefreut.

„Bist du irre?"

Gut möglich.

„Hast du eine Ahnung, was du angerichtet hast?!"

Ist leider nicht zu übersehen. Ja.

„Wie soll ich mich da heute Abend blicken lassen?!"

Ähm … Hat er heute noch was vor?

Meine völlig überarbeiteten Hirnzellen ackern auf Hochtouren. Verdammt! Da war ein wichtiger Termin, nicht wahr? Irgendeine … „Beförderung?", presse ich hervor und, Scheiße, meine Stimme klingt genauso erbärmlich wie ich mich fühle. Ich muss das wieder geradebiegen! Ich muss … Die Glocke! Fast gleichzeitig schießen unsere Blicke zum Eingang und in Sekundenbruchteilen spiele ich alle Möglichkeiten durch: Der Boss hat alle Termine bis siebzehn Uhr geblockt, der Kunde, wegen dem ich hier bin, steht mit nur noch halber

Gesichtsbehaarung über mir und ohne Termin darf hier niemand rein. Das bedeutet … Mir wird schlecht.

„Was …?“

Die Frage bleibt Mr. Morales im Hals stecken. Genau wie mir. Kein Wort schafft es über meine Lippen, die sich seltsam taub anfühlen, doch dafür höre ich mich kichern. Schlimmer noch! Ich lache! *Aufhören, Zoey! Du musst sofort aufhören!* Aber ich kann nicht. Das Bild, das wir drei hier abgeben, muss zum Schießen sein, und je länger ich mir vorstelle, wie diese Szene auf einen Betrachter von außen wirken muss, umso lauter lache ich. Ich kann nicht aufhören! Es ist die reinste Unglücksspirale!

Aber hier liege ich, auf dem Fußboden eines schmierigen Herrensalons, und kreische wie eine Hyäne, während meinem Boss die Kinnlade immer tiefer sackt und der Mann über mir, mein *Opfer*, dessen wirklichen Namen ich nicht einmal kenne, mich anschaut, als wäre ich reif für die Irrenanstalt. Und das bin ich wohl auch. Das hier ist es, mein großes Finale. *Meine Damen und Herren! Begleiten Sie heute Zoey Anderson auf ihrem Weg in die ewigen Jagdgründe!* Wenn der Ghetto-Köter es nicht erledigt, dann wird es mein Boss für ihn tun. So viel ist sicher. Und gerade, als ich den Gedanken zu Ende geführt habe, setzt er auch schon dazu an.

„Du!“ War das Weiß in seinen Augen schon immer so viel? *„Du!“*

Äh, nein, das ist eindeutig der Zorn, der seine Augäpfel riesig erscheinen lässt! Rasende Wut. Manische Aggression. Ich robbe zurück, so weit es mir zwischen den Beinen meines verunstalteten Kunden möglich ist. Viel Spielraum habe ich allerdings nicht.

„Du nichtsnutzige kleine Hure!“ Mr. Morales kommt auf mich zu. „Du Drecksstück!“

Gleich ist er da. Die Fäuste geballt und mit Hass in seiner ganzen Haltung. Und ich? Ich lache nicht mehr. Starre ihm nur noch entgegen wie ein Kaninchen, das man auf den Rücken gedreht hat, und das nun nichts mehr dagegen ausrichten kann, dass es gleich geschlachtet wird. Da streift etwas meine Seite. Ein Stiefel. Der schwarze, feine Stiefel des Ghetto-Köters. Er steigt über mich hinweg, und während ich mich wundere, dass ich allen Ernstes noch darüber nachdenken kann, wie beeindruckend sein hünenhafter Körper von hier unten erst aussieht, prallt seine flache Hand gegen die Brust meines Bosses.

„Stopp!" Der Befehl ein tiefes Knurren. „Bis hierhin und nicht weiter!"

„Aber sie ..."

Ist Mr. Morales verrückt? Er versucht tatsächlich, sich an diesem Monster von einem Mann vorbeizuschieben? Dann geht alles ganz schnell. Ein kurzes Gerangel, ein Keuchen, ein Klicken, dann steht mein Boss mit dem Rücken an der nächsten Wand, den Unterarm meines Beschützers an der Kehle und den schwarzen Lauf einer Waffe an seiner Stirn.

„Nicht. Weiter. Habe ich gesagt."

Heilige Scheiße! Da ist keine Spur mehr von Schoßhund. Der Pitbull ist zurück und zaubert mit seinen gefletschten Zähnen kleine Schweißperlen auf Mr. Morales' Haut. Das heißt, nein, warte. Das ist nicht nur der Schock über diese plötzliche Attacke. Er bekommt keine Luft! Japst und röchelt und schon wieder werden seine Augen immer größer. Doch diesmal nicht aus Zorn über mich, sondern aus purem Kampf ums Überleben. Ich bin nicht naiv. Ich weiß genau, wer dieser Mann ist, der meinen Boss mit reiner Muskelkraft an die Wand nagelt. *Was* er ist. Ein Clan-Mitglied. Organisiertes Verbrechen. Mafia. Diese Jungs zappeln nicht lang.

Mein Boss dagegen fängt gerade damit an. Krümmt die Finger in grotesker Weise, um den Arm loszuwerden, der ihm gnadenlos die Luft abschnürt und wahrscheinlich auch den Kehlkopf zerdrückt. Denn während Mr. Morales den Mund immer weiter aufreißt, werden die Geräusche daraus immer leiser und gequälter. Er stirbt! Wenn nicht bald etwas passiert, ist er tot!

„Aufhören!"

Verdammt, Zoey, mach dich nicht lächerlich. Aber ich darf das nicht zulassen! So sehr ich diesen Mistkerl auch verachte, das darf ich nicht zulassen! Und darum robbe ich vorwärts. Greife nach dem Hosenbein des Riesen und zerre daran. „Aufhören! Bitte!" Mag sein, dass ich gerade erneut mein Todesurteil unterschreibe, aber … „Bitte!"

Mein Plan geht auf. Ich sehe, wie er den Kopf in meine Richtung dreht, wie er das Kinn mit dem breiten haarlosen Streifen im Bart senkt. Sein Druck auf den Hals meines Bosses scheint dabei auch tatsächlich weniger zu werden, ich höre einen keuchenden Atemzug. Doch mein Erfolg wird mir schlagartig egal, als mein Blick auf *seinen* trifft. Fuck …

„Hör auf zu betteln, kleines pinkes Mäuschen. Das steht dir nicht."

Er holt aus und als der Pistolengriff mit einem grauenvoll dumpfen Geräusch auf Mr. Morales' Kopf trifft, zucke ich zusammen. Der schlaffe Körper meines Bosses rutscht zu Boden. Ob tot oder noch lebendig, ist nicht mehr länger mein Problem. Mein Problem ist der Mann mit der Waffe in der Hand und der Mordlust im Blick, der über mir thront wie ein verdammter Todesengel. Ich wusste, dass mein Leben kurz sein würde. Spätestens, als ich aus Chicago floh. Das ist nicht weiter tragisch, niemand, außer Suzy vielleicht, wird mir groß nachweinen. Gegen ein paar Tage mehr auf dieser beschissenen Welt hätte ich aber ganz ehrlich nichts einzuwenden gehabt.

„Bring das in Ordnung."

Was?! Er steigt über mich hinweg und voller Unglauben verfolge ich seinen Weg zur Tür. Warte! Er geht? So?!

Mit halbem Bart, einer Vielleicht-Leiche und mir als lebender Zeugin?!

„Äh …" Die Frage, ob er nicht etwas Wichtiges vergessen hat – nämlich mich! –, liegt mir bereits auf der Zunge, da wird mir zum Glück noch bewusst, was für eine bescheuerte Idee das wäre! Am besten halte ich jetzt einfach mal die Klappe. Ich muss das wirklich endlich lernen und welcher Moment wäre dafür angebrachter als der jetzige?! Also rühre ich mich nicht. Bleibe schön brav hier hocken, während das Herz mir mit jedem Schritt, den dieser Killer in Richtung Ausgang tut, fester gegen die Rippen schlägt. Gleich! Gleich ist er fort! Gleich kann ich hier abhauen und mir bei *Jerry's* vorne an der Ecke erst mal eine große heiße Schokolade mit extra Sahne reinziehen! Gott, ja, diesen Zucker werde ich brauchen, wenn das hier erst mal … Fuck! Was tut er?! Er soll doch abhauen! Nein, nein, nein! Nicht das Schild umdrehen! Nein, verdammt! Nicht auch noch … *Klick.*

Das war's. Aus. Vorbei. Er hat die Tür abgeschlossen und das Schild umgedreht. *Sorry, we're closed* … Ich sinke in mich zusammen. Bye bye, heiße Schokolade. Ich werde nie wieder eine trinken.

„Zoey also, hm?"

Was? Mein Kopf ruckt hoch. Keine Waffe. Da ist keine Waffe mehr in seinen Händen als er jetzt zurück zum Rasierstuhl schlendert, sich bückt und den Umhang vom Boden hebt. Keine. Waffe. Ich muss es mir selbst immer wieder sagen, denn ich glaube es nicht. Warum …?

„Bring das in Ordnung, Prinzessin." Er zeigt auf seinen Bart. „Und zwar bevor ich es mir anders überlege."

Er setzt sich. Er. Setzt. Sich! Und ich will gar nicht wissen, was genau er mit anders überlegen gemeint hat. In Rekordzeit rapple ich mich vom Fußboden hoch, sammle auf dem Weg zu ihm den Trimmer ein und schüttle mir hastig die Barthaare von meinem Shirt. *Seine* Barthaare. Ich sollte ihn schließlich nicht noch mehr verstimmen, richtig? Nicht, dass er es sich tatsächlich noch anders überlegt. Als ich aber hinter ihn trete, verlässt mich all mein Mut erneut. Wie soll das gehen? Wie soll ich ihm jetzt bitte noch eine akkurate Rasur verpassen? Hilflos schiebe ich mir die Hände unter die Achseln und wippe auf den Zehen. Hoch, runter. Hoch, runter. Sein grimmiges Gesicht im Spiegel. Hoch. Der halbe Bart. Runter. In ein paar Jahren werde ich vielleicht darüber lachen können – wenn er mich nicht doch noch umlegt –, jetzt aber tue ich es gewiss nicht. Hoch. Den Fehler mache ich nicht noch einmal. Run…

„Auf was wartest du?“, brummt er. Die langen Wimpern heben sich und dann treffe ich wieder auf dieses Blau. Es ist hell und klar, die Wut scheint verraucht, und in einem Anflug von Hoffnung strecke ich meine Hand vor sein Gesicht. Sie zittert.

„Ich habe Angst“, sage ich leise. „Ich habe Angst, dass …“

Da greift er zu. Meine Finger verschwinden vollständig in seinen. Unbändige Kraft umfängt mich und … Wärme.

„Mach deine Arbeit, Mädchen. Und mach sie ordentlich. Dann hast du nichts zu befürchten.“

„Na toll. Und das soll mich jetzt aufbauen, oder was?“

Ich beiße mir auf die Zunge. Mein Überlebensdrang scheint noch beschissener ausgeprägt zu sein, als ich dachte. Doch mein Gegenüber lächelt auf einmal. Er *lächelt*, und dass mir dabei die Knie weich werden, ist nur ein weiteres Indiz dafür, wie kaputt ich bin. Leise seufzend, als würde er gerade genau dasselbe über mich denken, lässt er mich los und lehnt seinen Kopf zurück in die dafür vorgesehene Halterung. Doch damit nicht genug. Er schließt die Augen. Schließt diese verdammten Augen und reckt das Kinn noch weiter. Bietet mir seine Kehle dar und ich muss schlucken. Scheiße, was geht hier ab?! Ich zittere doch noch immer am ganzen Körper, aber unter die Angst schleicht sich genau jetzt noch etwas anderes. Etwas Verrücktes! Etwas, das ich nicht zulassen sollte! Ein erhebendes Gefühl.

Über diesem Mann zu stehen, über ihn verfügen zu können, wenn auch nur für eine dämliche Rasur, setzt ein seltsames Kribbeln unter meine Haut. Mein Blick fliegt zu Mr. Morales, der sich noch immer nicht rührt, und um mich selbst zu beruhigen, bilde ich mir ein, dass seine Brust sich hebt und senkt. Ich hoffe einfach, dass er nicht tot ist, oder zumindest noch so lange durchhalten wird, bis ich das hier erledigt habe und einen Krankenwagen rufen kann.

„Was ist nun, Prinzessin? Ich warte."

„Entschuldigung, Sir!"

Hastig schalte ich den Trimmer wieder ein, da sehe ich sein Schmunzeln. Seine Lippen. Er hat schöne Lippen. Über die er sich leckt. Ein spitzer Eckzahn gräbt sich in das empfindliche Fleisch. Und meines zieht sich zusammen. Fuck! Fuck, fuck, fuck!

„Die Anrede war schon mal nicht schlecht."

Das Schmunzeln wächst zu einem Grinsen. Es ist ansteckend und als er mir damit ein kleines Lachen stiehlt, ist mir auf einmal, als würde ich ihn schon lange kennen. Als würde ein Freund hier vor mir liegen. Kein fucking Gangster.

„In Ordnung, Sir", murmle ich schnell und atme tief durch. „Bereit?"

Er nickt und dann lege ich zum ersten Mal bewusst Hand an ihn. Nicht, um mich zu wehren wie bei seinem Angriff in der Teeküche. Und auch nicht aus bloßem Affekt heraus, wie während des Flashbacks vorhin. Nein. Ich berühre ihn, weil ich es will. Lege meine Fingerspitzen an seine Wange, konzentriere mich ganz auf die Wärme seiner Haut und keuche leise auf, als ich seinen Bart unter meinem Daumen spüre. Ein Jammer, dass ich ihn ruiniert habe. Denn auch wenn ich keinerlei Zweifel daran hege, dass dieser Kerl selbst ohne Bart noch immer ein optischer Hauptgewinn sein wird, so tut es mir im Herzen weh um diese einzigartige weiche Pracht. Ich arbeite bei einem Barbier, Bärte zu berühren ist echt nichts Neues für mich. Aber seiner ist irgendwie anders. Genau wie der ganze Kerl irgendwie anders ist. Ob er heiße Schokolade mag?

Das Klicken hallt so plötzlich in meinen Ohren, dass mir der Gedanke in den Synapsen hängenbleibt. *Was zur Hölle?!* Ich vergesse zu atmen. Vergesse *alles*! Wo hat er die Scheißknarre schon wieder her?!

„Hat dir einer ins Hirn geschissen?!"

Nein. Wohl eher mir. Wie sonst komme ich auf die grandiose Idee, ausgerechnet den Mann anzuschnauzen, der mir gerade eine Waffe gegen den Unterleib drückt?

„Wir sind hier nicht im Streichelzoo, Pinky. Rasier endlich den Scheißbart ab, oder …"

„Oder was, hä?"

Mir platzt der Kragen. Zur falschesten Zeit am falschesten Ort, ja, ja, ich weiß. Aber ich bin doch eh schon so gut wie tot, was soll also der ganze Quatsch? Wenn ich schon untergehe, dann wenigstens mit wehenden Fahnen! Und durch die fegt ein wahrer Orkan, als ich ihm den Trimmer vor die Brust knalle. „Weißt du was? Fick dich ins Knie!"

Er springt auf, doch ich bin schneller. Sprinte zum Ausgang, reiße den Schlüssel herum und die Tür tatsächlich noch auf, ehe er mich einholt. Mr. Morales ist mir egal. Die Konsequenzen meines Handelns sind mir egal. Ich nutze die eine Chance, die ich habe, um mich selbst zu schützen, und stürze auf die Straße. Hinter mir höre ich ihn fluchen. Das Scheppern des Türschildes. Das Bimmeln der Ladenglocke.

„Hey! Pass doch auf!" Ein Fahrradkurier! Ich springe gerade noch zur Seite. Nach vorn. Nach links. Zwischen zwei parkenden Autos hindurch und … Dröhnende Hupen! Gleißende Lichter! *Autsch! Verfickte Scheiße!* Meine Handflächen, die auf eine Motorhaube schlagen, ein dumpfer Schmerz in meinem Bein. Der Fahrer starrt mich an, für eine Millisekunde, ehe ihm klar wird, dass er mich nicht überfahren hat, und mir, dass ich weitermuss. Denn aus dem Augenwinkel sehe ich *ihn*! Nutze das kurze Stocken des Verkehrs und renne. Weiche aus und schlage Haken. Ignoriere das Brennen in meinem Oberschenkel und das Stechen in meiner Seite. Und endlich einmal kommt es mir zugute, dass ich so klein und flink bin. Er ist fort, oder? Ich habe ihn abgeschüttelt! Kralle mich ans Geländer eines U-Bahn-Abgangs und … Scheiße! Da ist er!

„Hilfe!", schreie ich. „Der Mann da will mich umbringen!" Doch niemand reagiert. Jeder, der an mir vorbeidrängt, schaut mich nur missbilligend an. Wo sind die verdammten Cops, wenn man sie mal braucht?! Da fällt mir ein Trick ein, den ich bei CSI Miami aufgeschnappt habe. „Feuer!", brülle ich über die Köpfe hinweg, und siehe da, es funktioniert! „Feuer! Feuer! " Die Menschen um mich herum geraten augenblicklich in Unruhe. Laufen panisch durcheinander, suchen die vermeintliche Gefahr, und durch die Massen hindurch sehe ich ihn. Wie er sich vorwärts kämpft. Wie er flucht und nach einem neuen Weg sucht. Nach *mir*! Und als sein Blick mich trifft, die Rage darin förmlich in mich dringt, heiße ich sie für einen kurzen Moment der bittersüßen Überlegenheit willkommen. *Ja, du Wichser! Niemand legt sich mehr mit mir an!*

Das unterschwellige Kribbeln in meiner Brust, dass den Triumph begleitet, schiebe ich beiseite. Es hat hier nichts verloren. Der Kerl da und ich sind Feinde! Und darum nehme ich erneut die Beine in die Hand. Springe die Stufen zur U-Bahn hinunter, denn durch die Abluftgitter höre ich das

Donnern des nächsten herannahenden Zuges. Den krieg ich! Ohne mich noch einmal umzudrehen, haste ich an Menschen, Koffern und Kinderwagen vorbei, werde mir beim Anblick der Drehkreuze schlagartig bewusst, dass meine Tasche mitsamt U-Bahn-Karte noch hinter Mr. Morales' Tresen liegt, habe aber keine Zeit, um groß darüber nachzudenken. Die Leute steigen bereits ein. Gleich werden die Türen sich wieder schließen. Und ich springe. Bleibe mit der Spitze meines Turnschuhs hängen, während der Typ in dem Wachhäuschen sich beinahe an seinem Donut verschluckt, fange mich aber gerade noch an einem Wallstreet-Schnösel mit Aktenkoffer ab und flitze weiter.

Das Zischen der Türen erklingt in dem Moment, als ich in das Zugabteil springe, dann schließen sie sich hinter mir mit einem satten *Flopp*. Geschafft! Ich bin in Sicherheit! In meinen Lungen brennt Feuer, jeder Muskel tut mir weh, aber ich muss es tun. Ich muss es wissen. Also drehe ich mich um. Nach Atem ringend und völlig fertig schaue ich durch das Fenster und – *Rumms!* – taumle einen Schritt zurück, als eine große Hand von außen dagegen donnert. Blaue Augen. Ein halber Bart.

Der Zug setzt sich in Bewegung.

Tja, Arschloch, war nett mit uns.

Dann zeige ich ihm den Mittelfinger.

Zoey

„**D**er hatte echt eine Knarre? Und die hat er dir an den Kopf gehalten?!", fragt Suzanna nun schon zum zweiten Mal und streicht sich eine Strähne ihrer langen blonden Lockenmähne aus dem Gesicht. Sie hockt im Schneidersitz in einem rosa Jogginganzug mit Sushi-Print auf der durchgesessenen Couch und mampft Popcorn aus einer gigantischen Plastikschüssel. Weil Maiskörner ziemlich billig sind, ist das süße Zeug zum Monatsende, wenn bei uns beiden das Geld knapp wird, das bevorzugte Nahrungsmittel meiner Mitbewohnerin. Keine Ahnung, ob sie das Rezept dafür aus ihrer Heimat Louisiana mitgebracht hat, aber es hat wirklich einen ziemlichen Suchtfaktor.

„Ja, habe ich doch gesagt", brumme ich, setze mich auf die Armlehne und greife ebenfalls in die Schüssel. Eigentlich sollte ich auf diesen fettigen Snack lieber verzichten. Beim nächsten Vortanzen am Wochenende könnte jedes Gramm mehr oder weniger von Bedeutung sein. Immerhin geht es um die Rolle eines Kindes! Nur weil die Shows am Broadway so spät am Abend laufen, casten sie überhaupt Erwachsene dafür. Weil aber die ganze Wohnung nach Butter und karamellisiertem Zucker riecht und ich einen ziemlich harten Tag hinter mir habe, kann ich nicht widerstehen. Leider schmeckt es köstlich und ich ahne schon, dass es nicht bei einer Handvoll für mich bleiben wird.

„Wow", macht Suzy mit vollem Mund und mustert mich fasziniert mit ihren großen blauen Augen. „Wie sah er aus?"

Irritiert runzele ich die Stirn. „Was spielt das für eine Rolle, wie er aussah?", schnaube ich. „Er war ein verdammter Gangster, der mich fast abgeknallt hätte! Geschieht ihm ganz recht, dass ich ihm seinen Bart ruiniert habe!"

Bei meinen letzten Worten verschluckt sich Suzanna an ihrem Popcorn und hustet eine angekaute, weiße Masse über ihren Schoß. Angewidert verzichte ich nun doch darauf, mich noch einmal aus der Schüssel zu bedienen.

„Du hast seinen Bart ruiniert? Einem Gangster mit Knarre?", fragt sie sensationslüstern, wobei ihr breiter Südstaatenakzent voll durchschlägt. Ich nicke mit einem gewissen Stolz. „Das Gesicht von dem Kerl hättest du mal sehen sollen", grinse ich.

„Abgefahren", macht Suzanna. „Gab das nicht den Arsch voll?"

Mit einer wegwerfenden Geste gebe ich ihr zu verstehen, dass ich zu keinem Zeitpunkt auch nur an so etwas gedacht habe. Das stimmt natürlich nicht ganz. Der Typ war nicht nur ungefähr doppelt so groß und viermal so breit wie ich, sondern hat mit seinem grimmigen Gesicht und den Tattoos auch sonst keinen besonders harmlosen Eindruck gemacht. Zeitweilige Samtstimme und Schoßhundverhalten hin oder her.

Als ich gemerkt habe, dass mir der Trimmer abgerutscht ist und seinen halben Bart weggefräst hat, wäre mir vor Schreck jedenfalls fast das Herz stehengeblieben. Und was danach kam, na ja, daran mag ich jetzt gerade auch nicht denken. Seit ich aus der U-Bahn gestiegen bin, besänftige ich meinen inneren Aufruhr mit dem Mantra: *Das ist nie passiert, es war nur ein mieser Traum.* Eigentlich ist das genau dasselbe, was ich mir seit meinem Ende mit Emilio ständig vorbete. Hoffentlich wird das nicht mein neues Lebensmotto.

Aber all das werde ich meiner Mitbewohnerin jetzt auf keinen Fall verraten. Niemandem würde ich das verraten! Am besten wäre es, wenn ich es mir nicht einmal selbst eingestanden hätte. Denn mein Schwur, nie wieder schwach und hilflos zu sein, ist mir wichtiger als alles andere. Aber genau dieses Gefühl hat der Ghetto-Köter in mir hervorgerufen. Und was noch viel schlimmer ist: Anders als bei Emilio hat es sich gar nicht mal so unangenehm angefühlt.

„Die Zeiten sind vorbei, in denen Männer wie der sich trauen durften, mir weh zu tun", grolle ich, um mir meinen Vorsatz noch einmal selbst zu bestätigen. Suzanna nickt beeindruckt. Viel habe ich ihr von meiner Vergangenheit nicht erzählt, ebenso wenig wie sie mir von ihrer. Aber dass jede von uns viel durchgemacht hat, bevor wir nach New York kamen, ist uns beiden klar. Es bedurfte nicht vieler Worte, als wir uns vor etwa einem halben Jahr kennenlernten. Man spürt den Schmerz in anderen, wenn man selbst gelitten hat.

„Verstehe", nickt sie, während sie ihr Popcorn beäugt und wohl überlegt, ob sie es nach der Hustenattacke noch essen soll. „Ich meine nur … Wenn er gut ausgesehen hätte, dann wäre das alles ja vielleicht ganz reizvoll gewesen!"

Ungläubig starre ich sie an. „Spinnst du?", fauche ich. „Waffen und Gewalt sind absolute Red Flags, das solltest du eigentlich wissen! Wenn dein Freund dich auf diese Weise bedroht, musst du schnellstens das Weite suchen!" *So wie ich es getan habe*, füge ich in Gedanken hinzu. *Auch wenn ich viel zu lange dafür gebraucht habe.*

Suzanna zeigt sich – wie immer – wenig beeindruckt von meiner Standpauke. Mit ihren gerade einmal achtzehn Jahren ist sie nicht nur verdammt störrisch und eigensinnig, sondern leider auch oft sehr unvorsichtig. „Ich find's heiß", grinst sie, merkt aber sofort, dass sie mit ihrer Aussage einen wunden

Punkt bei mir getroffen hat, und fügt eilig hinzu: „Natürlich nur, wenn ich weiß, dass es ein Spiel ist und er mir nicht wirklich etwas tun würde!"

Das ist eben der Unterschied, denke ich bitter. *Bei mir war es kein Spiel.* Sofort gerät in meinem Kopf wieder das Karussell aus Bildern in Bewegung: Die Absteige in Chicago, in der er mich eingesperrt hat. Tage voller Hunger und Durst, wenn er auf Sauftour war und mich vergessen hat. Das Spritzbesteck auf dem Couchtisch. Die zertrümmerten Möbel nach seinen Wutanfällen. Die blauen Flecken an meinem Körper.

Ein Geräusch holt mich aus meinen düsteren Gedanken zurück ins Hier und Jetzt: Suzanna hat sich offensichtlich entschieden, das Popcorn doch noch essen zu wollen, denn sie mischt es gerade kräftig mit beiden Händen durch und steckt sich dann eine ordentliche Portion in den Mund.

„Das willst du doch nicht etwa noch essen?", frage ich abgestoßen, aber sie nickt ungerührt. „Siehst du doch", kaut sie und fügt mit einem Schulterzucken hinzu: „Ist doch nur mein eigener Sabber!"

Kopfschüttelnd stehe ich auf und trete ans Fenster, wobei ich mich bemühe, nicht auf Spritzer des ekligen Popcornmatsches zu treten, der bis auf den alten Linoleumboden geflogen ist. Mit verschränkten Armen schaue ich auf den mit Müll und Schrott übersäten Hinterhof, auf den alle Fenster unserer schuhkartongroßen Wohnung hinausgehen.

Angefacht von Suzannas Worten erlebe ich die Situation in der Teeküche innerlich noch einmal. Die Kraft dieses Mannes, sein muskulöser Körper dicht an meinem, sein erbarmungsloser Griff, die Waffe. Alles war genau wie damals. Viel zu oft habe ich ganz ähnliche Momente erleben müssen, die alles andere als angenehm ausgegangen sind. Angespannt schüttele ich mich. *Nein! Daran war absolut nichts heiß!*

Und doch …

„Kann durchaus sein, dass *ihn* das irgendwie angemacht hat", überlege ich laut und drehe mich wieder zum Sofa. „Da war etwas in seinem Blick … Und um deine Neugier zu befriedigen: Er hatte strahlend blaue Augen. Ich glaube fast, er hat versucht, mit mir zu flirten, nachdem er geschnallt hatte, dass ich keine Attentäterin bin!"

Suzy zieht die Augenbrauen hoch und wippt aufgeregt auf und ab, wobei natürlich Popcorn aufs Sofa fällt. „Uuuh", macht sie. „Tell me more!"

Doch die Erinnerung an die intensive Augenfarbe meines letzten Kunden und den Klang seiner tiefen Stimme, als er mir *„Dein Glück, Püppchen! Sonst wärst du nämlich als nächstes über meinen Knien gelandet!"* ins Ohr geflüstert hat, macht mich so wütend, dass meine Geduld nun endgültig zu Ende ist.

„Da gibt es nichts zu erzählen", fahre ich meine Mitbewohnerin an. „Außer, dass das ganz miese Mafiosi sind. Der Typ stammt hier aus der Gegend und ist ein hohes Tier in irgendeiner mächtigen Vereinigung. Von solchen Kerlen lassen wir brav die Finger. Merk dir das, Kleine!"

Suzannas hübsches Gesicht nimmt einen verschmitzten Ausdruck an. „Das mag ja für dich gelten", lächelt sie unschuldig. „Aber mich hat die Gefahr schon immer gereizt!"

Ich schüttele nur resigniert den Kopf. Was Männer angeht, ist Suzanna ein hoffnungsloser Fall. Wenn sie feiern geht, was häufig vorkommt, betrinkt sie sich meistens so sehr, dass sie kaum noch mitbekommt, mit wem sie gerade herumknutscht oder wer seine Hände unter ihrem Shirt verschwinden lässt. Sie ist geradezu süchtig nach diesem Sog der Nacht, nach dem Tanzen, der Aufmerksamkeit, den Partydrogen. Es ist exzessiv und sie verliert dabei jedes Gefühl für sich selbst. In Chicago habe ich dieses Verhalten bereits bei anderen Mädchen gesehen. Mädchen, die ebenso wie meine Mitbewohnerin ein für ihre jungen Jahre schon viel zu großes Päckchen zu tragen hatten. Es ist der Rausch des Vergessens, der auch Suzy regelmäßig fortträgt.

Natürlich mache ich mir Sorgen um sie. Eigentlich geht es mich ja nichts an, aber sie ist meine Freundin und in den wenigen Monaten, die wir uns nun kennen, so etwas wie ein Familienersatz für mich geworden. Aber es ist unmöglich, ihr in dieser Hinsicht etwas sagen zu wollen. Ein paar Mal habe ich es versucht. Nicht um sie zu bevormunden, wie sie es aufgefasst hat, sondern um sie zu beschützen. Das Ergebnis war jedes Mal, dass sie mir fast die Augen ausgekratzt hat und tagelang nicht mit mir sprechen wollte.

Zumindest bringt sie keine Kerle mit in unsere Wohnung, das habe ich ihr streng verboten. Keine Ahnung, wo sie sich von ihnen vögeln lässt. Vermutlich in Autos oder auf den Toiletten der abgefuckten Discotheken, in denen sie sich die Nächte um die Ohren schlägt. Reden tut sie nie darüber und ich frage auch nicht mehr. *Don't ask, don't tell.* Das ist unser stillschweigendes Abkommen.

„Ganz im Ernst, Zoey", beginnt Suzanna von Neuem. Popcornkauend legt sie ihr Köpfchen schief und funkelt mich herausfordernd an. „Ich fände es ziemlich aufregend, wenn mir einer mal seine Waffe irgendwo reinsteckt …"

Nun platzt mir endgültig der Kragen. „Halt endlich den Mund, du dumme Göre", brause ich auf. „Du weißt doch gar nicht, wovon du sprichst! Der Kerl heute hätte mich um ein Haar umgebracht! Als das mit seinem Bart passiert ist, war er kurz davor! Ich bin ihm nur um ein Haar entkommen! Und Mr. Morales hat er auch auf dem Gewissen!"

Okay, das entspricht jetzt nur teilweise der Wahrheit, aber die Bilder dieses Nachmittags fangen schon wieder an, in meinem Schädel Achterbahn zu fahren. Und jeder Looping steigert meinen inneren Aufruhr.

Der Trimmer. Das Unglück. Der Zusammenprall unserer Körper. Looping. Blaue Augen. Schwarzer Samt. Looping. Mr. Morales greift mich an. Looping! Mr. Morales krepiert fast. Doppel-Looping. Dann wieder diese Augen. Honighaare. Looping. Die Waffe an meinem Unterleib. Die Flucht. Das Auto erfasst mich. Looping, Looping, Looping!

Mir ist kotzübel. Am liebsten würde ich mich in mein Bett verkriechen, mir die Decke über den Kopf ziehen und mich in einen sehr tiefen Schlaf flüchten. Keine Erinnerungen, keine Verpflichtungen, keine fucking Loopings mehr.

Doch natürlich ist Suzanna jetzt erst recht angefixt. „Was, was, was?!", keucht sie begeistert. „Der hat den alten Lustmolch um die Ecke gebracht?" Ich schließe die Augen und massiere mir die Schläfen. Tief durchatmen, bevor mir durch den ganzen Stress auch noch die wenigen Gehirnzellen wegschmelzen, die nach der ganzen Scheiße noch übrig sind.

„Keine Ahnung, Suzy, okay?", brumme ich. „Er kam rein, als das mit dem Bart gerade passiert war, und wollte mich fertigmachen. Da hat der Gangster ihn ausgeknockt. Als ich abgehauen bin, lag Morales bewegungslos am Boden."

Suzanna klatscht begeistert in die Hände. „Der Kerl ist ein Held, Baby!", jubelt sie. „So oft wie dieser miese alte Sack dir an den Arsch gegrabscht hat, geschieht ihm das ganz recht!"

Ich mustere sie ausdruckslos. Stimmt das? Mr. Morales hat mich nicht nur schikaniert, sondern war auch sexuell übergriffig, ja. Aber verdient man dafür den Tod?

Wie in diesen Fernsehshows dreht sich in meinem Kopf zu einer albernen Musik ein bunt blinkendes Glücksrad, auf dem verschiedene Antworten auf diese Frage stehen: Ja, nein, vielleicht … Huiii, es dreht sich immer schneller! Das Glücksrad des Todes. In was für einer Welt leben wir eigentlich, in der Kerle wie dieser Ghetto-Köter nach Lust und Laune ihre eigenen Urteile vollstrecken?

Peng. Das Rad hält an. Konfetti und Laserblitze überall. Und die Antwort?

„Bingo", flüstere ich verstört. Was soll das denn nun wieder heißen? Das Rad des Todes ist rätselhaft. Ein Orakel, das ich nicht verstehe.

„Bingo", stimmt Suzanna mir zufrieden zu. „Du hättest ihn um ein Date bitten sollen, anstatt abzuhauen! So blöd kannst echt nur du sein!"

Ohne ein weiteres Wort lasse ich sie stehen. Das ist mir alles zu viel. Nach dem Getöse des Glücksrads hämmern nun heftige Kopfschmerzen unter meiner Schädeldecke. Ich muss ins Bett, das ist alles, was ich noch weiß. Das und noch etwas: Ich brauche einen neuen Job. Denn ganz sicher werde ich nie wieder in Mr. Morales' Barbershop zurückkehren. Scheiß auf die Handtasche! Da war eh kaum was drin. Das Smartphone war so gut wie hinüber. Ich hatte es gebraucht bei irgendeinem Hehler gekauft. Geld habe ich bis auf ein paar Dollar auch keins mehr. Und der Ausweis in meinem Portemonnaie war eine schlechte Fälschung. *Vaiana Smith.* Selbst der Ghetto-Köter hat sofort gecheckt, dass ich nicht wirklich so heiße.

Beim nächsten Job werde ich mir einen besseren Decknamen einfallen lassen müssen. Suzy und ihre dämlichen Vorschläge! Wir hatten den Film zusammen angesehen und davon geträumt, gemeinsam aus diesem Drecksloch abzuhauen und die Weite des Ozeans kennenzulernen. „Der Name wird dir Glück bringen", das waren ihre Worte. Pustekuchen. Selten so ein Desaster erlebt wie heute!

Als ich kurz darauf ins Bett krieche und mein Gesicht im Kissen vergrabe, stürzen noch einmal all die hektischen Ereignisse dieses Tages auf mich ein. Bilderfluten brechen über mir zusammen. Doch langsam beruhigen sie sich. Klingen ab. Werden zu Wellen. Gleichmäßig und sanft. Und übrig bleiben diese Augen. Blaue Augen. Ozeanblau.

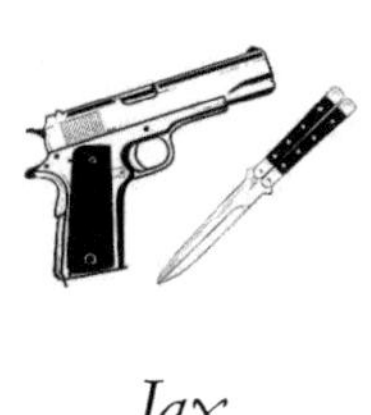

Jax

„ J ackson Payne", sagt Connor und verschränkt mit einem grimmigen Stirnrunzeln die Arme vor der Brust. „Du kennst meine Meinung zu einem rasierten Männergesicht, nicht wahr? Sag's mir: Wie sieht ein Kerl ohne Bart aus?!"

Seufzend gestehe ich mir ein, dass meine schwache Hoffnung, mein Boss könnte das Bartproblem vielleicht in der Eile gar nicht bemerken, sich wohl gerade zerschlagen hat. Eigentlich war das klar. Connor O'Brien entgeht niemals irgendetwas.

„Wie eine rasierte Pussy, Sir", antworte ich gehorsam und ohne seinem strengen Blick auszuweichen. Es ist ein geflügeltes Wort bei uns, das, wie sollte es anders sein, Mr. O'Brien mit seinem besonders eindrucksvollen dunklen Vollbart selbst geprägt hat.

Grace, die in einem tannengrünen Cocktailkleid am Arm ihres Mannes hängt, kichert belustigt.

„Ich habe mein Feuerzeug im Wagen vergessen. Sei ein braves Mädchen und hol es mir, Sweetheart", brummt Connor und drückt ihr die Schlüssel des schwarzen Ferraris in die Hand, mit dem die beiden heute Abend offensichtlich vorgefahren sind. Kaum ist Mrs. O'Brien mit einem liebevoll-spöttischen Blick auf mein nacktes Kinn davongestöckelt, packt er mich am Kragen.

„Was zum Henker soll die Scheiße, Junge?", knurrt er. „Wenn ich eine rasierte Pussy sehen will, dann …" Er hält inne.

Wahrscheinlich weil ihm aufgeht, dass er gerade im Begriff ist, etwas zu sagen, was seiner Frau gegenüber respektlos wäre. Und das tut er tatsächlich nie. „Jedenfalls brauche ich dafür nicht die Visage meines neuen Unterbosses!“, schnaubt er dann. „Was ist in dem Barbershop passiert, verdammt?“

Keine Ahnung, warum ich nicht einfach die Wahrheit sage: *Das rosahaarige Mädchen, das nicht etwa Vaiana, sondern Zoey heißt, hat ihn mir in einem Anfall geistiger Umnachtung zur Hälfte abgesäbelt, weshalb ich gezwungen war, zu Hause die andere Hälfte auch noch zu opfern.*

Stattdessen murmele ich etwas von einem Missgeschick und „war mein Fehler“.

„Hast dem kleinen Kanarienvogel schöne Augen gemacht, was?“, schnaubt Connor hämisch und rüttelt mit seiner Faust grob an meinem Krawattenknoten herum. „Als wenn du sie mit deiner Attacke in der Teeküche nicht schon genug beeindruckt hättest!“

Weiterhin um Haltung bemüht, räuspere ich mich.

„Kanarienvögel sind gelb, Boss“, erwidere ich ruhig.

Connor starrt mich verständnislos an. „Danke für die Information, Jackson“, presst er hervor. „Würdest du mir freundlicherweise verraten …“

„Zoey hat rosa Haare, keine gelben“, seufze ich. „Genau genommen ist es also unpassend, sie als Kanarienvogel …“

Mein Boss findet das nicht witzig.

„Wird das jetzt ein Vortrag in fucking Vogelkunde, oder was?“, bellt er mich an.

Eigentlich weiß ich, dass der Mann sich nicht gern belehren lässt. Aber irgendwie musste ich das klarstellen, ich konnte nicht anders. Zoey mag etwas schräg sein, aber sie ist definitiv kein Kanarienvogel. Eher ein etwas aufsässiges rosa Küken oder etwas in der Art.

„Ich sage dir jetzt mal, was unpassend ist, Freundchen“, fährt er genervt fort, doch bevor er dazu kommt, es weiter auszuführen, unterbricht eine zarte Frauenstimme Connors Vortrag: „Und wer ist Zoey, wenn ich fragen darf?“

Connor blickt zu Grace, die wieder neben uns steht und ihm mit einem süßen Lächeln sein goldenes Benzinfeuerzeug entgegenstreckt. Dann blickt er zu mir und lässt mich zum Glück endlich los. Nicht, dass ich es nicht abkann, wenn man mich wie einen dummen Schuljungen beutelt. Da stehe ich drüber, zumindest, wenn es der Boss ist, der das mit mir macht. Aber mein Kragen sieht jetzt nicht gerade besser aus. *Und das, wo ich eh schon aussehe wie eine rasierte Pussy,* denke ich missmutig und rücke mir die schmale schwarze Krawatte zurecht.

„Zoey?! Keine Ahnung“, antwortet Connor, immer noch ungehalten. „Antworte meiner Frau, Jax! Wer ist diese Zoey? Ich dachte, dein kleiner *Flamingo,* wenn dir die Bezeichnung lieber ist, heißt Vaiana!“

Grace bekommt strahlende Augen, als er das sagt.

„Vaiana?“, fragt sie begeistert. „So hieß doch das Mädchen in dem süßen Zeichentrickfilm, von dem wir neulich so begeistert waren!“

Nun bin ich es, der ein erstauntes Gesicht macht. Dass ich mir zur Entspannung hin und wieder selbst gern solche Streifen reinziehe, halte ich natürlich streng geheim. Aber wie es aussieht, bin ich da nicht der Einzige. Dass aber ausgerechnet der härteste Mafioso von ganz New York mit seiner Liebsten Kinderfilme schaut, hätte ich nun wirklich nicht erwartet.

„Apropos Pussy“, grinse ich, doch eine unwirsche Geste von Connor unterbricht mich.

„Wir gehen jetzt rein“, befiehlt er barsch, greift Grace am Oberarm und steuert auf den prunkvoll beleuchteten Eingang des Casinos zu, in dem wir unsere heutige Sitzung abhalten werden. Ich folge ihnen, wobei ich mir stirnrunzelnd über mein glattrasiertes Kinn streiche.

„Du bist wirklich ein sehr, sehr böses Mädchen, Zoey", murmele ich dabei und erinnere mich kopfschüttelnd daran, wie Pinky Pie auf der Flucht vor mir um Haaresbreite überfahren worden wäre und sich danach fast den Hals gebrochen hätte, als sie über die Absperrung an der Fahrkartenkontrolle gesprungen ist. „Wenn ich dich nochmal in die Finger kriege, *Little Miss Someone-please-give-me-a-spanking* …"

Wenig später sitzen wir mit allen wichtigen Männern in dem abhörsicheren Raum, in dem wir neuerdings oft tagen. Connor hat ihn einrichten lassen, nachdem er das Casino nach dem Sturz der Benedettis übernommen hat. Besprechungen dieser Art halten wir einmal wöchentlich ab, weil der Boss über bestimmte Dinge nicht am Telefon spricht. Dass heute Grace mit dabei ist, liegt an der Beförderung, die ich bekommen soll. Denn seit ich zu Beginn ihrer Ehe den Aufpasser für Mrs. O'Brien gespielt habe, sind wir recht gute Freunde geworden und sie wollte meinen großen Tag nicht verpassen.

Doch auch die Anwesenheit seiner Gattin hindert Connor nicht daran, zunächst einmal über die Geschäfte zu sprechen. Normalerweise passe ich dabei auf wie ein Schießhund, schließlich geht es in unserem Gewerbe nicht nur um sehr viel Geld, sondern oft genug auch um Leben und Tod. Aber heute kann ich mich nicht konzentrieren. Während das Gespräch sich um irgendwelche Rangeleien mit einer Bande aus Chicago dreht, die nun schon mehrmals unsere Drogenkuriere überfallen und ausgeraubt hat, schweifen meine Gedanken ab.

Was stimmt mit dir nicht, Prinzessin?, frage ich Zoey in Gedanken, denn seit gestern muss ich immer wieder daran denken, wie unberechenbar dieses Mädchen war. *Einfach blindlings vor ein Auto zu rennen! Du hättest tot sein können!*

Dass in ihrem hübschen Köpfchen irgendetwas nicht ganz richtig geschaltet sein kann, war mir schon nach den ersten Minuten in dem abgetakelten Barbershop klar. Dieser wilde, unberechenbare Blick. Und wie sie mich allen Ernstes attackiert hat! Vollkommen absurd, wenn man bedenkt, dass ich nicht nur bewaffnet war, sondern sie auch locker mit einer Hand einmal quer durch den Raum hätte schleudern können! Die meisten ausgewachsenen Kerle wechseln die Straßenseite, wenn sie mich kommen sehen, und die Göre geht auf mich los?!

In diesem Moment grübele ich aber weniger über ihre verschrobene Art nach. Da war nämlich noch etwas anderes, das mir an ihr aufgefallen ist: Als sie unter mir lag und ich sie festgehalten habe, hat sich das ziemlich gut angefühlt. Normalerweise vergnüge ich mich mit Escorts, die wie Models aussehen: groß, schlank, falsche Wimpern, falsche Titten. Bis gestern dachte ich, das wäre mein Frauentyp. Aber seit die kleine Nervensäge in der Teeküche in meinen Armen gezappelt hat, muss ich immer wieder daran denken, dass anscheinend auch kleine, zierliche Frauen ihre Vorzüge haben.

Man kann sie sich wie einen Sixpack Bier unter den Arm klemmen, denke ich grimmig. *Und dieses verwuschelte Rosa verliert man zumindest nicht aus den Augen, wenn sie versuchen, abzuhauen.*

Von den Vorzügen von Zoeys Körpers mal ganz zu schweigen. Ihre gar nicht mal so kleinen Brüste und ihr knackiger Po haben sich jedenfalls ziemlich lebhaft in mein Gedächtnis gebrannt. Ebenso wie der zarte Duft ihrer Haut. Aber genau das passt mir nicht.

Sie hat dich verdammt nochmal entmannt, Jax, erinnere ich mich und balle die Fäuste. *Der Bart eines Mannes ist tabu! Genauso gut hätte sie dir deinen fucking Liebesknochen absäbeln können! Und das an diesem Tag! Man wird nur einmal im Leben zum Unterboss befördert!*

Sie hat dich vor Connor und der versammelten Mannschaft lächerlich gemacht!

Denn natürlich lassen der Boss und die anderen es sich nicht nehmen, während der Besprechung immer wieder Sprüche über mein nacktes Kinn zu machen. Eigentlich bin ich nicht empfindlich, aber in diesem Fall macht es mich irre. Ebenso wie es mich aufregt, dass Zoey lieber vor ein Auto gerannt ist, als mich zu rasieren!

Am liebsten würde ich sofort aufspringen und zurück zu diesem Morales rasen, um herauszufinden, wo *Little Miss Badass* wohnt. Und dann würde ich ihr mal ein paar Takte erzählen. Nicht nur darüber, wie man einen Jackson Payne und seinen Bart zu behandeln hat, sondern auch darüber, dass sie dringend lernen muss, besser auf sich aufzupassen.

Reiß dich zusammen, Jax, ermahne ich mich jedoch im Stillen. *Den Ausflug musst du verschieben! Schließlich erweist Connor dir heute die größte Ehre, die man sich überhaupt vorstellen kann!*

Nervös trommele ich mit den Fingern auf den Lehnen meines Stuhls herum und versuche, mich auf das Gespräch zu konzentrieren, das die anderen führen. Aber wieder tauchen Bilder des gestrigen Nachmittags in meinem Kopf auf: Dieses störrische Gesichtchen mit den vollen Lippen, die mich in einer Tour beschimpft haben. Die kampflustigen dunklen Augen mit den langen dichten Wimpern, aus denen wütende Blitze zu sprühen schienen. Manchmal allerdings haben sie ganz plötzlich einen fast verträumten Ausdruck angenommen. Zum Beispiel, als ihre Besitzerin meinen Bart mit einem Kätzchen verwechselt hat und meinte, ihn liebevoll kraulen zu müssen, bevor sie sich wieder daran erinnert hat, dass ich ihr erklärter Feind bin. Und dann diese zierlichen Hände, die zu harten kleinen Fäusten geballt auf mich eingehämmert und mir zum krönenden Abschluss noch den Mittelfinger gezeigt haben.

Du hasst mich, Pinky Pie?, frage ich sie in Gedanken und stelle mir genüsslich vor, wieder ihr Kinn zwischen meinen Fingern zu halten und diesen trotzigen Ausdruck hervorzurufen, der mich gestern schon so gereizt hat. *Ich sollte dir vielleicht beibringen, dass das die falsche Einstellung ist.*

Die Vorstellung, dem frechen Miststück Manieren beizubringen, gefällt mir so gut, dass meine Handflächen anfangen zu kribbeln. Doch als ich mir gerade ausmalen will, wie das ablaufen könnte, reißt mich ein unangenehmer Schmerz zurück in die Realität.

Es ist Connors Finger, der mir unsanft gegen die Stirn geschnippt hat.

„Aufwachen, Soldat!"

Erschrocken realisiere ich, dass alle im Raum mich anstarren. Was ist los? Was ist zuletzt gesagt worden?

„Du willst mich verarschen, oder?!", fährt Connor mich an, der meine offensichtliche Planlosigkeit alles andere als witzig findet. „Willst du überhaupt noch befördert werden, Junge?!"

Fuck! So etwas passiert mir normalerweise nie. NIE. Mein Job ist mein Leben. Denn Connor ist der Mann auf der Welt, dem ich alles verdanke. Und ausgerechnet heute, an dem Tag, an dem er mir das größte Vertrauen erweist, muss ich mich wie der letzte Idiot aufführen!

Alles deine Schuld, Zoey, schießt es mir durch den Kopf, während ich so hastig aufspringe, dass mein Stuhl mit einem lauten Knall umfliegt. *Das wirst du mir büßen, Kleine!*

Als ich neben ihm stehe, verpasst Connor mir eine Ohrfeige. Das macht er manchmal, als Zeichen seiner Macht. Aber es ist kein wirklicher Schlag, eher ein Klaps, der vor allem auch eine Auszeichnung ist. Denn er bedeutet, dass ich ihm nahestehe. Nah genug, dass ich ihm etwas bedeute. Dass er Verantwortung für mich trägt.

„Sorry, Boss!"

Ich flüstere die Worte bloß, bewege eigentlich nur die Lippen, und senke demütig den Blick. Sein Nicken ist fast unmerklich, ebenso wie sein amüsiertes Kopfschütteln und der zuckende Mundwinkel. Dann atmet er einmal tief durch und wendet sich wieder an die Männer, die sich nun ebenfalls alle erheben.

„Dieser Kerl hier ist wie ein Bruder für mich", beginnt er. „Er begleitet mich nun schon so viele Jahre und an jedem dieser Tage hat er seinen Wert bewiesen. Mag sein, dass ihm heute der Arsch auf Grundeis geht und er deshalb etwas neben der Spur steht, aber ihr alle wisst, dass er bis in den Tod loyal ist. Er ist ein treuer Soldat, ein erbarmungsloser Kämpfer und nicht zuletzt ein echter Freund, dem ich zu jedem Zeitpunkt mein Leben anvertrauen würde."

Der Kloß, der sich bei seinen Worten in meinem Hals bildet, ist verdammt groß. Mit Komplimenten kann ich ebenso schlecht umgehen wie mit Gefühlen.

„Es gibt keinen Zweifel daran, dass er der richtige Mann ist, um unsere Organisation als zweites Gesicht zu repräsentieren", fährt er fort. Dabei legt er mir die Hand auf die Schulter und ruft mit fester Stimme: „Euer neuer Unterboss, Jackson Payne!"

Alle Männer schlagen sich mit der Faust auf die Brust und wiederholen wie aus einem Mund: „Unterboss Jackson Payne!" Grace klatscht gerührt, während mein Boss mir nun seine Hand hinhält und ich sie küsse. Mein Herz schlägt aufgeregt gegen meine Rippen. Dass das hier wirklich passiert, ist eigentlich immer noch unvorstellbar für mich.

Denn eigentlich fühle ich mich noch heute wie der Vierzehnjährige, den Connor O'Brien in einem der heftigsten Bandenkriege, die New York in den letzten Jahren erschüttert haben, unter seine Fittiche genommen hat. Als ich am schwächsten war, hat er mich beschützt und mir eine Chance gegeben. Meine gesamte Familie war ausgelöscht worden und hatte einen einsamen, verstörten Jungen hinterlassen. Ohne Hoffnung, ohne Perspektive. Nachdem ich zuerst meine Eltern verloren hatte, waren nur wenige Jahre später auch meine Brüder vor meinen eigenen Augen zerfetzt worden. Im Kugelhagel der Chinesen. So läuft es in der Bronx, wenn du auf der falschen Seite stehst. Und auch mir wäre es so ergangen, wenn *er* mich nicht vor diesem Schicksal gerettet hätte.

Die tiefe Dankbarkeit, die mich in diesem Moment erfüllt, macht mir doch tatsächlich feuchte Augen. Mir! Jackson Payne, der seit dem Tod seiner Mutter nicht mehr geweint hat! Verlegen räuspere ich mich und blinzele die Tränen weg.

Als Connor nun eine knappe Handbewegung macht, tritt Ed neben ihn und reicht ihm einen schmalen Gegenstand. Natürlich weiß ich, was es ist. Sofort fange ich mich wieder. Das ist eher etwas für mich. Denn das Ritual, das mir nun bevorsteht, erfordert Stärke, Entschlossenheit und Mut.

Der Boss lässt die Klinge des Klappmessers hervorschnellen. Grace zuckt zusammen. Offensichtlich hat ihr Liebster sie auf diesen Teil der Zeremonie nicht vorbereitet. Ängstlich wandern ihre großen, grünen Augen von ihm zu mir. Ihr Mann schenkt ihr keine Beachtung, doch von mir bekommt sie ein kleines beruhigendes Lächeln, bevor auch meine Miene wieder versteinert.

„Wie immer, wenn jemand aufsteigt, vermischen wir unser Blut", verkündet Connor feierlich. „Damit der Bund zwischen uns noch enger wird."

Als er dann, ohne mit der Wimper zu zucken, die scharfe Klinge über seine rechte Handfläche zieht, entweicht Grace ein spitzer Schrei. Sie schlägt erschrocken die Hände vor den Mund und starrt entsetzt auf das Blut, das aus dem sauberen Schnitt hervorquillt. Ich würde sie ja gern beruhigen, aber auch ich kann mich in diesem Moment nicht auf sie konzentrieren. Connor übergibt mir das Messer.

Nun heißt es, keine Sekunde zu zögern.

Ich habe insgesamt schon drei Narben auf meiner Hand. Die erste bekam ich mit vierzehn, als Connor mich aufnahm, die zweite bei meiner Beförderung zum Bodyguard und die dritte, als ich Security-Chef wurde. Für uns sind diese Narben wie die Sterne, die man sich beim Militär für die Schulterklappen verdienen kann. Wir tragen sie mit Stolz.

Dennoch ist es nie leicht, sich mit einer scharfen Klinge die eigene Haut zu öffnen. Der Mensch hat in den meisten Fällen einen angeborenen Widerstand gegen Selbstverletzung. Die körperliche Unversehrtheit zu bewahren, ist ein Urinstinkt.

Aber wenn es darum geht, meine bedingungslose Loyalität zu beweisen, kenne ich keine Angst. Fest umfasse ich den Griff des Messers, strecke die rechte Hand aus und füge mir selbst einen Schnitt zu, der über ihre gesamte Innenfläche reicht.

Die Klinge ist scharf wie ein Skalpell. Ich spüre nichts außer ein leichtes Kribbeln. Die Haut klappt auf und schon im nächsten Bruchteil einer Sekunde füllt Blut den Schnitt aus. *Ich bin am Leben*, denke ich, wie jedes Mal, wenn ich mein eigenes Blut fließen sehe. *Ich bin am Leben und es gehört Connor O'Brien.*

Mein Boss streckt mir seine Hand entgegen und ich schlage ein. Nun beginnt der Schnitt zu brennen. Warm vermischt sich mein Blut mit Connors.

„Mein Blut ist dein Blut, Bruder", sagt mein Boss.

Seine Miene ist wie immer undurchdringlich, doch in seinem eisgrauen Blick glaube ich die gleiche Rührung zu erkennen, die auch ich empfinde.

„Und mein Blut ist deins, genau wie mein Leben", beende ich die Formel mit rauer Stimme.

Kurz verharren wir so, spüren dem gemeinsamen Schmerz unserer Wunden nach und sehen uns dabei in die Augen. Dann umarmen wir uns, während alle Anwesenden zu klatschen und zu jubeln anfangen.

Nachdem das allgemeine Gratulieren und Schulterklopfen abgeklungen ist, bekommt Grace, die von unserer Tradition nicht allzu begeistert zu sein scheint, die ehrenvolle Aufgabe, unsere Hände zu verbinden. Sie tut es zwar, aber der übermäßige Einsatz von scharf brennendem Desinfektionsmittel, mit dem sie vor allem Connor quält, ist wohl ein eindeutiges Zeichen ihrer Missbilligung. Ihr Mann lacht aber nur darüber und ich bin in Gedanken schon wieder woanders.

Denn auch wenn ich eben voll und ganz auf meine Beförderung konzentriert war, kehre ich nun innerlich wieder zu der kleinen Kratzbürste zurück, die mich auch vorher schon beschäftigt hat. Und ich fasse einen Beschluss: Ich werde das alles keinesfalls so stehen lassen. Weder wie Zoey sich aufgeführt, noch wie sie sich selbst in Gefahr gebracht hat.

Mit etwas Abstand folge ich den anderen, die jetzt den Raum verlassen, da oben im Restaurant des Casinos zur Feier des Tages Champagner, Kaviar und frische Austern auf uns warten. Heute Nacht wird gefeiert, das steht fest.

In mir gärt eine dunkle Vorfreude. Ich bin jetzt Unterboss. Und nun weiß ich auch, was das erste sein wird, das ich in meiner neuen Position tun werde. Gleich morgen werde ich mich auf die Suche nach einem kleinen Kampfzwerg mit rosa Haaren begeben.

„Du wirst schon noch begreifen, dass niemand mir so einfach davonläuft, Prinzessin“, presse ich leise zwischen den Zähnen hervor. „Glaub mir, ich weiß besser als du selbst, was gut für dich ist!

Jax

Das Glöckchen über der Tür klingelt, als der letzte Kunde auf den Gehweg tritt, und ich stoße mich von der schäbigen Fassade ab. Darauf habe ich gewartet, nachdem *Little Miss Trouble* den ganzen Scheißtag lang nicht aufgekreuzt ist. Nicht auf den untersetzten Opa, dessen Blick missbilligend auf meinen Tattoos hängen bleibt, sondern darauf, dass Morales endlich allein ist. Ich habe keine Ahnung, was genau mich dort drinnen erwarten wird, aber ich will ihn mir ein zweites Mal vorknöpfen und ziehe es vor, dabei kein Aufsehen zu erregen. Prüfend schaue ich mich um, dann betrete ich den Laden.

Bimmelim!

Drecksding! Viel zu sehr erinnert mich der helle Ton an gestern Nachmittag. An diese grandiose Blamage und an … *sie*. Ja, verdammt, ich bin nachtragend, und so greife ich kurzerhand über mich, reiße die dämliche Glocke aus ihrer Halterung und pfeffere sie einmal quer durch den Laden. Mit einem Scheppern, das plötzlich gar nicht mehr so fröhlich klingt, landet sie hinter Mr. Morales in der Ecke. Ich verriegle die Tür.

„Was …?"

Die Frage bleibt ihm wortwörtlich im Hals stecken, als er mich erkennt. Das eine heisere Wort jedoch verrät mir sofort, dass ich gestern wohl etwas zu fest zugedrückt habe. Nun ja, er lebt noch, nicht wahr? Allerdings scheint der Penner daran zu zweifeln, dass er das in fünf Minuten auch noch tun wird, denn mit flehend ausgestreckten Händen stolpert er rückwärts.

„Sir! Bitte, Sir! Tun Sie mir nichts! Ich hab doch Frau und Kind!“

Ich schnaube. „Dein Sohn ist Anfang zwanzig, sitzt im Knast und deine Gattin vögelt mit dem Metzger von vorne an der Ecke.“ Mein bloßes Näherkommen treibt ihn hinter die Theke – als würde mich das bisschen Pressspan aufhalten –, beim Blick in sein entsetztes Gesicht jedoch regt sich in mir tatsächlich kurzzeitig so etwas wie Mitleid. Na ja, nicht wirklich, aber es ist schon scheiße, ausgerechnet von einem Typen wie mir erfahren zu müssen, dass deine Alte fremdgeht.

Mit gespielter Anteilnahme schüttle ich den Kopf. „Oh, das hast du nicht gewusst? Tja, mein Bester …“, und damit trete ich hinter die Theke, „die *Familie* weiß eben alles.“

„Familie! Pah!“ Er spuckt mir das Wort entgegen. Schau an! Wie mutig selbst so kleine Wichser wie er werden können, wenn man sie an der Mannesehre packt. „Banditen seid ihr! Nichts als Banditen!“

„An deiner Stelle würde ich ein wenig mehr auf meine Wortwahl achten, *amigo*. Nicht, dass du doch noch die Sprache verlierst. Und jetzt sag mir, wo ich die Kleine finde!“

Ich mache einen Schritt auf ihn zu, da springt er herum und läuft davon. Ans Ende des Ladens, in einen Raum, dessen Tür krachend ins Schloss fällt. Mir entfährt ein amüsiertes Schnauben. Was für ein Spinner. Ich weiß, dass dieser Shop keinen Hinterausgang hat, also habe ich auch keine Eile damit, ihm nachzugehen. Vielmehr interessiert mich, was ich am Ende der Theke entdecke. Eine Handtasche. Oder nein, es ist eher ein Beutel. Ziemlich abgetragen und mit einem rosa Einhorn drauf. Pinky Pie! *Jetzt hab ich dich.* Ich greife den Beutel und ziehe ihn zu mir heran, da dreht sich der Knauf an der Eingangstür.

„Geschlossen!", rufe ich und schiebe meine Daumen in die zusammengezurrte Öffnung der Tasche.

Der Mann vor der Tür ist aber von der energischen Sorte. Er rüttelt und klopft. „Aber ich habe doch einen Termin! Hallo? Mr. Morales?"

Herrgott noch mal! „Gleich!", rufe ich, nehme den Einhorn-Sack mit mir und mache mir gar nicht erst die Mühe, nach der Tür zum Hinterzimmer zu greifen. Das dünne Holz hat meinem Stiefel nichts entgegenzusetzen. Aber … nanu? Der Raum ist leer. Durch das nervige Klopfen hinter mir aber mache ich ein Wimmern aus. Was für ein erbärmliches Arschloch.

„Morales! Ich frage nur noch einmal: Wo ist die Kleine?" Ich habe keine Lust, erst noch den Inhalt ihrer Tasche durchsuchen zu müssen, ich will gleich an mein Ziel.

Sein dunkler Schopf, der über den Tisch hinausragt, hinter dem er sich versteckt, wackelt, und die Beine eines Stuhls schaben quietschend über den Boden, als Morales sich noch dichter gegen die Wand drängt. „Weg!"

„Was heißt weg? Ganze Sätze, wenn ich bitten darf!"

Meine Geduld ist fort. Nach gestern habe ich sie nicht wiedergefunden.

Der Barbier jammert: „Weg, Sir! Sie ist heute nicht zur Arbeit erschienen, und das braucht sie auch gar nicht mehr. Ich bin fertig mit dieser Schlampe! Wenn sie nur noch einmal …"

Weiter kommt er nicht. Der Tisch fliegt zur Seite, die Stühle hinterher, dann schwebt der Wichser auch schon in der Luft. *Argh! Verdammte Scheiße!* Ich beiße die Zähne zusammen. *Warum muss man sich bei diesem Ritual auch ausgerechnet in die rechte Hand schneiden?!*

„Mr. Morales?! Alles in Ordnung da drin? Ich hole die Polizei!"

Fuck! Ich muss mich beeilen. Wie Schraubzwingen schließen sich meine Finger um seinen hässlichen Hals, als ich noch einmal warnend zudrücke und ihn dann zu Boden sinken lasse. Er japst und prustet – schon wieder. „Wo wohnt sie?"

„Was?"

„Ihre Adresse, verdammt! Ich will wissen, wo sie wohnt."

„Das weiß ich nicht." Ich hole mit dem Fuß aus. „Nein! Nein! Wirklich! Das hat sie mir nicht gesagt! Ich habe ihr das Geld jeden Abend bar gegeben. Schwarz."

Mein Blick fällt auf den Sack in meiner Hand. Dann muss ich es eben doch selbst herausfinden. „Wasch dir den Mund mit Seife aus, du Arschloch! Wenn ich mitbekomme, dass du noch einmal so über sie sprichst, oder ihr gar etwas tust, sollte sie hier auftauchen, dann glaub mir, dann ist es mir scheißegal, ob da draußen jemand steht oder nicht. Ich töte dich!"

Ich verlasse den Raum und ziehe die kaputte Tür notdürftig hinter mir zu, ehe ich zum Ausgang gehe. In aller Seelenruhe drehe ich den Schlüssel, während der Mann draußen noch immer schimpft und mit der Polizei droht. Er verstummt in dem Moment, in dem ich vor ihm stehe. „Bitte schön, der Herr." Mit einer einladenden Geste und meinem freundlichsten Lächeln trete ich an ihm vorbei. „Geben Sie Mr. Morales noch ein paar Minuten. Er wird gleich bei Ihnen sein."

„Was zum Teufel soll ich denn damit?" Big Ed sitzt hinter einem Schreibtisch der Sicherheitszentrale und schaut angewidert auf den Einhorn-Beutel, den ich ihm vor die Nase geworfen habe.

„Da drin ist ein Handy. Ich brauche alle Standorte der darin gespeicherten Nummern. Und am besten gestern."

Mit spitzen Fingern, als habe Ed Angst, nur bei der Berührung mit dem Einhorn ebenfalls regenbogenfarbene

Haare zu bekommen, hebt er den Stoff an. „Beschatten wir jetzt schon Kinder, oder was?"

„Nein." Ich kneife mir in die Nasenwurzel. „Das ist was … Privates."

Ed lacht. „Was Privates? Stehst *du* jetzt etwa auf Kinder?"

„Halt einfach die Fresse und besorg mir die Scheißadressen, ja? Das Ding gehört keinem Kind, sondern der Göre, die das hier zu verantworten hat!" Mein Freund und Kollege verstummt. Als er aber meine Kinnpartie mustert, auf die ich zeige, und an der gestern noch mein Bart war, kneift er die Lippen aufeinander. „Tu's nicht", warne ich ihn, doch seine Mimik wird immer verkniffener. Röte steigt in seine sonst etwas blassen Wangen und die Augen quellen ihm fast über. Seufzend richte ich meinen Blick zur Decke, da prustet er auch schon los.

„Sorry, Alter! Aber du siehst einfach zu komisch aus ohne deinen Gesichts-Flokati. So … jung und brav!"

Brav?! Ich wende mich der Kaffeemaschine zu, ehe mir noch die Hand ausrutscht. Er hat ja recht, ich bin selbst jedes Mal irritiert, wenn ich mein Spiegelbild irgendwo sehe. Aber so schlimm ist es nun auch wieder nicht. Und der Bart wächst zum Glück bereits wieder. Ja, er fehlt mir! Und die Hänseleien der Jungs machen mir tatsächlich etwas aus, auch wenn ich sonst nicht der eitle Typ bin. Na ja, schon. Aber nicht wie andere mit teuren Klamotten und Uhren oder so. Hoodie und Trainingsklamotten reichen mir zumindest in der Freizeit vollkommen. Nur was meinen Körper angeht, meine Tattoos, meine Fitness und eben meinen Bart, das ist mir wichtig.

„Tut mir leid, Schnucki", dringt Eds Stimme da durch das Mahlwerk der Maschine. „Gib mir zwanzig Minuten, dann hast du deine Adressen."

Zoey

Eigentlich bin ich ja pleite. Mehr als pleite sogar, denn schließlich habe ich meine restlichen paar Dollar bei Mr. Morales zurückgelassen. Und mehr habe ich nicht. Nada, niente. Meine letzte Hoffnung ist jetzt das Vortanzen für die Kinderrolle in ein paar Tagen. Aber bis dahin werde ich voraussichtlich verhungert sein. Suzanna, die im Moment bei einem veganen Drive-in jobbt, bringt zwar abends manchmal ein paar Reste mit, aber anders als sie kann ich mich nicht nur von kaltem Falafel und Popcorn ernähren.

Während ich auf Suzannas Tablet lustlos durch die offenen Tanzrollen der Broadway-Shows scrolle – ich kenne sie schon auswendig und seit Tagen ist nichts Neues hinzugekommen –, knurrt mein Magen so laut, dass es von den kahlen Wänden meines kleinen Zimmers widerhallt. Da ich den Kühlschrank und den Küchenschrank nun schon mehrmals durchforstet und bis auf eine fast leere Flasche Ketchup, ein paar verwaiste Maiskörner von Suzy und eine vertrocknete Zwiebel nichts gefunden habe, bleibt mir nur noch eins: Ich muss betteln gehen.

„Mr. Wang mag mich", rede ich mir gut zu, während ich in meine Chucks und meine pinke Bomberjacke schlüpfe und die Tür hinter mir zuziehe. „Immerhin sind wir Stammkunden bei ihm. Da wird er doch bestimmt einmal für mich anschreiben!" Natürlich ist es mir peinlich, aber das Verlangen nach den köstlichen Bratnudeln mit Hühnerfleisch ist inzwischen so stark, dass ich zu dieser Selbsterniedrigung durchaus bereit bin.

Der kleine China-Imbiss an der Straßenecke ist ausnahmsweise ziemlich leer, als ich kurz darauf die mit einem goldenen Drachen verzierte Tür aufziehe. *Umso besser*, denke ich. *Je weniger Zeugen es für meinen peinlichen Auftritt gibt, desto besser.* Doch kaum atme ich die fettgeschwängerten Duftschwaden ein, die mir entgegenströmen, sind mir selbst die wenigen Gäste an den Stehtischen im Hintergrund völlig einerlei. Ohne auf irgendetwas zu achten, steuere ich schnurstracks auf den Tresen zu, hinter dem Mr. Wang in seiner blütenweißen Schürze steht und mir ein freundliches „Willkommen! Ihre Bestellung, bitte!" entgegenruft.

„Eine große Portion Bratnudeln mit Huhn", sage ich gierig und überlege, ob ich es wohl wagen kann, auch noch kleine Frühlingsrollen und Suppe zu bestellen. Auf ein Getränk verzichte ich besser. Schließlich haben wir Leitungswasser zu Hause.

„Ist alles?", fragt Mr. Wang und tippt etwas in die Kasse.

Ich räuspere mich. „Äh, naja, kommt drauf an", beginne ich. Die Abbildungen der Speisen auf den Tafeln über dem Tresen lassen mir das Wasser im Mund zusammenlaufen. „Es ist nämlich so, ich habe gestern leider mein Portemonnaie verloren und wollte deshalb fragen …"

Das Lächeln verschwindet aus Mr. Wangs Gesicht.

„Nein! Gibt nichts umsonst!", unterbricht er mich resolut und verschränkt seine dünnen Arme vor der Brust. Ich atme einmal tief durch, denn ich spüre schon, wie etwas in mir heraufzieht. Eine dieser giftigen Gefühlsexplosionen, die mich schon häufiger in Schwierigkeiten gebracht haben. Es ist dann plötzlich so, als wäre da eine Lunte in meinem Kopf. Und wenn die anfängt zu brennen …

Nur die Ruhe, Zoey. Ruhig und vernünftig. Du kriegst dein Essen schon irgendwie.

„Nicht umsonst natürlich", beeile ich mich zu sagen und auf Mr. Wangs Gesicht erscheint ein misstrauischer Ausdruck. Als wollte ich etwas Unanständiges vorschlagen, dreht sich nun auch die beleibte Mrs. Wang von der Garplatte zu uns um, tritt neben ihrem Mann und funkelt mich böse an.

„Ich bezahle später", bringe ich hervor. „Morgen! Heute Abend! Bitte geben Sie mir die Nudeln, Sie kennen mich doch!"

Aber beide Wangs schütteln die Köpfe.

„Nein! Geht nicht!", sagt Mrs. Wang unbarmherzig.

„Geht nicht!", wiederholt ihr Mann streng.

Verzweifelt starre ich auf die Zutaten, aus denen Mrs. Wang mir für ein paar Dollar innerhalb kürzester Zeit die köstlichsten Gerichte zaubern würde. Wieder knurrt mein Magen, so laut, dass auch die Wangs ihn gehört haben müssen. Aber anstatt Mitleid mit mir zu haben, werden sie ungeduldig.

„Gehen, du musst gehen!", fordert Mr. Wang mich barsch auf. „Gibt nichts umsonst!"

Nun ist es soweit. Die erneute Wiederholung des Satzes „Gibt nichts umsonst!" ist der sprichwörtliche Funke, der die Katastrophe ins Rollen bringt: Die Lunte in meinem Kopf brennt. Ich kann es förmlich knistern hören. Sie wird kürzer und kürzer. Dort ist das Essen, hier mein knurrender Magen. Und dazwischen diese miesen Wangs, die es mir verwehren! Die kleine Flamme zischt wie an einer Wunderkerze. Ich habe Hunger. Menschenrechte! Bratnudeln sind ein Menschenrecht! Nur noch wenige Millimeter, dann kommt der große Knall! Ich werde mein Menschenrecht einfordern!

„Gehen!", schnaubt Mrs. Wang. „Hier keine Armenküche!"

Uuuuund … drei, zwei, eins … PENG!

Mein Mund öffnet sich wie von allein und ein schriller Ton kommt heraus. Es klingt ungefähr so wie das Pfeifen der Züge in diesen alten Western. Oder wie ein altmodischer Teekessel. Ich balle die Fäuste, während mein Schrei immer mehr anschwillt. Er ist laut, sehr laut. Ich kann nichts dagegen tun. Die Anspannung in mir wird immer größer, der Ton immer penetranter. Alle starren mich an. Die Wangs wechseln entsetzte Blicke. Befremden und Entsetzen, so reagieren die meisten Menschen auf mich, wenn sie meine Eigenarten besser kennen. Ich kann spüren, wie mein Kopf heiß und rot wird. Meine Stimmbänder vibrieren. Mein ganzer Körper vibriert! Werde ich gleich in tausend Teile zerspringen? Ich oder die große Scheibe, vor der die Tische stehen!

Doch plötzlich … ist es vorbei.

Ich verstumme.

Im ersten Moment begreife ich es selbst nicht.

Mir ist so heiß. Mein Herz rast.

Warum ist es plötzlich so still?

Dann realisiere ich die große Hand auf meinem Mund. Wie festgeklebt liegt sie da, bombenfest, und presst mich gegen einen Körper, den ich nicht sehen kann, da er hinter mir steht. Er ist groß und stark, dieser Körper, das spüre ich. Muskulös. Geschmeidig.

„Ich übernehme die Rechnung", höre ich eine tiefe Stimme sagen, die mir irgendwie bekannt vorkommt. „Und machen sie noch zwei Portionen Frühlingsrollen, Knusperhuhn süß-sauer, die Pekingsuppe und den Fisch im Backteig dazu. Und eine Coke."

Die Wangs wechseln einen Blick, entscheiden dann wohl jedoch, dass das Geschäft lohnend genug ist, um über mein Gekreische hinwegzusehen. Mr. Wang beginnt, die Bestellung in die Kasse zu tippen. „Aber muss still sein jetzt", mahnt Mrs. Wang noch. „Sonst andere Kunden unzufrieden!"

„Natürlich, sie ist jetzt still", sagt die Stimme beschwichtigend. „Was willst du trinken, Pinky Pie?"

Da fällt der Groschen. Es ist Mister *Samtstimme*, der mich gepackt hat – schon wieder! Mister *Blue Eyes*! Mister *Wo-ist-denn-die-Hälfte-von-meinem-Bart-so-plötzlich-hin*?

Und er lädt mich zum Essen ein?!

Nun lässt er mich los, aber gerade nur so lange, bis ich ebenfalls das Wort „Coke" hervorgepresst habe, dann liegt seine Hand schon wieder über meinem Mund.

„Also, zwei", sagt er dann. „Und vergessen Sie die Glückskekse nicht!"

Ich sehe, wie eine tätowierte Hand Mr. Wang einen Geldschein reicht, um mich danach, ohne das nicht unerhebliche Wechselgeld zu nehmen, unsanft zu einem der Tische am Fenster zu bugsieren. Dort gibt er mich endlich frei. „Hinsetzen", brummt er und deutet mit dem Kopf auf einen der beiden Plastikstühle. Weil ich für eine weitere Gefühlsexplosion zu perplex und vor allem zu hungrig bin, gehorche ich. Fürs erste habe ich mein Pulver verschossen.

„Dich kann man wohl keine zwei Minuten unbeaufsichtigt lassen, was?", sagt er nun, während er sich ebenfalls setzt. Als ich nicht antworte, wirft er etwas vor mir auf den Tisch. Es ist meine Handtasche! Eilig nehme ich sie an mich und schaue hinein. Es ist alles noch da: mein schrottiges Telefon, meine gefälschte Monatskarte, mein Lieblings-Lipgloss und der ganze andere Kram. Nur das Portemonnaie sieht deutlich dicker aus als vorher. Misstrauisch ziehe ich es hervor und schaue hinein. Wo noch gestern gähnende Leere herrschte, steckt nun ein dickes Bündel Geldscheine. Jackpot! Vor meinem inneren Auge blinkt das Display einer Slot-Maschine im Gewinnermodus. Mit großen Augen starre ich auf das Geld. Ich habe keine Ahnung, wie viel das wohl sein mag, aber sicher mehr, als ich jemals besessen habe!

„Wo kommt das Geld her?!", keuche ich, aber mein Gegenüber – rasiert übrigens und mit einem ziemlich verwegen wirkenden Bartschatten – mustert mich bloß mit undurchdringlicher Miene.

„Was für Geld?", fragt er teilnahmslos. „Denkst du ernsthaft, ich hätte in den dreckigen Beutel auch nur reingeschaut? Ich will mir doch keine Flöhe holen!"

Misstrauisch stecke ich das Portemonnaie in die Tasche zurück und deponiere sie sicher auf meinem Schoß. *Ob Mr. Morales das Geld hinein getan hat?*, überlege ich. *Vielleicht ist es eine Art Abfindung. Aber who cares? Ich brauche es, also behalte ich es!*

„Ich hätte dich ja kaum erkannt, Babyface", bemerke ich nun. „Irgendwas an dir ist anders, oder?"

Mit gerunzelter Stirn streicht er sich über sein fast nacktes Kinn, das allerdings auch nur mit Bartstoppeln ziemlich markant wirkt, wie ich mir eingestehen muss. Die blauen Augen fixieren mich. „Überspann den Bogen nicht, Prinzessin", rät er mir. „Wegen deiner Zirkusnummern gestern haben wir eh noch eine Rechnung offen!"

Sofort erwacht mein Selbstverteidigungstrieb wieder. „Soll das vielleicht eine Drohung sein?", schnaube ich und setze mich kerzengerade auf. „Und überhaupt, woher hast du die Tasche?! Und wie hast du mich gefunden? Und woher kennst du alle meine Lieblingsgerichte von der fucking Speisekarte?"

Mister *Beardless* lehnt sich auf dem Stuhl zurück, der sich unter seinem Gewicht bedenklich biegt. „Eins nach dem anderen", erwidert er grimmig. „Zunächst mal: Ich heiße Jax. J-A-X. Drei Buchstaben, die du dir merken wirst, verstanden?! Nenn mich noch einmal Babyface und du kreischst noch lauter als eben bei deinem peinlichen Versuch, umsonst ein Mittagessen zu schnorren!"

Jax also, soso. Da mich seine Worte natürlich nicht im Geringsten beeindrucken, reagiere ich nur mit einer Grimasse und starre ihn dann wortlos an. Ich kann auch stumm sein, wenn es der Kriegsführung dient. Verwirre deinen Gegner mit Unberechenbarkeit. Mein Schweigen bringt ihn jedoch nicht aus dem Konzept.

„Und nun zu deinen Fragen. Bisschen viele auf einmal, findest du nicht?", fährt Jax fort. „Ich beantworte dir genau eine, und zwar die erste: Das war keine Drohung, Pinky Pie, sondern eine Ankündigung. So, und jetzt bleib gefälligst hier sitzen und fass nichts an, damit nicht gleich das Haus über uns zusammenstürzt!"

Damit erhebt er sich und geht zum Tresen, wo Mrs. Wang gerade seine Bestellung auf einem Tablett anrichtet. Kurz überlege ich, ob ich lieber abhauen sollte. Dass der Kerl hier plötzlich aus dem Nichts auftaucht, verheißt sicher nichts Gutes. Aber um zur Tür zu gelangen, müsste ich ziemlich dicht am Tresen vorbei. Da würde er mich sicher gleich wieder catchen. Und außerdem bin ich viel zu hungrig, um auch nur eine einzige Frühlingsrolle auszuschlagen!

„Guten Appetit", sagt Jax und schiebt mir das voll beladene Tablett über den Tisch. Der Duft ist köstlich und ich will mich am liebsten sofort über alles gleichzeitig hermachen. Während ich mir ein Stück Knusperhuhn und eine Frühlingsrolle zugleich in den Mund stopfe, nippt er an seiner Coke und beobachtet mich mit gerunzelter Stirn.

„Hast lange nichts gegessen, was?", stellt er fest.

„Zuletzt gestern Abend eine Handvoll Popcorn", schmatze ich und greife mir eine große Ladung Nudeln. „Was hast du denn da gemacht?" Die blauen Augen folgen der Bewegung meiner Essstäbchen, die zusammen mit den Nudeln nun auf den Verband an seiner rechten Hand deuten. „Nur ein Kratzer", kommt die unbeeindruckte Antwort. „Iss jetzt, Prinzessin."

Schulterzuckend löffele ich meine Suppe und achte nicht weiter auf ihn. *So ein Spinner*, denke ich dabei. *Taucht hier auf, bringt mir einen Batzen Geld und bezahlt dann auch noch mein Essen!* „Falls du denkst, dass du bei mir landen kannst, bist du übrigens schief gewickelt, Mister", teile ich ihm mit, als ich absolut nicht mehr kann. Ich schütte alle Reste in eine der Pappschachteln und verschließe sie sorgfältig. „Mit Gangstern bin ich fertig, ein für alle Mal. So, wenn du mich jetzt entschuldigen würdest. Danke für das Essen und auf Nimmerwiedersehen!“

Jax hat mir seelenruhig zugehört und macht keine Anstalten, mich aufzuhalten, als ich nun meine Tasche und das Restepaket nehme und mich an ihm vorbeischiebe. Das Funkeln in seinen Augen macht mich etwas nervös, als er nun zwei Finger an die Stirn hebt und erwidert: „Man sieht sich, Zoey.“

Irgendwie klang das nicht wie eine Floskel. Auch das klang wie eine fucking Ankündigung.

Jax

„**W**as glaubt der Scheißkerl eigentlich, wer er ist?!"

Der Boss ist sauer. Und wenn der Boss sauer ist, dann ziehe sogar ich den Kopf ein. Dabei bin ich nicht einmal der Grund oder das Ziel seines Zorns, habe ich doch selbst erst vor einer halben Stunde von dem Überfall erfahren, der uns zwei gute Männer gekostet hat. Ganz zu schweigen von dem LKW voller reinstem Kokain. Dass ich nicht dabei war, verhindert aber nicht, dass ich mir trotzdem Vorwürfe mache. Hätte ich den Raub verhindern können, wenn ich mich selbst um den Deal gekümmert hätte? Vielleicht. Vielleicht läge ich dann aber jetzt auch selbst in einem dieser beschissenen schwarzen Leichensäcke, denn zu allem Überfluss haben sich die Cops diesmal auch noch eingemischt.

„Diese elende Made!", flucht Connor weiter. „Denkt der etwa im Ernst, dass er, nur weil er ein entfernter Verwandter von Benedetti ist, jetzt einfach in meine Stadt einmarschieren und mir die Geschäfte ruinieren kann?"

„Wir sind uns noch nicht sicher, ob es wirklich Romanos Leute waren", werfe ich ein, da fährt der Boss zu mir herum.

„Dann finde es heraus! Das ist jetzt schließlich deine Aufgabe, *Unterboss*!" Er stützt sich mit beiden Händen vor mir auf die Tischplatte. „Und nicht das Ausspionieren von kleinen rosa Vögeln. Hast du mich verstanden?"

Kurz fliegt mein Blick zu Ed, der ertappt zu Boden schaut, dann nicke ich und schiebe meinen Stuhl zurück. „Verstanden, Sir, ich kümmere mich sofort darum."

„Schönen Dank auch", fahre ich meinen Kollegen an, als ich wenig später zu ihm in den GMC steige. Big Ed zuckt nur mit den mächtigen Schultern.

„Was hätt' ich denn sagen sollen? Ein buntes Einhorn, Alter! Das hat doch beim Boss sofort Fragen aufgeworfen!"

Ich antworte nicht. Starre nur missmutig durch die getönten Scheiben, während das Rolltor sich langsam öffnet und mir die Galle immer mehr brodelt. Er hat ja recht. Alle beide, und das kotzt mich am meisten an. Frauen bedeuten eben nichts als Ärger, weshalb ich sie mir auch abgesehen von unverbindlichen Ficks bisher erfolgreich vom Leib gehalten habe. In meinem Job kann ich mir Ablenkung nicht leisten. Und Fehler noch viel weniger. Trotzdem kann ich nichts dagegen tun, dass ihr rosa Schopf schon wieder durch meine Gedanken tanzt. Und auch gegen den Drang, auf mein Handy zu sehen, bin ich schlicht und ergreifend machtlos. *Wo bist du, Pinky Pie?*

Der Stadtplan von Manhattan erscheint auf meinem Display, dann lokalisiert die App den kleinen roten Punkt, der munter vor sich hin blinkt, und zoomt automatisch näher. Broadway? Ob sie auf dem Weg zu einem Vortanzen ist? Oder einfach nur ihren Träumen nachhängt?

Ja, Prinzessin, ich weiß mittlerweile eine Menge über dich.

„Jaxy-Baby!" Ein Fingerschnippen direkt vor meiner Nase holt mich zurück. Warum schaut der Idiot so dämlich?

„Was?", frage ich, genervt, weil er mich von meinem Vögelchen losgerissen hat. Doch sein Grinsen macht mich noch verrückter.

„Och, nix", sagt er, gluckst aber weiter in sich hinein, während er den schweren SUV in den New Yorker

Straßenverkehr einfädelt. Und als ich nach seinem Kragen greife, um ihm den Kopf zurecht zu rücken, fängt er doch glatt lauthals an zu lachen. „Ist schon gut, Großer! Bleib locker! Ich hab dich nur noch nie so lächeln sehen wie eben, Mann. Ehrlich! Hat dir das kleine Einhorn etwa ein paar Nacktfotos zukommen lassen? Steht sie auf rasierte Kerle?"

„Halt die Fresse, Ed!" Der einzige Grund, warum ich ihm keine reinhaue, ist, dass er den Wagen lenkt. Ich bin schlecht gelaunt. Millionen von Dollar waren in dem beschissenen LKW, kein Wunder also, dass der Boss mehr als angepisst ist. Und dann komme ausgerechnet ich mit meinen Nachforschungen zu Zoey um die Ecke. Unpassender geht's gar nicht! Ich habe jetzt eine andere Stellung. Ich habe *Verantwortung*, verdammt noch mal, also sollte ich alles daransetzen, fokussiert zu bleiben. Ich stecke das Handy weg.

„Wo sollen wir anfangen, zu suchen?", fragt Ed. Offensichtlich ist auch er endlich wieder im Arbeitsmodus angelangt.

„Fahr zum *Mamma Lucia*. Ich kenne dort jemanden, der immer bestens informiert ist, was Chicago betrifft." Unser Gespräch ist beendet. Stur richte ich den Blick geradeaus. Und sehe in jeder fucking Fensterfront ihre dunklen riesengroßen Kulleraugen.

Das *Mamma Lucia* liegt in einer ruhigen Seitenstraße in Brooklyn, nicht weit vom East River entfernt. Häuschen im Klinker-Baustil prägen die Nachbarschaft und Bäume sorgen für viel Grün. Das Viertel ist nicht sonderlich hip, aber gepflegt und sauber und damit meilenweit von den Slums entfernt, in denen ich aufgewachsen bin. Den Menschen hier geht es gut. Solide Mittelschicht, würde ich sagen, was auch das Lachen auf den Gesichtern der Familien beweist, die ich im Vorbeifahren beobachte.

„Nett hier", bemerkt Ed und lenkt den Wagen an den Straßenrand. Wir kommen direkt vor der ausladenden Pergola des Außenbereichs zum Stehen. „Aber dass Italiener immer rotkarierte Tischdecken haben müssen ..." Mein Partner rollt mit den Augen, da öffne ich bereits mit einem Grinsen die Tür.

„Und Chianti-Flaschen, Bro. Vergiss die Chianti-Flaschen nicht!"

Ich gehe voran über den schmalen von Blumenkästen gesäumten Weg, der zum Eingang des Restaurants führt, und an Eds Brummeln kann ich seinen Missmut über die mit Bast umwickelten Weinflaschen hören, die als Kerzenhalter auf jedem der Tischchen stehen. Mir gefällt's. Mamma Lucia hat dem gleichnamigen Lokal ihren ganz eigenen Charme verpasst, und wer sich hier nicht spätestens nach einem Teller ihrer legendären selbstgemachten Pasta wie zuhause fühlt, der weiß nicht, was ein Zuhause ist. Vielleicht komme ich deswegen auch so gern hierher.

„Jackson! *Mio caro!*"

„Kommst wohl öfter, was?" Ed schaut fragend von mir zu der weißhaarigen alten Dame, die freudestrahlend die Theke umrundet.

„Ab und zu", ist meine knappe Antwort, dann breite auch ich meine Arme aus. „Mamma Lucia! So schön, dich zu sehen! Wie geht's dir?"

„Bestens! Bestens! Aber ... Was ist denn mit deinem Gesicht passiert? Mit dem Rasierer ausgerutscht?" Mein Partner hinter mir lacht. Der Arsch! Doch zum Glück geht Mamma Lucia nicht weiter auf das Thema ein. Mein Gesichtsausdruck hat wohl Bände gesprochen. „Komm mit, mein Junge, dein Tisch ist frei."

Sie eilt voraus und ich ernte den nächsten fragenden Blick, winke Ed aber einfach hinter uns her. Um diese Uhrzeit ist noch nicht viel los und ich habe die Handvoll Gäste bereits beim Betreten des Gastraums abgecheckt. Das Yuppie-Pärchen am Fenster ist harmlos, ebenso wie die sechsköpfige asiatische Familie drüben in der Ecke. Ein Gast jedoch ist anders. Ich kann nicht sagen, warum, aber mittlerweile vertraue ich meinem Bauchgefühl, wenn es mir dieses Kribbeln in den Nacken setzt.

Ich lasse den Mann nicht aus den Augen, während ich Lucia zu *meinem* Tisch folge – der hinter dem offenen Bücherregal. Das Separee sozusagen. Der Typ hat dunkle Haare, dunkle Klamotten und einen ebenfalls dunklen, sehr stattlichen Vollbart, bei dessen Anblick doch tatsächlich das unterschwellige Brennen des Neids in meiner Brust aufflammt. Er ist mir gleich unsympathisch. Arschloch. *Ich kenne da eine kleine Lady, die würde dir die Pracht in Nullkommanichts absäbeln.*

Natürlich bekommt er von meinen Gedanken nichts mit. Hockt da und dreht seine Gabel in den … Moment, sind das …? Na toll. Jetzt rolle *ich* die Augen. Der Wichser isst auch noch mein Lieblingsessen. Dass er aber noch keine Sekunde lang aufgesehen hat, nicht einmal, als die Wirtin mich so überschwänglich begrüßte, macht ihn eindeutig seltsam. Verdächtig. Ob er vielleicht taub ist? Sozial gestört? Ein Riesenwichser? Nun, in meiner Vorstellung ist er mittlerweile alles zusammen und so freut es mich fast, dass ich ihn von meinem Platz aus und zwischen den Büchern hindurch weiter beobachten kann. Zumindest, bis Big Ed seinen Prachtkörper vor die Aussicht schiebt.

„Echt nett hier", grunzt er. „Wusste gar nicht, dass du solche Läden kennst."

Mamma Lucia reicht uns die Speisekarte. „Das Übliche?", fragt sie an mich gerichtet. Und mit einem schiefen Blick auf meinen Kollegen fügt sie hinzu: „Für ihn würde ich Salat empfehlen."

„Hey!"

Tja, das wars dann wohl mit Eds gutem Eindruck von diesem Etablissement. Mamma Lucia ist neben Connor O'Brien wohl der ehrlichste und auch direkteste Mensch, den ich kenne. Aber wenn sie dich erst einmal in ihr großes Herz geschlossen hat, kommst du da nie wieder raus. Und sie kocht einfach nur göttlich.

„Er nimmt das Steak, Mamma Lucia. Und sei nicht so gemein zu ihm, er ist mein Freund."

„Ach." Eine ihrer dünnen Brauen wandert nach oben. „Nur ein Freund? Oder ein Freund der *Familie*?"

„Letzteres." Ich nicke und reiche ihr die Karte zurück. „Für mich einmal die Spaghetti alla Lucia, bitte. Wie immer. Danke schön."

„Mann, Mann, Mann, die hat ja ganz schön Haare auf den Zähnen." Ed schaut ihr hinterher, dann sehe ich, dass sein Blick ebenfalls kurz auf dem Bart hängenbleibt.

Ich will dein Gesicht sehen, Freundchen.

„Gehört der auch irgendwie dazu?" Ed hat die Stimme gesenkt, was bei seinem vollen Bass gar nicht so einfach ist. Darum prüfe ich auch sicherheitshalber, ob der Typ ihn nicht doch gehört hat. In unveränderter Haltung schiebt er sich die letzte Gabel mit Pasta rein.

„Den habe ich hier noch nie gesehen. Aber wenn du mich so fragst … sollten wir vorsichtig sein."

„Och, du sollst das doch nicht machen, mein Junge! Gib das her!"

Wie immer bringe ich meinen Teller selbst zurück in die Küche, und wie immer werde ich dafür gerügt. Doch an dem liebevollen Schmunzeln, das Lucias Lippen kräuselt, sehe ich, wie sehr sie die Geste dennoch zu schätzen weiß. Sie stellt das Geschirr beiseite und dann schaue ich in messerscharfe, grüne Augen. „Und jetzt raus mit der Sprache: Weswegen bist du hier?"

Grinsend lehne ich mich rücklings gegen die Spüle. „Wir haben Ärger, Lucia. Irgendjemand drängt ins Geschäft und das ziemlich rasant. Weißt du was darüber? Wir vermuten …“

„Emilio Romano.“

Also doch. Der Boss hatte recht.

„Der kleine Bengel konnte noch nie die Füße unter dem Tisch behalten. Dass er es jetzt aber hier in New York versucht, das hätte ich ihm niemals zugetraut. Ich bin mir allerdings auch nicht sicher, ob sein Bruder davon weiß. Sowas ist eigentlich nicht Don Nicos Stil.“ Lucia seufzt, dann legt sie mir ihre faltige Hand auf den Arm. Diese Frau ist einfach der Hammer. So klein und süß. Niemand würde vermuten, dass sie die ausgebuffteste Mafia-Lady ist, die New York je gesehen hat.

„Wie auch immer, nimm dich in Acht, Jackson, ja? Die Romanos sind unberechenbar. Und wenn ich das sage, dann meine ich es auch genau so. Wenn du Hilfe brauchst … ich wüsste da jemanden. Besser schaltet ihr das Übel direkt an der Wurzel aus, ehe es noch Blüten treibt.“

„Du meinst …“

„Ganz richtig. *Er* weiß, wo man diesen Störenfried findet. Und *er* weiß, wie er ihn ausschaltet. Diskret und ohne großes Aufheben. Wie immer.“ Ihr verschmitztes Lächeln ist ansteckend.

„Da hätte mein Boss sicher nichts dagegen. Und ich auch nicht …“ Die Erinnerung an den Drogenraub und mein damit verbundenes schlechtes Gewissen kommen wieder hoch.

„Ach, stimmt ja! Herzlichen Glückwunsch zur Beförderung, mein Schatz. Das hast du dir mehr als verdient.“ Sie kneift mir in die Wange. Etwas, das wirklich nur *sie* darf! Und bei ihr fühlt es sich auch noch gut an. „Jetzt aber zurück an die Arbeit“ Sie schiebt mich aus der Küche. „Ich werde ihn zu dir schicken.“

Zoey

Es ist so weit. Endlich stehe ich im Spotlight. Alle Augen sind auf mich gerichtet. Und unter mir: die Bretter, die die Welt bedeuten! Mir jedenfalls. Seit ich ein kleines Kind war, will ich eigentlich nur eins: tanzen! Und was habe ich nicht alles dafür getan! Bin immer wieder fortgeschlichen, um an den Ballettstunden teilzunehmen, die eine engagierte Lehrerin mir umsonst gegeben hat. Niemand durfte davon wissen, denn wenn man wie ich in einer Sekte aufwächst, hat man zu funktionieren und sonst gar nichts. Individuelle Neigungen oder Talente zählen dort ebenso wenig wie Wünsche oder Bedürfnisse.

Ich habe die Prügel in Kauf genommen, die es gesetzt hat, als meine heimlichen Tanzstunden aufflogen. Ebenso wie den Hausarrest und all die anderen Strafen, mit denen sie mich brechen wollten, wenn ich mal wieder verbotenerweise ferngesehen und die Choreographien der Musikclips nachgetanzt habe. Mir war alles egal, denn nur dieser eine Traum hat mich in den dunklen Jahren meiner Jugend überhaupt am Leben gehalten: eines Tages als Tänzerin auf einer Bühne am Broadway zu stehen.

Okay, zugegeben: In meinem Traum habe ich keine knallgelbe Latzhose und erst recht kein Cap mit Propeller dran getragen. Und ich musste auch nicht fünf Stunden in einem zugigen Flur auf meinen Auftritt warten. Aber hey, jeder fängt mal klein an! Und wenn ich diese Rolle bekomme und darin überzeuge, dann wird die nächste garantiert schon eine richtige Hauptrolle.

Im Zuschauerraum ertönt ein lauter Pfiff, der mich aus meinen Gedanken reißt.

„Nummer siebenundachtzig?"

„Ja, genau, mein Name ist Zoey Anderson. Ich bin …"

Der Regisseur, oder wer auch immer dort unten im Dunklen sitzt, klatscht ungeduldig in die Hände.

„Musik! Wir haben nicht ewig Zeit, Leute!"

Der Sound, zu dem ich meine Choreographie einstudiert habe, erklingt aus den Boxen. Eigentlich hätte ich mich noch gerne vorgestellt, aber gut, von mir aus kann auch meine Performance für mich sprechen. Ich lege los und obwohl ich von der ewigen Warterei ziemlich steif und durchgefroren bin, komme ich richtig gut rein. Jede Bewegung sitzt und die Energie, die mir das Verschmelzen mit dem Rhythmus schenkt, sprüht geradezu über die Bühne. Beim Tanzen vergesse ich alles um mich herum. Ich löse mich förmlich auf, werde eins mit der Musik und vergesse für die Dauer eines Songs all meine Sorgen, all die bösen Erinnerungen und all die Geister, die mich Tag und Nacht heimsuchen.

Tatsächlich vergesse ich sogar die blauen Augen, die sich seit dem Besuch im Wang-Imbiss noch tiefer in mein Bewusstsein gebrannt haben. Sie lösen sich einfach in Luft auf, ebenso wie die gefährliche Samtstimme und die muskulöse, tätowierte Gestalt von J-A-X, die seitdem nicht mehr aus meinem Kopf verschwinden wollte.

Ich tanze und obwohl es nur um eine kleine Kinderrolle in einer eher zweitklassigen Produktion geht, fühle ich es in diesem Moment so sehr, als wäre es eben keine Rolle, sondern mein Leben. Und so ist es auch: Tanzen ist mein Leben. Es ist das Einzige, warum es mich überhaupt noch gibt.

Doch als noch nicht einmal die Hälfte des Stück um ist und ich gerade dabei bin, so richtig aufzudrehen, ertönt wieder das ungeduldige Klatschen aus der ersten Reihe. Die Musik geht aus. Ich halte inne.

„Schön, danke, das reicht", ruft mir die Stimme aus der Dunkelheit zu. „Du bist nicht schlecht, Mädchen, aber du passt nicht für die Rolle!"

Es fühlt sich an wie ein Schlag in die Magengrube. Oder wie ein Glas Säure, das ich versehentlich getrunken habe und das mir von innen die Eingeweide auffrisst.

„Aber … woran liegt es denn?", stammele ich hilflos. „Ich kann mich ja den Erfordernissen anpassen. Sind es meine Haare? Ich wäre auch bereit, sie zu färben, wenn es das ist …"

Das Lachen des Mannes klingt hart und gemein. „Also, wenn du es genau wissen willst, Kleine", antwortet er hämisch. „Es sind deine Titten. Sie sind zu groß! Oder wärst du bereit, sie dir für die Rolle verkleinern zu lassen?"

Nun lachen auch andere, die ich ebenfalls nicht sehen kann. Ich bin so vor den Kopf gestoßen, dass ich überhaupt nicht reagieren kann. Eigentlich passiert mir das selten, denn schließlich habe ich auf die harte Tour lernen müssen, für mich selbst einzustehen. Doch in Momenten, in denen meine Träume zerbrechen, weil jemand sie mit Füßen tritt, ist es nicht leicht, stark zu sein.

„Die Nächste! Nummer achtundachtzig!"

Tränen steigen in mir hoch. Ich spüre dieses verräterische Kribbeln in der Nase und kämpfe mit aller Macht dagegen an. *Nicht heulen*, ermahne ich mich, so wie ich es damals getan habe, wenn Vater oder Mutter mich wieder einmal geschlagen hatten. *Lass sie nicht sehen, dass sie dich verletzen können!* Ich beiße mir auf die Unterlippe, balle die Fäuste, doch das Kribbeln wird immer stärker. *Nicht heulen, Zoey*, denke ich verzweifelt, so wie in

Chicago, als Emilio mich gezwungen hat, in einem seiner dreckigen Nachtclubs zu strippen.

„Du willst tanzen, Baby?", hat er gegrinst. „Ich lasse dich tanzen!"

Gib ihnen nicht das Gefühl, dass sie gewonnen haben!

„Schafft sie von der Bühne! Die hält ja den ganzen Ablauf auf!"

Jemand packt mich am Arm und zieht mich weg. Es ist ein pickliger Assistent mit Pferdeschwanz und Hornbrille, der mich in Richtung der Umkleiden zerrt. Langsam lässt meine Erstarrung nach und ich reiße mich los. „Finger weg, Freundchen", knurre ich. „Den Weg finde ich schon allein!"

Er mustert mich von oben bis unten und zupft an seinem widerlichen Ziegenbärtchen. „Der Chef hat recht", stellt er fest. „Um ein Kind zu spielen, sind deine Titten zu groß. Aber weißt du was? Mir gefallen sie trotzdem!"

Mit einem schmierigen Lächeln streckt er seine Hände aus, doch bevor sie ihr Ziel erreichen können, trifft ihn bereits meine Faust in den Magen. Stöhnend krümmt er sich zusammen und verzieht sich „Ich sagte, Finger weg", schreie ich ihm aufgebracht hinterher. „Leg dich bloß nicht mit mir an, Junge! Ich habe schon ganz andere Kerle umgelegt!"

Natürlich muss ich gleich wieder an Jax denken, denn auch wenn ich ihn nicht direkt umgelegt habe, ist er definitiv ein anderes Kaliber als dieses Würstchen von einem Regieassistenten! Wieder erfasst mich dieses seltsame Gefühl, das ich gespürt habe, als er über mir saß oder als ich seinen Bart gekrault habe. Ein angenehmes Kribbeln.

„What the fuck, Zoey?!", murmele ich, als ich das Theater kurz darauf durch den Hintereingang verlasse. „Hör endlich auf, an diesen Mafiosoarsch zu denken! Mit Emilio warst du in der Beziehung doch wohl bestens bedient! Hast du nichts aus der ganzen Scheiße gelernt?!"

Offensichtlich nicht. Denn während ich durch die dunkle, enge Seitenstraße in Richtung der U-Bahn gehe, denke ich auch weiterhin an Jax. Genauer gesagt, an seinen Mafiosoarsch, den ich im Wang-Imbiss ausgiebig begaffen konnte, als er zum Tresen gegangen ist, um das Tablett für mich zu holen. Ein ziemliches Prachtstück. Ob der auch tätowiert ist?

„So, du kleine Bitch, habe ich dich!“

Es ist nicht etwa Jax, der da aus einer dunklen Ecke hervorgesprungen kommt und mich packt. Nein, seinen Griff kenne ich mittlerweile. Er ist fest und bestimmt und vor allem unnachgiebig. Wer sich hier in meinen Haaren verkrallt hat, ist der Assistent. Der Bursche ist bei weitem nicht so groß und stark wie Mister *Blue Eyes*, aber offensichtlich ist er ziemlich wütend und das weckt wohl ungeahnte Kräfte in ihm.

„Du willst mit mir kämpfen, ist es nicht so? Du stehst drauf, gib es doch zu!“

Er spuckt beim Reden und seine Nasenflügel beben.

„Lass mich los, du Milchbubi“, fauche ich. „Mach dich nicht unglücklich!“ Obwohl ich mich mit Händen und Füßen wehre, gelingt es ihm, mich zwischen zwei große Mülltonnen zu stoßen. Hier kann mich niemand sehen! Wenn ich es nicht schaffe, mich zu befreien, bin ich dem Ekelpaket ausgeliefert! Panik flackert in mir auf. Hart pralle ich mit dem Rücken gegen die Betonwand des Theaters.

„Jetzt vergnügen wir uns mal ein bisschen“, sabbert er und drückt sich an mich. „Es wird dir gefallen, keine Sorge!“ Seine Hände auf meinem Körper, sein Atem dicht an meinem Hals. Ein heftiger Brechreiz packt mich und ich wehre mich aus Leibeskräften. Doch es nützt nichts. Zwar hat er Schwierigkeiten, mich festzuhalten, doch er ist mir körperlich überlegen.

Erinnerungsfetzen schießen mir durch den Kopf. Emilio ist oft so über mich hergefallen, wenn er auf Drogen war. Der alte

Schmerz, die alte Abscheu, alles wird wieder lebendig. Ich will schreien, aber aus meiner Kehle kommt nur ein klägliches Krächzen.

Da höre ich ein metallisches Klicken. Auch der Ziegenbart hält inne und starrt mich mit großen Augen an.

„Lass sie los!"

Diese Stimme kenne ich! Sie hat die Fähigkeit plötzlich samtweich zu klingen. Aber dann wieder, so wie jetzt, möchte man sich am liebsten in Luft auflösen, wenn man sie hört. Denn sie bedeutet Ärger, das steht fest. Nicht für mich, jedenfalls nicht heute, sehr wohl jedoch für den Angreifer, dessen Finger noch immer meine Oberarme umkrallen. Beim Anblick der mächtigen Silhouette, die sich da in der dunklen Gasse hinter ihm aufbaut, lässt er mich nun jedoch eilig los.

Eigentlich hatte ich ja „Auf Nimmerwiedersehen!" zu Jax gesagt. Ich habe zwar keine Ahnung, wo er jetzt schon wieder herkommt, aber in diesem Moment bin ich doch recht froh, dass er da ist. Das Klicken muss beim Aufklappen des Messers entstanden sein, das er in der Hand hält. Sieht ziemlich respekteinflößend aus, das Ding.

„Ey, Mann, gibt es hier ein Problem?", stammelt der Assistent. „Du verstehst das falsch, sie ist meine Freundin, sie steht auf solche Spielchen … Warte, oder ist sie etwa deine Freundin? Bitte, das war nur ein Missverständnis, ich … "

Ohne ein Wort zu verlieren, greift Jax sich den Knilch mit seiner freien Hand, rammt ihm das Knie in die Weichteile und verpasst ihm fast zeitgleich eine Kopfnuss, die mir schon beim bloßen Zuschauen Migräne macht. Irgendetwas knackt und der Ziegenbart gibt einen gedämpften Schrei von sich. Das Messer blitzt auf, als Jax sein Opfer jetzt am Hals packt – allem Anschein nach ist das wohl sein Lieblingsgriff – und neben mir gegen die Wand drückt. Ich trete etwas zur Seite und rücke mir verwirrt meine Jacke zurecht. So kann sich das Blatt wenden.

Der panische Blick des in Bedrängnis geratenen Angreifers trifft meinen. „Bitte, hilf mir", flüstert er kreidebleich. „Ich besorg dir auch eine Rolle!"

Jax schnaubt wie ein wilder Stier und rammt sein Knie noch einmal in die gleiche Gegend wie eben. „Willst du wirklich, dass das deine letzten Worte sind, du erbärmlicher Wurm?", presst er zwischen den Zähnen hervor. „Stirb wenigstens wie ein Mann, anstatt die Frau um Hilfe anzuflehen, die du gerade noch vergewaltigen wolltest!"

Obwohl das natürlich alles andere als witzig ist, muss ich plötzlich lachen. „Wo er recht hat …", sage ich schulterzuckend zu dem Ziegenbart. Doch dann halte ich inne. „Warte! Du willst ihn *umbringen*?", frage ich Jax. „Ist das nicht etwas übertrieben? Dann wäre ich schon wieder Zeugin in einem Mordfall, das kann ich wirklich nicht gebrauchen!"

Einige Male atmet Jax laut ein und aus, dann brummt er: „Dein Glück, du Wichser!" Aber anstatt den Assistenten loszulassen, presst er ihn noch fester gegen die Mauer. Ganz dicht führt er die Klinge vor sein Gesicht. „Es gibt Narben, auf die man stolz sein kann", knurrt er. „Aber deine werden dich für immer daran erinnern, was für Abschaum du bist!"

Dann geht es ganz schnell. Jax lässt die Klinge mehrmals über die Wangen seines Opfers sausen. Der Ziegenbart schreit wie am Spieß. Mit blutüberströmtem Gesicht sinkt er zu Boden. Entsetzt starre ich ihn an, wie er dort zusammengekrümmt und wimmernd liegen bleibt.

„Komm, Prinzessin", sagt Jax zu mir. „Das brauchst du dir nicht anzusehen!"

Während er mich vor sich her in Richtung Broadway schiebt, versuche ich, meine Gedanken zu ordnen. „Wo kamst du so plötzlich her, Jax?", frage ich schließlich. „Das war doch nie und nimmer ein Zufall!" Die große Hand, die sich nun in meinen Nacken legt, um mich mit sanfter Bestimmtheit zu einem im absoluten Halteverbot parkenden, schwarzen SUV zu dirigieren, vermittelt mir ein zwiespältiges Gefühl: Da ist Sicherheit, auf der einen Seite. Er hat mich gerettet und darüber bin ich verdammt erleichtert. Aber auf der anderen Seite ist da auch etwas Dunkles, Bedrohliches, Unheimliches, das ich nicht greifen kann. *Dieser Mann ist gefährlich*, denke ich mit klopfendem Herzen.

„Ich will nicht in dieses Auto steigen", wehre ich mich, als er die Beifahrertür öffnet und mir mit seinem Körper den Weg versperrt, so dass ich eigentlich keine andere Wahl habe.

„Ich bringe dich nach Hause, Pinky Pie", entgegnet er ruhig. „Hast du immer noch nicht begriffen, dass ich besser auf dich aufpassen kann als du selbst?"

Jax

ittle Miss You-rescued-my-ass-but-you-still-piss-me-off hockt mit verkniffener Miene auf dem Beifahrersitz. Hat ihr nicht gepasst, dass ich die Türen verriegelt habe. Aber das nehme ich in Kauf, wenn ich dadurch verhindern kann, dass sie in irgendeiner Kurve die Tür aufreißt und bei ihrem nächsten Fluchtversuch dann doch überfahren wird.

„Also, wo wohnst du?", breche ich das Schweigen, nachdem wir den Broadway hinter uns gelassen haben und ich mich in Richtung Bronx eingeordnet habe. Der Verkehr auf dem breiten Highway am Hudson River stockt mal wieder. Wahrscheinlich hat irgendein Motherfucker irgendwo einen Unfall gebaut.

„Ich wette, das weißt du eh schon, du kranker Stalker!", erwidert Pinky Pie giftig.

Volltreffer, Prinzessin, denke ich. *Ich weiß mehr über dich, als dir lieb sein dürfte.*

In diesem Zusammenhang erinnere ich mich an das Gespräch, dass Zoey heute Morgen mit ihrer Mitbewohnerin geführt hat. Sie hat dieser Suzanna nämlich vorgejammert, dass sie „viel zu große Brüste für eine Tänzerin" habe. Suzy darauf nur: „Geht's noch?! Die meisten Frauen würden für 70C töten! Das ist die perfekte Größe, du undankbares Geschöpf!" Was soll ich sagen? Ich konnte dem klugen Mädchen nur recht geben.

Allerdings bringe ich das jetzt natürlich nicht zur Sprache. Stattdessen werfe ich meinem Fahrgast einen grimmigen Seitenblick zu und schnaube: „Kranker Stalker?! Die Liste wird immer länger, Fräulein! Ich warne dich, irgendwann kriegst du von mir die Rechnung für all den Bullshit, den du mir an den Kopf wirfst!"

Als sie daraufhin die Augen verdreht und mit ihrer Hand die Blablabla-Geste macht, reicht es mir. Ich ziehe die Handbremse und mache den Warnblinker an. Der Verkehr vor uns ist ohnehin zum Erliegen gekommen und auch wenn es nicht so wäre, würde es mich nicht kümmern. Manchmal muss man einfach Prioritäten setzen.

„Was soll der Scheiß?", fragt Zoey und mit Genugtuung höre ich eine gewisse Beunruhigung in ihrer Stimme. Ohne ihr zu antworten, beuge ich mich zu ihr hinüber und löse ihren Anschnallgurt.

„Hey, willst du mich jetzt etwa einfach rausschmeißen?", empört sie sich. Wie es aussieht, gefällt es ihr in meinem komfortablen Wagen vielleicht doch gar nicht so schlecht. „Keine Sorge, ich schmeiße dich nicht raus", brumme ich, während ich mir die Ärmel meines Jacketts ein wenig hochschiebe und meinen Sitz ein wenig nach hinten fahren lasse. „Sonst läufst du ja gleich wieder in die nächste Katastrophe hinein!"

Dann greife ich Zoey mit einer Hand am Oberarm und mit der anderen im Genick und ziehe sie mir kurzerhand über den Schoß. Das ist kein Problem, denn zum einen wiegt das Mädchen deutlich weniger als die Hanteln, mit denen ich für gewöhnlich trainiere, und zum anderen ist der Innenraum des GMC so geräumig, dass ich selbst einen Koloss wie Big Ed hier drinnen problemlos übers Knie legen könnte, wenn ich wollte. Allerdings hat Pinky Pie es sehr viel nötiger als mein Freund und Kollege.

Natürlich wehrt sie sich aus Leibeskräften, zappelt, beißt und tritt um sich. Dass sie außerdem schimpft wie ein Rohrspatz, versteht sich von selbst. Aber ich kümmere mich nicht darum. Es fällt mir nicht schwer, sie mit einer Hand zu fixieren, denn auch wenn Zoey ausgesprochen wehrhaft ist, besonders stark ist sie nun nicht.

Der Wagen wackelt, hinter uns hupen Autos, aber ich lasse mich nicht aus der Ruhe bringen. Von diesem Moment habe ich geträumt, seit das kleine Miststück mir den Bart abgesäbelt hat. Nein, schon vorher! Seit sie mich vor meinem Boss als Arschloch und Missgeburt betitelt hat. Und wie gesagt, seitdem ist einiges dazugekommen!

In aller Seelenruhe betrachte ich sie einen Augenblick. Pinky Pie trägt, passend zum Namen, eine pinke Bomberjacke, die praktischerweise ziemlich kurz ist. Dazu Chucks und schwarze Yoga Tights aus einem schimmernden Stoff, in denen sich ihr süßer Hintern ziemlich einladend präsentiert. Eigentlich hätte ich nicht übel Lust, ihr das Teil einfach mit einer groben Bewegung herunterzuziehen. Ob auch ihr Höschen rosa ist? Aber dafür bin ich dann doch zu sehr Gentleman. *Vielleicht beim nächsten Mal*, vertröste ich mich, während ich mich an dem Muskelspiel erfreue, das Zoeys zappelnde Beine verursachen. *So wie ich sie kenne, dürfte sich bald schon die nächste Gelegenheit bieten!*

Stattdessen hebe ich meine rechte Hand und lasse sie nicht gerade zärtlich auf ihren Po hinuntersausen. Es klatscht und obwohl meine Schnittwunde natürlich wieder in Mitleidenschaft gezogen wird, fühlt es sich noch viel besser an, als ich gedacht hatte. Und sowohl Zoeys Quieken als auch das erschrockene Zucken ihrer Muskeln stacheln mich an, gleich noch einmal zuzuschlagen.

Mmh, verdammt, ist das gut! Danach könnte ich süchtig werden!

„Du tust mir weh, du widerlicher Neandertaler", zetert Zoey und versucht noch einmal mit dem Mut der Verzweiflung, sich irgendwie aus meinem Griff zu befreien. Was natürlich nur zur Folge hat, dass ich sie noch fester halte. Und dass der nächste Schlag noch etwas kräftiger ausfällt. „Aua, spinnst du?! ", kreischt sie.

Meine Hand greift in ihren rosa Haarschopf und zieht ihr den Kopf unsanft in den Nacken. „Du hältst jetzt besser deinen Mund, Prinzessin", knurre ich so böse, dass sie tatsächlich kurzzeitig verstummt. „Du scheinst eins nicht kapiert zu haben: Ich weiß, was du brauchst, und zwar verdammt genau! Und ob du es nun glaubst oder nicht, in diesem Moment ist es eine kleine Abreibung!"

Natürlich will sie sofort wieder ansetzen, lautstark zu protestieren, aber ihre Gegenwehr schwindet. Es ist seltsam, aber zum ersten Mal habe ich das Gefühl, dass sich so eine Art Einverständnis zwischen uns einstellt. Nicht mit Worten und schon gar nicht auf einer rationalen Ebene. Es ist eine tiefere Ebene, auf der wir in diesem Moment miteinander kommunizieren. Als würden sich wirklich zwei Bedürfnisse treffen.

„Schluss jetzt! Hör auf, dich zu wehren und lieg still! Du kannst es eh nicht ändern!", setze ich barsch nach. Denn eins habe ich jetzt verstanden: Ich lag mit meiner Intuition wieder einmal richtig. Genau diese Ansage hat Zoey in diesem Moment gebraucht. Sie braucht Grenzen. Sie braucht jemanden, der stärker ist als sie und der gleichzeitig auf sie aufpasst. Sie braucht *mich*.

Es funktioniert. Sie gibt auf. Fügt sich in ihr Schicksal und akzeptiert, was sie sich eingebrockt hat: Dass sie inmitten eines Staus im New Yorker Stadtverkehr über den Knien eines fast zwei Meter großen Mafioso liegt und wie ein freches Kind den Hintern versohlt bekommt.

„Ich hatte dich oft genug gewarnt, nicht wahr?", brumme ich und schlage wieder zu. „Das kommt davon, wenn du nicht auf mich hörst!"

Obwohl der verdammte Schnitt bei jedem Hieb brennt, ist diese Bestrafung so ziemlich das Beste, was ich seit langem getan habe. Das war so nicht geplant. Ich wollte *Little Miss Broadway Queen* eine kleine Lektion erteilen, mehr nicht. Aber die Nummer gefällt mir, sehr sogar. Mehr noch, sie macht mich an. Je öfter ich diesen prallen, kleinen Apfelarsch durch einen kräftigen Klaps zum Vibrieren bringe, desto mehr beginnt das Blut in meinen Adern zu kochen.

Auch Zoeys Anblick trägt seinen Teil dazu bei, wie sie so zierlich wie ein Püppchen über meinen Oberschenkeln liegt, etwas verkrampft und in angstvoller Erwartung, wirklich sweet. Die Bomberjacke ist hochgerutscht, so dass ein Stück nackter Haut zu sehen ist. Ihr Haar ist verwuschelt und ihre Hände stützen sich an der Lederverkleidung der Tür ab.

Jedes Mal, wenn meine Handfläche sie trifft, zuckt Pinky Pie zusammen und ein leises Stöhnen kommt über ihre Lippen. Zuerst klang es schmerzverzerrt, aber nach etwa einem Dutzend Hieben verändert es sich zunehmend. Ich weiß, wie es sich anhört, wenn es weh tut, das bringt mein Beruf so mit sich. Aber das hier klingt anders!

Adrenalin pumpt durch meinen Körper, vermischt mit einem drängenden Begehren, wie ich es seit Jahren nicht gespürt habe. Meine Schläge werden noch etwas fester, Zoeys Stöhnen noch etwas intensiver. Fuck, was passiert hier gerade?! Dann bemerke ich, wie sie die Schenkel zusammenpresst und mir ihren Hintern von sich aus entgegenstreckt. *Sie steht drauf,* schießt es mir durch den Kopf. *Sie steht drauf, genauso wie ich!*

Meine Hand greift noch fester in Zoeys Haare, zieht sie unbarmherzig ins Hohlkreuz. „Braves Mädchen", raune ich mit dunkler Stimme. „Das ist es, was du brauchst, nicht wahr, Prinzessin?“

Sie keucht angestrengt, winselt, seufzt, aber antwortet nicht. Wahrscheinlich beißt sie sich gerade auf die Unterlippe und fragt sich, was zum Teufel ich mit ihr anstelle. Aber mittlerweile habe ich sie durchschaut: Sie steht sich selbst im Weg. Will sich keine Blöße geben. Kann sich nicht eingestehen, dass ich recht habe. Dass ich sie besser verstehe, als sie es selbst tut. Dass ich ihr geben kann, was sie braucht.

„Sag es“, herrsche ich sie an. „Ich will eine Antwort von dir hören!“

„Ja, Sir“, kommt es da wie aus der Pistole geschossen. „Ich … Ich brauchte es wirklich!“

Mit einem bösen Schmunzeln hole ich erneut aus, lecke mir genüsslich mit der Zungenspitze über die Lippen, bevor ich meine Hand erneut auf sie niedersausen lasse. Das warme Brennen auf meiner Haut verrät mir, dass der Schnitt sich wieder geöffnet hat. Ein Blick auf den Verband bestätigt meine Vermutung. Aber die Laute, die Zoey bei jedem Schlag von sich gibt, eine Mischung aus Sehnsucht, Schmerz und Lust, sind so köstlich, dass ich jetzt auf keinen Fall aufhören kann. Ich will mehr davon, noch viel mehr. Und dann … vernehme ich einen Klang, auf den ich ziemlich allergisch reagiere: Polizeisirenen. Ein Blick in den Rückspiegel bestätigt es mir. Das Blaulicht ist noch einige hundert Meter weit entfernt, aber es kommt näher. Ob wegen des vermeintlichen Unfalls oder wegen meines unerlaubten Blockierens des Fahrstreifens, weiß ich nicht. Aber auch wenn wir gute Connections zur Polizei haben, will ich es lieber nicht herausfinden. Denn in jedem Fall würde Connor davon erfahren und das muss nun wirklich nicht sein.

„Bleib so liegen, Pinky Pie“, befehle ich, fahre den Sitz wieder etwas nach vorn, löse die Handbremse und fahre weiter, als wäre nichts gewesen. Wir schwimmen wieder mit dem

Strom und niemand kann mehr erkennen, dass hier irgendetwas vorgefallen sein könnte. Jedenfalls von außen nicht. Von innen sieht das natürlich ganz anders aus. Nicht nur, dass Zoey schwer atmend über meinem Schoß liegt, es gibt auch noch andere Hinweise.

Und die bleiben auch ihr nicht verborgen. Zuerst liegt sie ganz still, dann bewegt sie sich quälend langsam vor und zurück. „Sag mal, Mister“, meldet sie sich irgendwann zu Wort. „Ist das eigentlich dein *Liebesknochen*, den ich da spüre?!“

Mit einem verärgerten Schnauben greife ich sie am Arm und befördere sie zurück auf den Beifahrersitz. Unsere Blicke treffen sich. Zum ersten Mal sehen wir uns wieder an. Sie grinst frech, aber der Glanz in ihren großen Rehaugen bestätigt mein Empfinden. Es hat ihr gefallen, auch wenn sie es niemals zugeben würde. Leise lachend schüttele ich den Kopf.

„Du wohnst in der Bronx, nehme ich an?“, frage ich, als ob ich das nicht längst wüsste. Sie nickt.

„Ich bin genauso ein Ghetto-Köter wie du. Auch wenn ich nicht als einer geboren wurde.“

Als ich ihr einen Seitenblick zuwerfe, schaut sie weg. „Und als was wurdest du geboren, Prinzessin?“, frage ich mit sanfter Stimme nach. Denn auch wenn der Inhalt ihres Einhornbeutels und Big Ed mir einige Informationen über sie liefern konnten und ich über die Wanze in ihrem Telefon schon viel Wissenswertes erfahren habe, ist mir das noch lange nicht genug. Ich will *alles* über Zoey wissen. Jede Sekunde, jeden Atemzug, jedes Lachen und jede Verletzung, von ihrer Geburt an bis heute.

Ihr schweres Seufzen verrät mir, dass dies vielleicht der erste Moment ist, in dem sie bereit ist, sich mir zu öffnen. *Versohle einer Frau den Arsch und sie öffnet dir ihr Herz*, hallt die Stimme meines Bosses durch meinen Kopf. Früher, bevor er geheiratet hat, kamen Sprüche dieser Art häufiger von ihm. Ob er am Ende recht damit hatte?

„Ich weiß es nicht", murmelt sie kleinlaut. „Ich würde ja gern sagen als Tänzerin, aber irgendwie zweifle ich daran immer mehr. Alle Träume, die ich einmal hatte, sind nach und nach zerbrochen."

Plötzlich habe ich Mitleid mit ihr. Hinter Zoeys ruppiger Fassade steckt ein kleines Mädchen, das es sicher nicht leicht hatte im Leben. Kommt mir bekannt vor. Auch unter meinen 115 kg Muskelmasse verbirgt sich irgendwo noch der Knirps, dessen ganze Familie ausgelöscht wurde.

„Hey, Zoey", sage ich. Meine Stimme klingt rau. Sie sieht mich an und ich richte den Blick auf die Straße. Der Verkehr lichtet sich inzwischen. Die Lichter der Stadt spiegeln sich im nachtschwarzen Wasser des Hudson River. „Gib niemals deine Träume auf, hörst du? Manchmal dauert es etwas, bis sie wahr werden, aber es ist nie zu spät dafür."

Aus dem Augenwinkel erhasche ich das kleine Lächeln, das über ihr Gesichtchen huscht.

„Okay, Jax", flüstert sie.

Eine Weile schweigen wir. Die Stimmung hat sich verändert, ist von erotisch aufgeladen in eine stumme Vertrautheit gewechselt. Ich kann gar nicht sagen, was davon mir lieber ist. Fest steht, dass ich jede Sekunde mit Zoey genieße.

„Findest du meine Titten zu groß?"

Hat sie das gerade wirklich gefragt?!

„What the …", stoße ich hervor. „Wer sagt denn sowas?!"

Wieder seufzt sie. „Ach, nur so", murmelt sie.

„Raus damit, wer hat das gesagt?!", schnaube ich. „Dem brenne ich heute Nacht noch die Bude nieder! Wer, Zoey?! Dieser Morales?"

Nun lacht sie. „Morales? Ach was, der stand mehr auf meinen Hintern! So oft, wie der mich angegrabscht hat, hätte ich wirklich Schmerzensgeld bekommen müssen!"

Meine Finger krallen sich ums Lenkrad. Mein Atem geht schwer. *Das war's, Morales*, denke ich hasserfüllt. *Das war dein fucking Todesurteil!* Ganz wie von selbst setzt Musik in meinem Kopf ein: *Burn, motherfucker! BURN!*

„Nächste links, dann sind wir da", dringt Zoeys Stimme wie von Ferne durch meine Wut zu mir hindurch. Ohne dass sie mir die Hausnummer nennen muss, halte ich vor dem schäbigen Wohnblock, in dem sie wohnt. „Also dann", lächelt sie, plötzlich ganz zahm. „Danke … für alles!"

Ich mustere sie schmunzelnd. „Braves Mädchen", grinse ich. „So gehört sich das."

Als ihr klar wird, dass ich ihren Dank auf das Spanking beziehe, runzelt sie die Stirn und zeigt mir den Mittelfinger. „Du bist echt ein Arschloch, J-A-X", entgegnet sie. „Aber trotzdem danke. Und jetzt verzieh dich."

Sie knallt die Tür zu und verschwindet im Haus, ohne sich noch einmal umzuschauen. Ich warte noch, bis im vierten Stock links das Licht angeht, dann fahre ich los. Wie es aussieht, habe ich noch etwas zu erledigen. Aber dafür muss ich erst noch zur Tankstelle.

Zoey

„Also echt, Zoey, danke für die Einladung", wiederholt Suzanna nun schon zum dritten Mal. „Erst schenkst du mir diesen megaschönen Mantel und dann noch die Riesenpizza bei *Tony's!*" Sie drückt mir überschwänglich einen Kuss auf die Wange, wozu sie sich ein ganzes Stück zu mir herunterbeugen muss. Denn obwohl Suzy drei Jahre jünger ist als ich, überragt sie mich um mehr als einen Kopf.

„Ach was, das ist wirklich nicht der Rede wert", winke ich ab. „Den Mantel brauchtest du wirklich dringend und außerdem war er im Sale. Ich konnte es einfach nicht mehr mit ansehen, dass du immer mit zwei Pullis rausgegangen bist und trotzdem völlig durchgefroren wiederkamst."

Ich bekomme noch einen Kuss. „Tausend Dank, wirklich!" Sie streichelt liebevoll über den kuscheligen Parka aus weichem Teddyplüsch. „Echt ziemlich anständig von Morales, dass er dir so eine stattliche Abfindung gegeben hat. Ich meine, nicht, dass du es nicht verdient hast, aber trotzdem … zugetraut hätte ich dem alten Lüstling so eine Geste nun wirklich nicht!"

Wieder mache ich eine wegwerfende Handbewegung. An Mr. Morales will ich in diesem Moment nun wirklich nicht denken. Zumal ich mir eben gar nicht sicher bin, dass das viele Geld – ich habe mehrmals nachgezählt und es waren dreitausend Dollar! – wirklich von meinem ehemaligen Arbeitgeber stammt. Eigentlich kaum vorstellbar, denn immerhin hat er mir in den paar Wochen, die ich schwarz bei ihm gearbeitet habe, nicht einmal den gesetzlichen Mindestlohn gezahlt. Woher also auf einmal diese Großzügigkeit?

Natürlich bin ich nicht blöd. Insgeheim ist mir schon klar, dass der unverhoffte Geldsegen irgendwie mit Jax zu tun haben muss. Entweder stammt das dicke Bündel Hundertdollarnoten von ihm, oder er hat es dem Barbier abgenommen, als er meine Tasche bei ihm geholt hat. Dass er dazu ohne weiteres in der Lage wäre, weiß ich spätestens seit dem Vorfall am Broadway. Wenn ich an den Atem des widerlichen Ziegenbarts an meinem Hals denke, an seinen Körper dicht an meinem, an seine sabbernden Lippen, dann steigen auch jetzt noch Panikgefühle in mir hoch. Doch auch wenn der Anblick seines zerschnittenen Gesichts mich bis in meine Träume verfolgt, tröstet mich die Gewissheit, dass er seine Quittung bekommen hat und bei jedem Blick in den Spiegel an diese Lektion erinnert werden wird. Der wird nie wieder ein Mädchen ungefragt anfassen!

Suzanna habe ich von alldem lieber nichts erzählt. Zum einen wollte ich mir ihre unreifen Kommentare darüber ersparen, wie sexy doch gewalttätige Kerle sind, und zum anderen ist es besser, wenn sie nicht in die Geschichte hineingezogen wird. Immerhin ist Jax ein Mafioso. Je weniger Suzy von ihm weiß, desto sicherer ist es für sie. Denn auch wenn ich wirklich froh bin, dass Mister *Ich-weiß-was-du-brauchst-Baby* mir das Geld gebracht und mich vor dem miesen Vergewaltiger gerettet hat, vertraue ich dem Kerl keineswegs. Ganz im Gegenteil, am liebsten würde ich nie wieder etwas mit ihm zu tun haben. Jawohl. Nie wieder. Nie. Wieder.

Auch wenn die Gefühle, die er in mir auslöst, ziemlich süchtig machen. Dieses berauschende Kribbeln war auch auf dem Broadway wieder da, kaum dass er seine Hand in meinen Nacken gelegt hat. Und seit dieser ungehobelte Rüpel mich dann über seine Knie gezerrt und mich wie ein dummes Balg verhauen hat, spielt eine seltsame Musik in meinem Kopf, die mich ganz duselig macht.

Man könnte jetzt vielleicht erwarten, dass es ein lauter und aggressiver Sound ist, so wie damals bei Emilio. Dass zum Beispiel eine heisere Stimme zu Heavy-Metal-Klängen so etwas wie „Revenge! Revenge! I'll bloody kill you!" röhrt, aber weit gefehlt. Stattdessen sind es schmalzige Geigen, die mich nun Tag und Nacht von innen beschallen. Und zu allem Überfluss schwirrt eine Handvoll dieser pummeligen, nacktärschigen Engelchen mit Goldlöckchen und kleinen Harfen wie ein Schwarm Fliegen durch meine Gedanken und macht mich ganz wuschig! Dabei habe ich doch gerade echt andere Sorgen!

Vom *Tony's* zu uns ist es ein Fußweg von etwa zwanzig Minuten, der uns auch an dem Barbershop von Mr. Morales vorbeiführt. Eigentlich bin ich nicht besonders scharf darauf, auch nur in die Nähe des alten Widerlings zu kommen, zumal ich wirklich lieber nicht wissen will, was genau es mit dem unerwarteten Geldsegen auf sich hat. Aber um diese Zeit müsste er schon geschlossen haben, weshalb ich darauf verzichte, Suzy einen Umweg vorzuschlagen.

Der Laden liegt ohnehin auf der anderen Straßenseite und wenn ich einfach nicht hinschaue, dann … „Fuck, was ist denn da passiert!" Meine Freundin hat mich am Arm gegriffen und deutet in die Richtung meines alten Arbeitsplatzes. Widerwillig folge ich ihrem ausgestreckten Arm mit dem Blick. Und erstarre.

Wo ich noch vor wenigen Tagen ein- und ausgegangen bin, bis mich ein Mafioso mit halbem Bart meinen Job gekostet hat, klafft jetzt nur noch ein schwarzes Loch in der Häuserfront. Der Laden ist komplett ausgebrannt. Die Scheiben zerbrochen, die Tür verkohlt. Alles ist mit schwarz-gelbem Polizeiband abgeklebt.

„Da hat wohl jemand versucht, die Versicherung reinzulegen“, mutmaßt Suzanna. „Das sieht Morales ähnlich. Wahrscheinlich will er sich mit dem Geld mit seiner Alten auf Cuba ein schönes Leben machen.“

„Puerto Rico“, flüstere ich heiser. „Er stammte aus Puerto Rico.“

Warum spreche ich in der Vergangenheit? Ich weiß doch gar nicht… Warum sollte Mr. Morales tot sein? Sein Laden ist abgebrannt, na und? Das kann reiner Zufall sein!

Doch ich weiß, dass es kein Zufall ist. Und ich spüre, dass mein ehemaliger Arbeitgeber tot ist. Es ist eine Gewissheit, die sich wie eine kalte Hand in meinen Nacken legt und mir die Luft abpresst. Ich bin geschockt. Ist es möglich, dass … Jax? Verdammt, nein! Es gab keinen Grund dazu! Oder?

Um nicht mehr darüber nachdenken zu müssen, ziehe ich Suzanna weiter, die von Mr. Morales' Schicksal nicht sonderlich beeindruckt ist. Kein Wunder, sie ahnt ja auch nicht, was hier passiert ist! Und auch ich will nicht länger darüber nachgrübeln, denn allein bei dem Gedanken, dass der Ghetto-Köter etwas mit der Sache zu tun haben könnte, wird mir ganz anders.

Während Suzanna unbekümmert von den Geschäften und Menschen plappert, die wir bei unserer Shoppingtour in den großen Einkaufsmeilen in Manhattan gesehen haben, schaue ich mich wieder verstohlen um. Es liegt weniger daran, dass ich in jedem SUV mit getönten Scheiben den Mafioso meines Vertrauens vermute. Im Gegenteil. Auch wenn ich von seiner Stalkerei genervt bin, wäre ich im Moment sogar irgendwie froh, ihn in meiner Nähe zu wissen. Denn auch wenn Jax ein Macho ist und ich ihn um Himmels Willen niemals wiedersehen will, würde ich mich jetzt sicherer fühlen, wenn er hier wäre.

Es ist nichts Neues, dass ich mich verfolgt fühle. Seit ich aus Chicago geflohen und in New York untergetaucht bin, befürchte ich ständig, dass Emilio oder seine Schergen mich aufspüren. Denn ich weiß, dass er mich sucht. Dazu hat er aus seiner Sicht auch guten Grund. Es war sicher nicht aus Mitleid, dass ich Jax gestern davon abgehalten habe, dem jämmerlichen Theaterassistenten die Kehle durchzuschneiden. Nein, kein Mitleid. Vielmehr weiß ich, in welche Schwierigkeiten man kommen kann, wenn man so etwas mit ansieht. Dann ist man nämlich plötzlich eine Zeugin und somit eine Gefahr, die aus dem Weg geräumt werden muss.

„Warum guckst du dich eigentlich dauernd um?“, will Suzy jetzt wissen. „Ist dein blauäugiger Superheld aufgetaucht?“ Ich schnaube nur, dass Jax sicher kein Superheld ist, denn die kämpfen bekanntlich für das Gute. Und er hat sich dem Schlechten verschrieben. Dem Bösen. Der Welt des Verbrechens.

Aber als er dich gerettet hat, war das doch eindeutig eine gute Tat, oder nicht?, fragt mich eins der Engelchen vorwurfsvoll. *Es gibt auch düstere Superhelden. Letztlich zählt nur ...* Ich schüttele genervt den Kopf. „Mund halten“, befehle ich barsch, woraufhin Suzanna ein beleidigtes Gesicht macht. „Ich wollte doch nur ...“, beginnt sie, doch ich beachte sie gar nicht, denn ...

Er ist weg! Wo ist er?!, denke ich alarmiert. *Wo zur fucking Hölle steckt der Wichser?!*

Der dunkelhaarige Kerl in der Lederjacke, den ich in den letzten Tagen immer wieder gesehen habe, scheint plötzlich wieder wie vom Erdboden verschluckt zu sein. Und das macht mich sogar noch nervöser. Denn wenn jemand sich die Mühe macht, dich zu verfolgen, warum sollte er dann plötzlich einfach aufgeben? Viel wahrscheinlicher ist, dass er uns jetzt irgendwo auflauert!

Sein Gesicht habe ich nicht wirklich erkennen können. Es waren immer wieder nur kurze Augenblicke, in denen er mir aufgefallen ist. Aber da sie sich inzwischen häufen, kann ich mir nicht mehr einreden, dass es ein Zufall ist, den ich mir nur einbilde. Heute habe ich ihn bemerkt, als wir in einem der großen Kaufhäuser auf der 5th Avenue standen. Er war zwar relativ weit weg, aber als unsere Blicke sich einmal kurz gekreuzt haben, ist mir ein kalter Schauer über den Rücken gelaufen.

Denn plötzlich war ich mir ziemlich sicher, dass er einer der Schlägertypen ist, die in Chicago immer in Emilios Fitnessstudio herumgehangen haben. Lauter aufgepumpte Typen, deren Gehirne längst von Anabolika und Kokain weggefressen wurden und die meinem Ex treu ergeben sind. Ein Besuch von einem dieser Kerle ist so ziemlich das Letzte, was ich mir wünsche.

Eigentlich hatte ich gehofft, ihn abgehängt zu haben. Als wir aus dem U-Bahnschacht kamen, sind wir sofort in ein Taxi gesprungen und zu *Tony's Pizzeria* gefahren. Zunächst habe ich ihn nicht mehr gesehen und war schon erleichtert. Doch als wir danach aus dem Lokal kamen, stand er rauchend auf der anderen Straßenseite. Und inzwischen ist es dunkel und unser Verfolger ist nirgendwo mehr zu sehen.

Scheiße, Scheiße, Scheiße!, denke ich immer wieder, was die Engelchen und die Schmalzmusik in meinem Kopf irgendwie aus dem Takt bringt. Plötzlich klingen die Geigen furchtbar schräg und quietschend und die fetten kleinen Flügelmännchen fangen an, wie angestochen herumzurasen und gegen meine Schädeldecke zu stoßen. Eine rote Sirene heult in meinem Kopf. *Alarm! Alarm!*

Kurzentschlossen bleibe ich stehen und atme tief durch. Wenn der Verfolger einer von Emilios Leuten ist, dann kann das nur eins bedeuten: Er hat mich aufgespürt. Vielleicht weiß er sogar schon, wo ich wohne! Und wenn nicht, dann sind wir im Begriff, ihn dort hinzuführen!

Ich bin plötzlich so aufgeregt, dass ich zu zittern anfange. Denn leider weiß ich nur zu gut, was mir bevorsteht, wenn Emilio mich in die Finger kriegt. Aber was noch schlimmer ist: Suzanna ist bei mir! Sie hat mit der ganzen Geschichte nichts zu tun, weiß nicht einmal etwas davon. Unschuldig ist sie, erst achtzehn. Aber einem brutalen Arschloch wie Emilio ist so etwas egal. Im Gegenteil, wahrscheinlich würde es ihm eine besondere Freude machen, ihr vor meinen Augen etwas anzutun, um mich noch mehr leiden zu lassen. Allein bei der Vorstellung bricht mir der kalte Angstschweiß aus.

„Was hast du denn, Zoey?", dringt Suzys Stimme an meine Ohren. „Ist dir kalt? Warum zitterst du?"

Ich sehe sie an. Ihr Blick ist verständnislos. Besorgt. Um uns herum herrscht reges Treiben. Wir befinden uns auf einer der Hauptverkehrsstraßen in der Bronx. In Winterjacken eingehüllte Menschen drängen in Busse, der Verkehr rauscht, Smog, Hupen. Mein Herz rast.

Der Zufall will, dass wir vor einem Kino stehen. „Suzy, du wolltest doch diesen Film sehen", sage ich kurzentschlossen und deute auf das Plakat eines neuen Blockbusters. Ohne ihre Antwort abzuwarten, drücke ich ihr einen Geldschein in die Hand. „Geh rein und sieh ihn dir an, verstanden? Und danach kommst du nur nach Hause, wenn du eine Nachricht von mir bekommen hast. Wenn nicht, gehst du zu deiner Kollegin, die hier um die Ecke wohnt, okay?"

Meine Freundin schüttelt beunruhigt den Kopf. „Was soll das?! Sag mir sofort, was los ist", verlangt sie und will mir das Geld zurückgeben. Mit aller Kraft, die ich aufbringen kann, ringe ich mir ein Lächeln ab. „Es ist alles gut, Süße", antworte ich und klinge wohl recht verkrampft dabei. „Ich … Ich brauche die Wohnung ein paar Stunden für mich allein, das ist alles!"

Nun hellt sich Suzannas Blick auf. „Ach, so ist das“, grinst sie. „Es ist also doch Mister *Blue Eyes*, nach dem du die ganze Zeit Ausschau hältst, was?!“ Ich nicke halbherzig und suche erneut die Menschenmenge um uns herum nach dem Gesicht des Lederjackenmanns ab. Doch er ist nirgends zu sehen. „Geh jetzt“, dränge ich. „Der Film fängt gleich an! Warte auf meine Nachricht, verstanden?! Und fahr mit dem Taxi, wenn du irgendwohin musst! Wir können uns das leisten!“

Suzy zwinkert mir zu. „Na schön, aber ich will danach jede Einzelheit hören“, verabschiedet sie sich, umarmt mich noch einmal und betritt dann das Kino.

Ich atme auf. Zumindest ist sie für den Moment außer Gefahr. Doch was tue ich jetzt? Was soll ich machen, wenn der Kerl zu Hause auf mich wartet? Irgendwie muss ich herausfinden, ob unsere Wohnung entdeckt wurde. Und ich muss ungesehen dorthin kommen, damit ich den Verfolger nicht hinführe, falls unsere Adresse noch nicht bekannt ist.

Meine Gedanken überschlagen sich und die rot blinkende Alarmsirene in meinem Kopf hindert mich am Nachdenken. Intuitiv laufe ich los, wobei ich mich immer wieder in alle Richtungen umschaue. Keine Lederjacke und auch kein schwarzer SUV sind zu sehen. Möglichst unauffällig schlüpfe ich um die nächste Ecke. Dann renne ich los.

Die dunkle Gasse, ein schmaler Weg zwischen zwei hohen Häuserblocks, ist mit allem möglichen Schrott zugestellt und für Autos nicht passierbar. Die Geschäfte, vor allem billige Lebensmittelläden, Discounter und kleine Elektromärkte, nutzen den Durchgang, um ihre leeren Kartons aufzustapeln. Tagsüber gehen wir häufig hier durch, weil es eine gute Abkürzung ist. Doch im Dunkeln ist es verdammt unheimlich, vor allem, wenn man verfolgt wird. Hinter jedem Kartonstapel, in jeder schattigen Ecke könnte jemand lauern.

Mein Puls rast. Das Blut rauscht in meinen Ohren. Lauf, Zoey, gleich hast du es geschafft! Und vielleicht hast du ihn dann endgültig abgehängt… Ich kann schon die Neonreklamen und Werbeplakate am anderen Ende des dunklen Tunnels sehen und schaue noch einmal zurück. Wenn er bis jetzt nicht aufgetaucht ist, habe ich gute Chancen, unbemerkt ins Haus zu kommen. Dann muss ich nur noch irgendwie überprüfen, ob auch niemand in der Wohnung auf mich lauert.

Hinter mir ist niemand zu sehen. Ich renne noch ein bisschen schneller. Keuche angestrengt, doch die Angst treibt mich vorwärts. Ich drehe gerade erneut den Kopf zurück, als ein Schatten auf mich fällt, und bereits im nächsten Moment pralle ich gegen eine breite Männerbrust. Vor Schreck schreie ich schrill auf. Eine große Hand hält mich fest. Und dann fragt eine tiefe Stimme mit Samtfaktor: „Hast du von dunklen Gassen etwa immer noch nicht genug, Pinky Pie?"

12

Jax

Ihre Augen sind noch größer als sonst und ihre Atmung so heftig, dass ich meine, dazwischen ihr Herz wild schlagen zu hören. Natürlich habe ich sie erschreckt, aber das ist es nicht allein, was sie so zittern lässt. Zoey hat Angst. Nackte, kalte Angst. Und was mich sonst eher anturnt – gehetzte Blicke, ein Wimmern, das Flehen in den Augen meiner Beute –, versetzt mir jetzt gerade einen tiefen Stich mitten ins Herz.

„Komm her, Kleines." Ich ziehe sie an mich. Berge ihren zarten Körper an meinem und streichle ihr sacht über den Hinterkopf, während ich die dunkle Gasse immer und immer wieder abscanne. Es ist die reine Macht der Gewohnheit, denn der Pisser, der ihr auf den Fersen war, ist längst über alle Berge. Und die Tatsache, dass er mir entwischt ist, nagt an meinen beschissenen Eingeweiden. Der Wichser sollte tot sein, genau wie diese Ratte von Morales …

„Wo kommst du immer her, verdammt?" Sie drückt mich von sich. Na ja, sie versucht es zumindest. „Das ist unheimlich, Mann! Bist du etwa Batman?!"

Ich muss lachen. Über den trotzigen Blick, den sie mir trotz der Panik zuwirft, die sie noch immer im Griff hat, und über diesen seltsamen Vergleich. Fuck, ich bin vieles, aber mit Sicherheit kein Superheld. Auch wenn mir so ein Bodysuit sicher stehen würde. Ich schüttle den Kopf. „Nein, Prinzessin. Wenn, dann bin ich wohl eher der Joker. Und du", ich drehe mir eine Strähne ihrer pinken Locken um den Finger, „hast gute

Voraussetzungen, meine Harley Quinn zu werden. Lust? Die Stelle wäre noch frei."

Was zum Teufel rede ich hier eigentlich? Aber ich kann nichts dafür, in Zoeys Gegenwart neige ich zu allen möglichen seltsamen Anwandlungen. Erst recht, wenn ich bemerke, wie sie darauf reagiert. Wie sie auf *mich* reagiert, auch wenn sie es überhaupt nicht will. Ich habe sie längst durchschaut. Nehme ihr verächtliches Schnauben nicht ernst, weil ihr ganzer Körper nämlich eine ganz andere Sprache spricht. Ihre Titten zum Beispiel. Die Art, wie sie mir die beiden wohlgeformten Rundungen entgegenstreckt, hat nichts mit Trotz zu tun. Sie will mich. Und ich will sie, verdammt noch mal.

„Woher weißt du das schon wieder?" Zwei steile Falten graben sich zwischen ihre Augenbrauen.

„Was meinst du? Dass die Stelle frei ist? Nun, ich …"

„Das mit Harley Quinn! Woher zum Teufel weißt du das? Ich vergöttere diese Frau! Hörst du etwa mein Handy ab oder sowas?"

Ups! Erwischt! Aber das werde ich ihr gegenüber garantiert nicht zugeben und hebe stattdessen empört die Hände. „Hey! Ich bin nicht Batman. Ich dachte, das hätten wir eben geklärt. Das war ein reiner Zufallstreffer. Über so ein Super-Equipment wie Wanzen verfüge ich nicht."

„Pft, wer's glaubt! Du bist bei der Mafia, Alter, schon vergessen?"

„Alter?" Ich verschränke die Arme vor der Brust, was seine Wirkung definitiv nicht verfehlt – sie zieht den Kopf ein. „Achte auf deine Wortwahl, junge Lady. Ich führe eine Strichliste, und die wurde mit dem kleinen Spanking von neulich noch nicht mal annähernd abgegolten." Na ja, eigentlich wurde sie mehr als abgegolten, aber diese Information muss ich ihr ja nicht aufs Brot schmieren, oder? Vielmehr juckt es mich sofort wieder in den Fingern, genau da

112

weiterzumachen, wo die Bullen mich unterbrochen haben. Ihr kleiner Arsch, die süßen Laute …

Doch Pinky Pie scheint das anders zu sehen. Wutentbrannt schiebt sie sich an mir vorbei. „Du Arschloch!", schimpft sie. „Lass mich gefälligst in Ruhe, oder ich …"

„Oder was?" Mit nur zwei langen Schritten habe ich sie eingeholt und packe zu. Eigentlich will ich sie nur am Davonlaufen hindern. Daran, dass sie allein nach Hause rennt, wo dieser Wichser ihr noch immer auflauern könnte. Doch ich bin ihr Fliegengewicht nicht gewohnt und begreife erst, dass ich viel zu viel Kraft eingesetzt habe, als sie mit einem Keuchen rücklings gegen die dreckige Ziegelwand kracht. Fuck!

„Zoey! Scheiße! Das … Das tut mir leid! Ich …"

„Nein!", schreit sie und ihre ausgestreckte, zitternde Hand bremst mich wie eine Mauer. Doch als sie den Kopf hebt, zerschelle ich an ihrem Blick.

„Fass mich nicht an! Fass mich. Nie wieder. An."

„Zoey, verdammt, ich meine es ernst. Ich wollte dir nicht wehtun!"

„Das sagt ihr immer. Das sagt ihr Scheißkerle immer und dann tut ihr es doch."

Tränen. Fucking Tränen glitzern in ihren Augen und ich weiß nicht, wie mir geschieht. Wie ich damit umgehen soll. Aber es zieht mir die beschissene Kehle zu. Da höre ich das Klicken und im Bruchteil einer Sekunde stehen all meine Sinne unter Strom. Sendet mein Unterbewusstsein den Befehl zum Kampf, noch ehe mein Hirn realisiert, was hier eigentlich vor sich geht. Doch es ist zu spät. Der stählerne Lauf einer Waffe drückt sich bereits kalt in mein Genick.

„Hab ich dich, du Arschloch. Hab ich euch beide!"

Zoey wimmert und für einen Moment, in dem ich in ihren sorgenvoll geweiteten Augen beinahe unterzugehen drohe, lähmt der Klang jeden Muskel meines Körpers. Da ist sie wieder, die Angst. Doch diesmal gilt sie … mir. Zoey hat Angst um … *mich?*

Kaum merklich schüttle ich den Kopf. Will sie beruhigen. Ihr suggerieren, dass sie sich keine Sorgen machen muss, entscheide mich dann aber dafür, dass es wohl am besten ist, Taten sprechen zu lassen.

Der Angreifer hat keine Chance. Ehe er auch nur mitbekommt, dass ich mich überhaupt bewege, kracht mein Unterarm gegen seinen. Ein Schuss löst sich, Zoey schreit. Das Splittern von Gestein aber, meterweit entfernt in der dunklen Gasse, sagt mir, dass sie außer Gefahr ist. Ich bekomme den Typen zu fassen. Lege meine Finger um sein Gesicht, ohne darauf zu achten, wer er ist oder wie er aussieht, und reiße seinen Kopf herum. Ein hässliches Knacken, dann ist es auch schon vorbei. Wer auch immer der Hurensohn war, der sich getraut hat, mir eine Waffe an den Kopf zu halten, er wird es nie wieder tun. Sein Körper sinkt schlaff zu Boden.

„O mein Gott." Zoeys Stimme ist nur noch ein Flüstern.

Ich drehe mich zu ihr. Langsam, weil mir jetzt erst klar wird, was sie da gerade mitangesehen hat. Einen Menschen zu töten, berührt mich schon lange nicht mehr. Ich würde nicht so weit gehen und behaupten, dass es für mich alltäglich geworden ist, aber es steht dick und fett in meiner Stellenbeschreibung und gehört somit zu meinem Leben einfach dazu. Auge um Auge, Zahn um Zahn. So ist das nun mal in unserer Branche. Wenn du nicht selbst draufgehen willst, dann bleibt dir nichts anderes übrig als zu töten. Für Zoey aber …

„Hey." Vorsichtig mache ich einen Schritt auf sie zu. Ich war vorhin grob zu ihr. Ich habe ihr wehgetan und sie hat mir verboten, sie jemals wieder anzufassen. Aber das geht nicht. Ich muss sie anfassen. Muss das regeln, weil …

„O mein Gott", wiederholt sie immer und immer wieder, fast tonlos, während sie auf den Typen hinter mir auf dem

Boden starrt, und ich atme tief durch. Ich muss jetzt so vertrauensvoll wie nur möglich wirken.

„Zoey? Es ist alles gut. Er wird dir nichts mehr tun. Er …"

„Er ist es."

Was? Ich bin so irritiert, dass ich mich von ihr zur Seite schieben lasse. Sie kennt den Kerl? Ein seltsames Gefühl beschleicht mich. Hab ich was übersehen? Hab ich nicht gründlich genug nachgeforscht? Himmel, hoffentlich hab ich nicht gerade einen ihrer Freunde ins Jenseits geschickt. Oder … *ihren* Freund?

Mein Magen fühlt sich plötzlich an wie nach einer scheiß durchzechten Nacht. Mir ist schlecht. Verdammt schlecht sogar. „Zoey?" Jetzt werfe auch ich einen genaueren Blick auf die Leiche, während ich zeitgleich hinaus auf die Straße lausche. Noch höre ich keine Polizeisirenen, aber auch wenn ein Schuss in dieser Gegend der Bronx nicht gleich für Panik unter der Bevölkerung sorgt, sollten wir dennoch bald schauen, dass wir Land gewinnen. Sieh an. Ich neige den Kopf. Es ist das Arschloch, das Zoey und ihre Freundin schon eine ganze Weile beobachtet hat, ehe ich ihn in die Flucht schlug. Auf der einen Seite beruhigt mich das, da es nicht zu meiner Theorie mit dem Freund passt. Andererseits aber …

„Er ist es. O mein Gott, er ist es."

„Wer, Zoey? Wer ist der Typ?"

Doch Zoey antwortet nicht. Die Arme um sich geschlungen, wippt sie vor und zurück. Vor und zurück. Wie in Trance. Was zur Hölle? Ich will nach ihr greifen, da fährt sie zu mir herum und in ihren wunderschönen Rehaugen steht das blanke Entsetzen.

„Lass uns abhauen!"

Mit einem Satz springt sie über die Leiche. Ich bekomme sie gerade noch an ihrer pinken Jacke zu fassen. *Kein Wunder, dass er ihre Spur nicht verloren hat. Sie ist der reinste Paradiesvogel.*

„Warte!" Es ist mir egal, ob sie will, dass ich sie anfasse, oder nicht. Ich packe sie bei den Schultern und halte sie fest. Bringe mein Gesicht ganz dicht vor ihres, um ja sicherzugehen, dass sie mir zuhört. „Du bleibst jetzt ganz genau hier stehen. Hier! Hast du mich verstanden? Ohne mich gehst du nirgendwo mehr hin!"

Der Widerstand spiegelt sich schon wieder in ihren Augen, weshalb ich ihr einen kleiner Schüttler verpasse. „Du machst jetzt schön brav Sitz, kleiner Ghetto-Köter. Ich muss mich kurz um das hier kümmern, dann bringe ich dich von hier fort. Und keine Dummheiten! Ich passe heute Nacht auf dich auf, klar?"

Sie zieht die Brauen zusammen.

„Klar?!"

Ein Brummen. Kurz stampft sie sogar mit dem Fuß auf wie ein kleines Kind. Doch dann presst sie ein „Klar, Sir" zwischen den Zähnen hervor. *Geht doch!*

Weil ich ihr aber nicht von hier bis zum Ende der Gasse traue, beeile ich mich damit, den toten Typen in einen der Container zu verfrachten. Und damit morgen früh niemand beim Müllrausbringen einen Herzinfarkt erleidet, werfe ich ein paar der danebenstehenden Kartons hinterher. Ich bin ja kein Unmensch.

Darum klopfe ich mir auch rasch die Hände an den Hosenbeinen ab, ehe ich nach ihrer Hand greife. Ich bin stolz auf mein Mädchen. Immerhin hat sie einmal das gemacht, was ich gesagt habe, und ist stehengeblieben. Sie ist also lernfähig.

„Komm." Ohne Zögern trete ich auf die noch immer recht belebte Straße. Durch meine Erscheinung bin ich schon auffällig genug, da muss ich nicht noch mehr Aufmerksamkeit erregen, indem ich wie ein Verbrecher um die Ecke schleiche. Zumal meine Begleitung auf Signalfarben steht und die Leute uns jetzt schon skeptisch beäugen.

„Morgen gehen wir zum Friseur“, werfe ich ihr zu, während ich sie hinter mir herziehe. Ich mag ihren Hang zu Pink ja, es steht ihr, aber …

„Was?!“

Der Ruck an meiner Hand verrät mir, dass sie schon wieder aufsässig wird, doch ihre Zwergenaufstände entlocken mir höchstens noch ein mildes Lächeln. *Zieh nur, Prinzessin. Aus meinem Griff entkommst du nicht.*

Sie zerrt weiter. „Was meinst du damit? Und wo zum Teufel gehen wir überhaupt hin? Meine Wohnung ist …“

Ich drehe mich so schnell, dass sie schier in mich hineinrennt, nutze den Moment ihrer Verwirrung und schnappe mir ihr Kinn. Hand in Hand, mein Daumen an ihrem Mund, unser Atem, der sich vermischt. Als hätte jemand den Pause-Knopf gedrückt, stehen wir da. Brennt mein Blick sich in ihren, während die Leute uns ausweichen. Sie laufen um uns herum und geben uns Raum, weil sie das Bild der zwei Liebenden wohl nicht zerstören wollen, das Zoey und ich in diesem Moment abgeben. Irgendwo neben uns seufzt eine Frau. Wenn die wüsste …

„Denkst du allen Ernstes, dass ich dich jetzt nach Hause bringe? Nach dem, was gerade passiert ist?“ Meine Stimme ist leise, was der Schärfe meiner Worte aber keinen Abbruch tut.

„Aber, du hast gesagt, dass du …“

„Ich sagte, dass ich heute Nacht auf dich aufpassen werde, Pinky Pie. Von deiner Wohnung war dabei niemals die Rede.“

Wieder will sie etwas sagen, doch ich verschließe ihre Lippen mit meinem Daumen. Fuck! Es fühlt sich so gut an, dass ich den Impuls unterdrücken muss, darüberzustreichen.

„Ich werde kein Nein akzeptieren, also schluck es besser gleich runter. Der Kerl war hinter dir her und ich werde dich nicht wieder in deine Wohnung lassen, bis du mir gesagt hast, warum.“ Kurz reflektiere ich meine eigenen Worte, dann komme ich ihr so nah, dass unsere Nasenspitzen aneinanderstoßen. „Ich werde dich *nirgendwohin* gehen lassen."

Sie erstarrt. Atmet nicht einmal, und wenn, dann so flach, dass ich davon nichts mitbekomme. Scheiße. Ich lasse von ihr ab, aber nur, um gleich darauf ihr Gesicht in meine Hände zu nehmen.

„Vertrau mir, Zoey. Ich weiß, das fällt dir schwer, aber mein Boss hat mich nicht umsonst zu seinem Zweiten Mann gemacht. Ich bin ehrlich." Sie schnaubt, aber ich gehe darüber hinweg. „Ich bin loyal. Und ich weiß verdammt noch mal, wie man Menschen beschützt. Notfalls mit meinem eigenen Leben."

Okay, das war jetzt vielleicht ein wenig theatralisch, aber ich meine es genau so, wie ich es gesagt habe. Und Zoey scheint das verstanden zu haben, denn langsam aber deutlich wahrnehmbar verändert sich ihre Haltung. Die Starre löst sich. Ihre Muskeln werden weich und für einen kurzen Moment meine ich zu spüren, dass sie sich in meine Hände schmiegt. Doch dann blinzelt sie und der Moment ist vorbei.

„In Ordnung", sagt sie, schiebt mich von sich und ich gebe sie frei. Weil mein Gefühl mir sagt, dass es okay ist. Dass sie es kapiert hat. Zumindest für heute.

„In Ordnung", wiederholt sie und nickt vor sich hin, als würde sie in Gedanken einen Ablauf durchgehen. „Aber ich muss meiner Freundin Bescheid geben."

„Nur über das Handy", sage ich und schaue die Straße hinauf und hinunter. „Wir sind schon viel zu lange hier. Ruf sie an und sag ihr, dass sie bei einer Freundin übernachten soll. Sie soll auf keinen Fall in eure Wohnung gehen."

Zoey kramt in ihren Taschen, dann grinst sie mich schief an. „Kein Thema, ich hab sie schon auf sowas Ähnliches vorbereitet."

„Auf sowas Ähnliches vorbereitet? Was? Dass ein Killer eure Bude belagert?"

„Nein." Sie zieht das Telefon hervor und beginnt zu tippen. „Nur, dass sie vermutlich woanders pennen muss, falls du und ich …" Sie spricht nicht weiter. Herrgott noch mal, die Frau macht mich wahnsinnig.

„Falls du und ich was?", hake ich nach, bekomme aber nur eine abwinkende Handbewegung. Dann scheint ihre Freundin auch schon ans Telefon zu gehen und ich bin ganz abgeschrieben.

„Suzy, ich … Ja, Suzy, ich bin's wirklich. Nein. Nein, ich … Verdammt, Suzy, nein! Er hat mir das Hirn noch nicht rausgevögelt! Ich … kann ich jetzt vielleicht auch mal was sagen?!"

Hirn rausgevögelt? Wer? Der tote Typ?! Aber was zum Teufel meint sie dann mit *noch* nicht?! Kurzentschlossen schnappe ich mir das Handy.

„Hey! Was soll das?! Gib das sofort …"

„Suzy? Hi. Jax hier. Ja, genau. *Der* Jax." Den Ellbogen in die Höhe gereckt, damit *Little Miss I'm-gonna-kill-you* sich nicht an meinem Arm festkrallen kann, wende ich mich von links nach rechts, um das kleine hüpfende Monster abzuschütteln. Doch sie ist zäh, tritt und kratzt, so dass mir nichts anderes übrigbleibt: Ihr zartes Gesicht verschwindet fast unter meiner Hand, als ich sie ihr auf die Stirn lege und sie von mir schiebe.

„Du elendes Arschloch!", schimpft sie, boxt wild um sich, trifft aber nur Luft.

Lachend halte ich mir wieder das Handy ans Ohr und nicke den Passanten freundlich zu, die nur noch kopfschüttelnd an der pinken Kampfmaus und mir vorbeigehen.

„Sorry, Suzy, da bin ich wieder. Ja, Zoey geht's gut."

„Mir geht's überhaupt nicht gut!", zetert sie, entlockt damit aber selbst ihrer Freundin nur ein Kichern.

„Pass ja gut auf sie auf, großer Mann, hast du mich gehört? Ich brauch sie noch, sie zahlt die Hälfte meiner Miete. Und du glaubst ja gar nicht, wie schwer es ist, in New York eine halbwegs anständige Mitbewohnerin zu finden.“

O doch, das kann ich mir leider nur zu gut vorstellen. Aber Suzy scheint echt in Ordnung zu sein, was mich beruhigt. Zoey braucht gute Freunde. *Echte* Freunde. Ich kann schließlich nicht 24/7 auf sie aufpassen, auch wenn ich das liebend gern täte, so oft wie sie sich selbst in Gefahren stürzt. Was mich wieder zum Thema zurückbringt.

„Hör zu, Suzy, Spaß beiseite. Du kannst heute Nacht nicht in eure Wohnung gehen. Schlaf woanders, okay? Bei irgendeiner …“

„Ja, ja, ist klar!“ Suzy lacht. „Zoey hat mir schon gesagt, dass ihr beiden Turteltäubchen eure Ruhe haben wollt.“

„Turteltäubchen?“, wiederhole ich und amüsiere mich gleich über zwei Dinge auf einmal. Zum einen nämlich über die Tatsache, dass mit dem Typen, der Zoey das Hirn rausvögeln sollte, nun ganz klar *ich* gemeint war – und fuck! Ich hab überhaupt nichts dagegen! – und zum anderen über Zoeys beleidigte Schnute. Sie hat mitangehört, was ihre Freundin gesagt hat, und den Widerstand eingestellt. Steht nun mit trotzig unter den Brüsten verschränkten Armen vor mir und funkelt mich an. Und bei allem, was mir heilig ist, ich kann mir das Grinsen nicht verkneifen.

Geht in Ordnung, Baby! Dein Wunsch sei mir Befehl!

„Ja, ihr zwei Hübschen“, dringt Suzys Stimme aus dem Telefon, das ich demonstrativ von meinem Ohr weg und in Pinky Pies Richtung halte. „Lasst es krachen! Meinen Segen habt ihr.“

„Danke, Suzy, das weiß ich echt zu schätzen!“ Ich lege auf.

Zoey

„**W**as sollte das?"

Ich bin wütend. Wütend, aufgekratzt, völlig durch den Wind und obendrein auch noch maßlos enttäuscht von meiner besten Freundin. Okay, im Grunde ist sie meine *einzige* Freundin, und da ich außer ihr niemanden in dieser gottverdammten Stadt kenne, kann ich noch nicht einmal mit Bestimmtheit sagen, ob Suzanna und ich in einem anderen „normalen" Zoey-Leben überhaupt zusammengefunden hätten. Aber genau das macht die Tatsache noch schlimmer, dass der einzige Mensch, der mir einigermaßen nahesteht, mich gerade diesem Typen hier ausgeliefert hat! Diesem chauvinistischen *Baby-ich-zeig-dir-wie-der-Hase-läuft-und-du-brauchst-mich-zum-Überleben-Arsch*, der jetzt, anstatt mir eine Antwort zu geben, auch noch mein Smartphone in seine Tasche steckt!

„Gib mir sofort das Telefon wieder!" Ich verschränke die Arme unter meiner Brust und ... *Nein, Zoey, wir stampfen jetzt nicht wieder wie ein Kind mit dem Fuß auf den Boden!* Rasch stehe ich kerzengerade. „Und nur, damit du es weißt!", pampe ich hinterher, „der Hase läuft nicht, er *hoppelt*!"

„Welcher Hase?" Jax schaut abschätzig auf mich herab.

Na prima! Bestimmt liefert er mich gleich in der nächsten Irrenanstalt ab! Mit einem riesigen Seufzer über mich selbst werfe ich die Hände in die Luft.

„Gar nichts! Mich muss man nicht verstehen.“

„Den Eindruck habe ich allerdings auch manchmal.“ Er neigt den Kopf und ich muss wegsehen. Diese Augen. Diese verfluchten Augen. Sie wirken doch so schon hypnotisierend genug, muss er mich jetzt auch noch ansehen, als wäre *ich* ein niedliches kleines Flausche-Häschen?

„Mensch, Zoey, du machst es einem wirklich nicht einfach.“

Wie aus dem Nichts heraus greift er nach meiner Hand und dann stolpere ich ihm wieder hinterher. Nach wohin auch immer. Ich habe keine Kraft mehr, mich zu widersetzen. Ich kann nicht mehr und ich *will* auch nicht mehr. Ich will nur noch schlafen. Schlafen und nicht mehr aufwachen. Für immer im Traumland versinken und dort für den Rest der Zeit auf einer rosa Schaukel inmitten von rosa Wolken vor mich hin schaukeln. Ja, das wäre toll.

„Zoey? Zoey, wach auf.“

Was? Wo? Ich reiße die Augen auf – wann habe ich sie zugemacht?! –, greife um mich und … Jax! Er steht in der offenen Tür eines Wagens – *seines* Wagens – und seine breiten Schultern füllen den Raum völlig aus. Ein wenig müde sieht er aus, mit leichten Schatten unter den Augen. Doch er lächelt und für einen winzig kleinen, noch vom Schlaf vernebelten Moment, drängt dieses Lächeln jedes meiner Probleme ganz weit weg. Nur leider stürmen sie beim nächsten Wimpernschlag auch wieder umso geballter auf mich ein. Die Leiche. Emilios Handlanger. Mr. Morales und das schwarze Loch, wo eins sein Salon war …

„Ha… habe ich geschlafen?“

Die Frage ist mehr als überflüssig, aber Jax nickt und ein verständnisvoller Ausdruck liegt auf seinem Gesicht, als er mir die Hand entgegenstreckt.

„Komm“, sagt er. „Oder soll ich dich tragen?“

Was?! Um Gottes willen, das wäre ja noch schöner! Ich hab ja noch nicht einmal einen Plan, wo wir überhaupt sind – den Geräuschen von vorbeifahrenden Autos, Hupen und sich unterhaltenden Menschen nach auf jeden Fall noch immer in der Stadt –, aber selbst, wenn niemand es sehen würde, ist die Vorstellung, von einem Mann getragen zu werden, so ziemlich das Letzte, was mein Stolz zulässt. Es ist schon schlimm genug, dass Jax mir abermals den Arsch gerettet hat. Und egal, wo wir jetzt auch immer gelandet sein mögen, ich werde dort erhobenen Hauptes und auf meinen eigenen zwei Beinen erscheinen!

Diese zwei Beine werden allerdings weich wie Pudding, als ich von dem hohen Sitz des SUV rutsche und den Lakaien entdecke, der in einer Zirkusuniform hinter Jax steht. Nein. Warte. Das ist keine Zirkusuniform. Das ist … unmöglich!

Ich reiße meinen Blick von dem Typen und lasse ihn weiterwandern. Den roten Teppich entlang, die Stufen hinauf, über die goldenen Türen weiter nach oben. Kurz bleibt er auf dem riesigen, von Kronleuchtern in sanftes Licht getauchten Dachvorsprung hängen, ehe ich den ebenfalls goldenen Schriftzug an der prunkvoll verzierten Fassade erspähe: *The Waldorf-Astoria*

„Bist du wahnsinnig?“, flüstere ich Jax zu, weil der in roten Samt gehüllte Nussknacker schon etwas sparsam schaut. Bestimmt wollen nicht viele tätowierte und in legere Sportklamotten gehüllte Typen wie mein Begleiter in sein teures Hotel, aber Herumtreiberinnen, wie ich es eine bin, mit pinken Haaren und ausgetretenen Chucks, passen seinem Gesichtsausdruck nach noch weniger zu dem auserwählten Kreis dieses Luxusschuppens. „Was sollen wir hier?!“

Ich sehe Jax ganz genau an, dass er jetzt gerne die Augen verdrehen würde. Aber er reißt sich zusammen und mich dafür einen Schritt nach vorn. „Schlafen. Essen. Vögeln. Was immer du willst, Prinzessin.“

Moment mal. *Was?!*

Ich ramme den Rückwärtsgang rein und das „Niemals!", das dabei meinen Mund verlässt, ist so vehement, dass sogar der Zirkus-Türsteher einen Schritt nach hinten weicht. Er hat wohl Angst, unter die Räder zu kommen. Da hebt er allerdings mit fragendem Gesichtsausdruck eine Hand.

„Ähm … Mr. Payne, Sir?"

Mir klappt der Mund auf. „Der kennt dich?!"

Doch noch ehe ich die Frage zu Ende formuliert habe, verlieren meine Füße auch schon den Halt auf dem Boden. Ich schwebe! Starre plötzlich aus locker zwei Metern Höhe auf den sich mittlerweile das Lachen verkneifenden Lakaien hinunter, ehe mein überraschter Körper der Schwerkraft erliegt und ich Richtung roten Teppich sause. Ich kreische. Kreische um mein Leben, da wird mein Sturzflug jäh gestoppt.

„Sieh es mir nach, Pinky Pie, aber ich bin müde und habe keine Lust mehr zu diskutieren." Und scheinbar an den Türsteher gewandt fügt er hinzu: „Parken Sie den Wagen in der Tiefgarage, Phillip. Ich werde ihn vor morgen Mittag nicht wieder brauchen." Dann trägt er mich rein. JAX trägt mich rein! Die Stufen hinauf und an einem weiteren Bediensteten vorbei, der ihm mit einem galanten „Willkommen, Mr. Payne!" die goldene Tür öffnet.

„Jax!" Ich trommle mit den Fäusten auf seinen Rücken. Auf seinen … Ach, du Scheiße! Hab ich ihm gerade auf den Hintern geschlagen?! Erschrocken halte ich inne, da lässt ein tiefes Lachen seinen Körper unter mir vibrieren.

„Lass mich runter! Sofort!"

„Erst, wenn du schön artig bist und Bitte sagst."

Der rote Teppich geht über in sandfarbenen Marmor. Ich glaube zumindest, dass das Marmor ist. In solchen Hotels wimmelt es doch nur so vor Marmor, oder? Ich reiße den Kopf hoch, um mich zu vergewissern, dass ich mir das Ganze einfach nur einbilde. Bestimmt schlafe ich noch! Tief und fest! Das ist alles nur ein komplett bescheuerter Traum!

Doch die wenigen Menschen, die sich gerade in der Lobby aufhalten, sehen zu meinem Leidwesen verdammt real aus. Besonders die Putzfrau dort hinten an der Treppe. Sie hat mitten im Staubsaugen innegehalten, und der Blick, den sie mir zuwirft, könnte missbilligender nicht sein. Autsch.

Ich schaue weg und stelle sogar prompt alle Gegenwehr ein. Dass Menschen mich herablassend behandeln, ja sogar meine Gesellschaft meiden, ist nicht Neues für mich. Ich bin quasi damit groß geworden, der Loser zu sein. Darum wollte ich auch auf Gedeih und Verderb nicht in dieses beschissene Luxushotel! Weil mir sofort klar war, was mich hier drin erwarten würde: Ablehnung.

Dass diese nun aber am schlimmsten von dem Menschen kommt, der hier drin noch am ehesten mit mir auf einer Stufe steht, trifft mich unvorbereitet und hart.

„Was ist los, Prinzessin? Du keifst ja gar nicht mehr?“

„Ich will nach Hause, Jax. Lass mich doch einfach nach Hause.“

„Negativ.“

War ja klar.

Mein Fuß stößt irgendwo dagegen und so unauffällig, wie eine Frau eben sein kann, die von einem riesigen Typen quer durch die Lobby des *Waldorf-Astoria* getragen wird, linse ich unter meinen Haaren hervor. Wir sind an der Rezeption angelangt und spätestens jetzt rechne ich damit, dass irgendwer diesem Holzklotz endlich nahelegt, dass ein Auftritt wie der unsere in diesem Hotel nicht geduldet wird. Doch Fehlanzeige.

„Guten Abend, Mr. Payne. Wie schön, Sie wieder in unserem Hause begrüßen zu dürfen. Ich hoffe, Sie hatten einen angenehmen Tag.“

Einen angenehmen Tag?! Vielleicht sollte ich der netten Dame mal verklickern, dass ihr reizender Mr. Payne vor noch gar nicht allzu langer Zeit erst einem Typen das Genick gebrochen und ihn dann in einer Mülltonne entsorgt hat. *Angenehm!!* Ich schnaube, da legt sich eine große Pranke auf meinen Hintern.

„Den hatte ich, Penny. Vielen Dank."

Penny? Ich würde den Gedanken zu gern zu Ende führen, der in meinem Hirn aufpoppt – wer bitte nennt sein Kind nach einem Geldstück? – doch es gelingt mir nicht. Denn da ist Jax' Hand! Auf *meinem* Hintern! Und sofort sind die Erinnerungen daran zurück, wie ich in dem großen schwarzen Wagen über seinem Schoß lag. Alles Denken wird zu Brei. Fuck! Es kribbelt! Es kribbelt zwischen meinen Beinen, und dass dieser Grobian seinen verfluchten Daumen mit sanftem Druck über meine Pobacke streichen lässt, macht es nicht besser! Ich zapple, da rückt er mich zurecht, was seine Schulter in meinen unteren Bauch und die Luft aus meinen Lungen drückt.

„Eine Suite bitte, Penny."

Eine Suite?! Ich versuche, zu atmen.

„Gern am Ende des Flures. Meine Begleitung und ich brauchen ein wenig Ruhe."

„Wie Sie wünschen, Mr. Payne! Da habe ich genau das Richtige für Sie."

„Die Honeymoon-Suite? Echt jetzt?!"

Das ist doch alles nicht sein Ernst! Bestimmt kommt gleich ein Filmteam der Versteckten Kamera aus allen Ecken gesprungen! Aber nichts dergleichen geschieht und auf eine Antwort warte ich ebenfalls vergebens. Das dunkle Lachen ist alles, was ich von meinem neuen persönlichen Lastenesel bekomme. Sanft brandet es gegen meinen Körper, während der Marmor erneut unter mir hinweggleitet. Ich habe die Schnauze voll.

„Findest du das alles nicht selbst langsam ein bisschen kindisch?", frage ich, als die Türen des Aufzugs gerade hinter uns zugleiten. Da werde ich in die Luft katapultiert und stehe im nächsten Moment wieder auf beiden Füßen. Alles dreht sich.

„Verdammt! Kannst du mich nicht mal vorwarnen?!"

Unsanft prallt mein Rücken gegen die Spiegelfront, Jax jedoch widmet sich wenig gerührt der Etagenwahl und drückt den vorletzten Knopf. Die sechsundvierzig leuchtet auf und mir platzt der Kragen.

„Rede mit mir, du Arschloch!" Meine flache Hand landet mit Wucht auf seinem Rücken, doch natürlich zuckt er nicht einmal. Stattdessen schüttelt er nur seufzend den Kopf, ehe er sich mit zwei Fingern in die Nasenwurzel kneift.

„Zoey!"

Ich höre den warnenden Unterton in seiner Stimme. Aber wer sagt schon, dass ich darauf auch reagieren muss? Immer und immer wieder schlage ich auf ihn ein. Schimpfe und fluche, weil ich verflixt nochmal irgendwo hin muss mit all dem Schrott in meinem Kopf. Alle Kessel, die mein Hirn befeuern, sind randvoll! Mit Leichen und Gewalt. Mit Bildern von Emilio und blutübersäten Menschen. Mit meiner fanatischen Mutter, deren beliebtestes Züchtigungswerkzeug der Rohrstock war, wenn ich oder meine Geschwister mal wieder gegen ihre mittelalterlichen Glaubensregeln verstoßen hatte. Mit jeder Scheiße, die meinen Lebensweg pflasterte und mich bis hierhin geführt hat. In diesen verfickten Aufzug mit diesem noch verfickteren Mafioso!

„Hau ab! Lass mich endlich in Ruhe! Ich brauche deine Scheißhilfe nicht, wann kapierst du das …"

Das *endlich* bleibt mir im Hals stecken, als er zu mir herumfährt. Als er seine Finger in meinen Kiefer schraubt, mit der anderen Hand gegen die Wand schlägt und das Rucken des

Fahrstuhls mir beinahe das Gleichgewicht nimmt. Er hat die Notstopp-Taste gedrückt. Ich bin mit ihm gefangen. Auf vier Quadratmetern und ohne Fluchtweg. Warum nur schaltet sich mein Verstand immer erst ein, wenn es zu spät ist?!

Wieder lande ich an der Wand. Nicht brutal, weil Jax diesmal seine Kraft bewusst eingesetzt zu haben scheint und mich kurz vor dem Aufprall mit einer Hand in meinem Rücken abfängt. Dennoch schlägt mir das Herz im Hals, starre ich ihm aus weit aufgerissenen Augen entgegen, als er sein Gesicht so nah vor meines bringt, dass ich seinen Atem auf meinem Gesicht spüren kann.

„Du hörst mir jetzt ganz genau zu, Prinzessin!"

Fuck! Mein Puls. Er rast. Doch nicht aus Angst. Flach presse ich meine Handflächen gegen den kalten Spiegel in meinem Rücken, und wundere mich, dass es nicht zischt. Versuche zu schlucken, doch meine Kehle ist staubtrocken.

„Du denkst, du brauchst mich nicht? Du denkst, dass du ohne mich zurechtkommst?" Er schnaubt und der Ton geht mir durch und durch. „Darf ich dich daran erinnern, dass du *ohne mich* allein in den letzten Tagen mindestens einmal vergewaltigt und zweimal mit verdammter Sicherheit draufgegangen wärst?!"

Scheiße. Jetzt, wo er es aufzählt …

Wieder schließen sich seine Finger um mein Kinn. Fest, doch er tut mir nicht weh. Im Gegenteil. Die Art, wie er mich zwischen sich und der Kabinenwand fixiert, wie er mir nahekommt und sein Atem rau über meine Haut fließt, hat beinahe etwas Liebevolles. Etwas aufrichtig Besorgtes. Und noch nie hat sich jemand um mich gesorgt.

Da trifft mich sein Blick unter den langen Wimpern hervor und die pulsierende Energie im tiefen Blau entlockt mir ein Wimmern. Ich steuere es nicht und ich kann es erst recht nicht verhindern. Aber genau jetzt, in diesem Moment, wird mir klar, dass dieser Mann mich in der Hand hat. Dass er eine Macht über mich besitzt, die mich schockiert. Angst lässt meine Haut prickeln und zugleich wärmt mich ein seltsames Gefühl von innen heraus. Vertrauen.

„Jax …“

Ich finde keine Worte. Erzittere am ganzen Körper und verschließe meine Augen vor der wilden Flut. Emotionen. Scheißverdammte Emotionen, die ich jahrelang hinter der dicken Mauer aus Mut, Wut und Wahnsinn verbarg, und die mich nun zu überrollen drohen. Hilflos presse ich die Lippen aufeinander. Beiße mir von innen darauf und erliege dennoch dem aussichtslosen Kampf, die Tränen zurückzuhalten. Eine nach der anderen quillt zwischen meinen Lidern hervor. Ich breche zusammen.

„Baby! Hey!“

Hände, die mich packen. Arme, die mich halten. Finger, die mir über das Haar streichen, so wie ich es mir immer gewünscht habe.

„Ich bin bei dir, Zoey. Ich beschütze dich.“

„Aber das sollst du nicht! Das will ich nicht!“

Ich schiebe ihn von mir, obwohl seine Nähe so unsagbar guttut. Aber ich ertrage sie nicht. Da nimmt er mein Gesicht in beide Hände und ehe ich auch nur den Hauch einer Chance habe, zu begreifen, was geschieht, liegen seine Lippen auf meinen. Jackson küsst mich! Mich! Den kleinen pinken Freak, der ihm doch nichts als Scherereien macht! Und genau das lässt er mich spüren, in diesem Kuss, der alles ist, aber nicht zärtlich. Da ist keine Vorsicht, keine Rücksicht, kein Fragen, ob ich es zulasse, nein. Er nimmt ihn sich einfach. Nimmt sich mich! Teilt meine Lippen mit seiner Zunge, dringt grob in mich und ich … ich kralle mich in seine Schultern. Springe förmlich auf die Zehenspitzen und dränge mich ihm entgegen. Mehr, verdammt! Ich will mehr von diesem Kerl! Von seinen Küssen, seinem Körper, seiner Kraft und seinem Schutz. Ja, zum Teufel, ich will seinen Schutz! Ich will, dass er sich vor mich stellt. Will, dass alle Welt sich vor mir in Acht nimmt, weil ER sie sonst zerstört. Ich will *ihn*! Und das so unbedingt, dass ich alles um mich herum vergesse. Luxushotel? Fahrstuhl? Fuck it! Ich habe längst ein Bein um ihn geschlungen und presse meine Hüften gegen seine. Suche Linderung für das sehnsüchtige Ziehen zwischen meinen Schenkeln, das dort herrscht, seit ich über seiner Schulter hing und er meinen Hintern gestreichelt hat, und das nun zu einem drängenden Pulsieren angewachsen ist.

Jax harte Erregung an meinem Bauch, sein Knurren in meinen Ohren. Die Lust legt sich über meine letzten wachen Gehirnzellen und drückt die Notstopp-Taste für meinen Kopf. Endlich! Ich muss nicht mehr denken, darf nur noch fühlen, und als Jax mich auf seine Hüften hebt, mein Becken so schwungvoll gegen die Wand presst, dass die Kabine leicht erzittert, schiebe ich meine Finger in seinen Nacken. Fühle das kurzgeschorene, weiche Haar und schiebe ihm meine Zunge noch tiefer in den Mund.

Zähne stoßen aufeinander, Lippen, Nasen. Und ein Stöhnen dringt aus meiner Kehle. Jax. Er reibt sich an mir. Und das bisschen Stoff meiner Leggings vermag nichts von seiner Gier zu dämpfen.

„Ah! Fuck! Du beißt ja doch!" Mit einem überraschten Laut, halb Lachen, halb Stöhnen, leckt Jackson sich über die Unterlippe. Dort, wo ich meine Zähne in die zarte Haut getrieben habe. Ich konnte nicht anders, er schmeckt einfach zu gut und ich …

„Wart's nur ab, du kleines Luder." Fest packt er in mein Haar und fixiert mich an Ort und Stelle. Schaut auf mich herab und das Feuer in seinen Augen verleiht ihnen einen gefährlichen Glanz.

Scheiße! Ich sollte abhauen! Das Spiel mit dem Feuer ging noch nie gut für mich aus und Jackson erfüllt alle Voraussetzungen, dass ich mich auch diesmal verbrenne. Aber …

„Was, großer Meister?" Ich werfe ihm mein frechstes und zugleich zuckersüßestes Lächeln zu, was ihn dazu veranlasst, seinen Griff noch ein wenig zu intensivieren. Gleichzeitig dringt da dieses Beben durch seinen Körper. Ein Grollen wie bei einem Vulkan, der kurz davorsteht, auszubrechen. Ich liebe es! „Wirst du mir dafür etwa wieder den Hintern versohlen? Dem bösen, bösen Mädchen?"

Das Feuer wird zum schwarzen Abgrund, als sein Blick sich verengt. „Mach nur so weiter, Darling", er nimmt meine Lippe zwischen die Zähne und revanchiert sich. Quälend langsam, sodass der süße Schmerz sich Zeit dafür nehmen kann, meine Sinne zu überwältigen. Ich keuche. „Du wirst schon sehen, was du davon hast."

Und dann lässt er mich los. Macht einen Schritt zurück, als sei ich gar nicht anwesend – oder total unwichtig –, und ich strecke gerade noch alle viere von mir, um sicher zu landen. „Hey!", fluche ich, da setzt der Aufzug sich auch schon wieder in Bewegung und der unverschämteste Oberarsch von allen schiebt seine Hände in die Hosentaschen.

„Du warst frech", sagt er, lehnt sich selbstgefällig mit dem Rücken gegen die Wand, und als er auch noch die Augen schließt, balle ich die Fäuste.

„Ich war *frech*?!"

Er nickt, und allein dafür würde ich ihn gerne hauen. Mein Körper brennt! Mein Höschen ist nass! Eben noch hätte ich ihn besinnungslos gevögelt, ohne auch nur darüber nachzudenken, und jetzt?! Was für ein Penner!

Mit weit ausgestrecktem Zeigefinger stürme ich auf ihn zu. „Jetzt hörst *du* mir mal zu, du A…"

Er schnellt vor und plötzlich wackelt sein Zeigefinger vor meinem Gesicht. „Ah, ah, ah! Achte auf deine Wortwahl! Du …"

Es ist mir scheißegal, mit welchem Dreck er mir jetzt schon wieder um die Ecke kommen will! Er hat mich scharf gemacht und dann hängengelassen. Und das geht mal *gar nicht*! Ungeachtet seiner Kraft und Statur schlage ich seine Hand beiseite, da wird die Kabine langsamer und ein dezentes *Ping* bringt mich aus dem Konzept. Nur kurz, doch lange genug, um meinem Gegenüber einen Vorteil zu verschaffen. Die Türen in meinem Rücken gleiten auf und im nächsten Moment schnippt Jax mir im Vorbeigehen gegen die Stirn. „Komm, Pinky Pie, wir sind da."

Ich weiß, ich wollte das nicht tun, aber jetzt stampfe ich doch auf den Boden. Rühre mich keinen Millimeter fort und starre wutentbrannt auf seinen sich immer weiter von mir entfernenden Rücken.

„Du hast die Wahl, Süße", ruft er mir zu und winkt mit der Schlüsselkarte. „Entweder kehrst du mutterseelenallein zurück in die Bronx, in dein winzig kleines, erbärmliches Apartment, wo höchstwahrscheinlich der nächste Killer auf dich lauert …" Das leise Aufschnappen der Verriegelung unterstreicht noch die dramatische Pause, die er einlegt. „Oder du genießt heute Nacht die Vorzüge einer zehntausend Dollar Suite." Die Tür springt auf und sein Blick trifft meinen. „Es gibt auch zwei Schlafzimmer."

Dann ist er fort. Hat die Tür offengelassen und sanftes Licht fällt auf den mit edlem Teppich ausgelegten Flur, während ich noch immer im Aufzug stehe und weiß, dass *diese* Türen sich jeden Moment wieder schließen werden.

Jax

Natürlich höre ich nur wenig später, wie sie hinter mir die Tür schließt. Mir war klar, dass sie nicht gehen würde, und dennoch drehe ich mich mit einem Gefühl der Erleichterung zu ihr um. Ich habe keine Ahnung, wer der Kerl war, dem ich in dieser Gasse die Lichter ausgeschaltet habe. Das Tattoo auf seinem Handrücken jedoch war mir leider nur allzu vertraut. Aber warum war er hinter Zoey her? Hat sie etwa Beziehungen nach Chicago? War es am Ende gar kein Zufall, dass sie uns in dem Barbershop bedient hat? Um ein Spitzel zu sein, ist sie eindeutig zu auffällig. Und untalentiert. Auf der anderen Seite würde es zu Romano passen, jemanden wie sie zu schicken. Er dressiert gern kleine Raubkatzen.

„Das wäre dann alles, Penny. Danke."

Ich lege den Hörer des Hoteltelefons auf, ohne meinen Blick dabei von ihrem zu lösen. Verschränke die Arme vor der Brust und betrachte sie. Suche in diesem zarten Gesicht nach irgendwelchen Hinweisen, doch finde natürlich keine. Wenn sie wirklich für Romano arbeitet, wird sie durch eine harte Schule gegangen sein, und eher sterben, als aufzufliegen. Ich weiß das. Bei mir wäre es genauso.

„Und jetzt?"

Ihr Schulterzucken wirkt hilflos, doch ich kann ihr keine Antwort auf die Frage geben. Atme tief durch und wende mich ab.

„Ich habe etwas zu Essen bestellt", sage ich noch. „Tu, was du willst, ich gehe duschen."

Den Geruch des Todes abwaschen. Den Kopf frei bekommen. Nachdenken. Keine Ahnung.

Ich betrete das Bad und schließe die Tür. Lehne mich dagegen und meinen Kopf in den Nacken.

Was habe ich getan? Warum habe ich sie geküsst? Ein Kuss, verdammt noch mal! Ich ziehe die Lippen zwischen meine Zähne und spüre der Erinnerung nach. Dem Kitzeln. Dem Brennen. Dem Scheißschmerz, als sie mich biss. Fuck! Mit einem Grollen stoße ich mich von der Tür ab, reiße mir die Jacke von den Schultern und den Hoodie über den Kopf. Erblicke mich im Spiegel, meine Muskeln, die Tattoos, und kenne ihre Bedeutung plötzlich nicht mehr. Erkenne *mich* nicht mehr, weil ich nie zweifle, der Typ da im Spiegel es aber tut. Weil er seinen Mund auf den dieses Mädchens gepresst und damit seine eigenen Regeln gebrochen hat. *Kein* Kuss. *Kein* fucking Rumgeknutsche! Das habe ich bei den Frauen gelernt, mit denen ich zusammen war. Huren küssen nicht, denn mit einem Kuss überschreitest du die Grenze zwischen Ficken und Gefühl. Und darum habe auch ich es nie getan. Weder ein Gefühl zugelassen noch eine Frau geküsst. Bis vorhin.

Ich senke den Blick. Streife auch die Schuhe und den Rest meiner Klamotten ab, lasse alles achtlos liegen und trete in die große Dusche. *Honeymoon-Suite.* Ich schüttle den Kopf. *Hier drin wäre genug Platz für eine ganze Orgie.* Doch weil mich allein der Gedanke auf einmal abstößt, reiße ich den Wasserhahn beinahe ab. Fluche, da prasselt der erste Schwall Wasser aus der Regenwalddusche und ich zucke zusammen. Kalt. Eiskalt treffen die Tropfen auf meine Haut. Perlen mir über den Kopf und das Gesicht, rinnen über meine Schultern nach unten und ich widerstehe dem ersten Impuls, auf warm umzustellen. Lasse die Hand wieder sinken und heiße stattdessen jeden einzelnen stechenden Tropfen willkommen. Recke mich ihnen sogar entgegen und genieße, wie die Kälte das Chaos in meinem Kopf betäubt. In meiner Brust. In meinem ganzen Körper.

Ich war bretthart, als ich aus diesem Scheißaufzug getreten bin. Nicht viel hatte mehr gefehlt und ich hätte sie mir dort drinnen genommen. Ihr die verdammten Leggings von den Hüften gezogen und sie gefickt. Meinen Schwanz in ihre Pussy getrieben, wieder und wieder, bis sie geschrien hätte vor Lust. Ich hätte ihr gezeigt, wie sehr sie mich reizt und wie fucking wütend ich auf sie bin, weil sie es immer wieder schafft, sich in Gefahr zu bringen. Und wie verdammt verzweifelt ich gewesen war, als ich erkannt hatte, wer versucht hatte, sie und mich aus dem Weg zu räumen. Scheiße!

Meine Faust klatscht gegen die nassen Fliesen. Wasser spritzt aus dem blöden Verband, den ich noch immer trage, weil der Schnitt nicht gut heilt. Zu oft habe ich die Wunde überstrapaziert. Viel zu oft, und das nur, weil die kleine Hexe überzeugt davon gewesen war, auf sich selbst aufpassen zu können. Zum Teufel, ich hätte es ihr ausgetrieben in diesem beschissenen Aufzug! Kein Kuss. Nein, verdammt, den Fehler hätte ich kein zweites Mal getan. Ich hätte ihr gezeigt, wie sehr sie einen Mann braucht. Wie sehr sie *mich* braucht! Und die Vorstellung, wie sich ihr schmaler, fester Körper um meine Gier angefühlt hätte, ihre kehligen Laute dabei noch jetzt durch meinen Kopf klingen, es … Fuck! Ich reiße den Wasserhahn herum, will Feuer mit Feuer bekämpfen, weil die Kälte es nicht zu lindern vermag. Doch beim nächsten Gedanken an Zoeys Lippen auf meinen, an ihre Zunge und ihren Geschmack, rutscht meine Hand tiefer. Ich umfasse mich. Drücke meine Stirn gegen die Wand und meine Finger fest um meinen Schwanz. Sie ist dort draußen. Irgendwo hinter dieser Tür. Und wenn ich diese Nacht überstehen will, oder mir vielmehr etwas daran liegt, dass Zoey sie übersteht, dann sollte ich den Druck besser loswerden.

Dampf wabert auf, wo das heiße Wasser sich mit der feuchten, kalten Luft vermischt, und mein Körper reagiert auf den Temperaturumschwung mit einer Gänsehaut. Ich spüre dem Gefühl nach, wie sie über meinen Rücken kriecht, entlasse das Stöhnen, das mir meine eigenen Berührungen in die Kehle treiben, da streift mich ein Luftzug und der Instinkt reißt mich herum. Ich bin nicht allein. Ich …

Sie.

Sie ist hier.

Steht in der Badezimmertür und aus ihren endlos wirkenden großen Augen starrt sie mir entgegen.

„Was willst du?"

Rau dringt meine Stimme durch das Rauschen des Wassers. Belegt von all der Wut und der Lust, für die *sie* verantwortlich ist.

„Ich …" Weiter spricht sie nicht. Senkt den Blick, ihre dichten Wimpern, und ich weiß, dass sie mich ansieht. Meinen Körper betrachtet. Jeden Muskel, jeden Zentimeter bunter Haut. Und ich verstecke mich nicht. Nichts. Es ist mir egal, was sie sieht. Schließlich ist es ihre Schuld, nicht wahr? Dann muss sie meiner Meinung nach auch mit den Konsequenzen zurechtkommen. Vielleicht will sie das ja auch. Warum sonst sollte eine Frau das Zimmer betreten, in dem gerade ein Kerl duscht?

„Was?", wiederhole ich, diesmal schärfer, und greife erneut vor mich. Sie hat meinen Buddy bereits gesehen. Weiß, was ich hier treibe, und ist immer noch da. Warum also sollte ich nicht einfach dort weitermachen, wo sie mich unterbrochen hat?

Sie leckt sich die Lippen und … Scheiße. Wie gern würde ich ihr meinen Schwanz dazwischenschieben? Zusehen, wie ihr schöner frecher Mund mich aufnimmt, und testen, wie weit?

„Dafür bist du verantwortlich“, knurre ich. „Du!“ Gemächlich fahre ich meine Länge auf und ab und genieße den Kick, den es mir verleiht, als sie schluckt. „Also, Pinky Pie. Entweder verschwindest du ganz schnell wieder und rettest deinen süßen kleinen Arsch …“

Sie erschauert. Weiß nicht, wohin sie ihren Blick richten soll – in mein Gesicht oder doch lieber auf meine Hand. Dann aber, und es ist kein Wunder, dass mich ihre Reaktion nicht überrascht, reckt sie mutig das Kinn und funkelt mich direkt an. „Oder?“, fragt sie, und ihre Stimme zittert. „Was passiert sonst?“

Ich lache. Leise und tatsächlich ein wenig gequält. „Oder du kommst her und bringst in Ordnung, was du angerichtet hast.“

Mein Brustkorb bebt. Meine Schenkel. Mein Arsch. Ich stehe so sehr unter Strom, dass die Lust längst keine mehr ist. Was mich erschauern lässt, sind pure Qualen. Bittersüß. Und gefährlich für jeden, der sich mir nähert. Gefährlich für dieses mutige und doch so zarte Geschöpf, das tatsächlich einen Schritt auf mich zu macht. Die Aufsässigkeit ist auch ihrem Gesicht gewichen. Zweifel liegen in ihren wunderschönen Augen. Aber auch Neugier. Und Begierde.

Sie will mich, das weiß ich. Und ich will sie verdammt noch mal.

Will sie besitzen und erniedrigen. Sie zu meinem Eigentum machen und ihr den Himmel dafür schenken. Oder die Hölle. Je nachdem, auf was sie sich einlässt.

Dass sie sich zumindest auf mich einlässt, beweist sie mir jetzt, als sie nach dem Saum ihres Shirts greift. Es sich, ohne den Blick von mir abzuwenden, über den Kopf streift und zwischen meine Klamotten fallen lässt. Mir ein gefälliges Grinsen entlockt, indem sie hinter sich greift. Der rosa Stoff um ihre Rippen lockert sich, ihre Brüste heben sich unter einem tiefen Atemzug und Feuer jagt durch meine Venen.

„Mehr“, grolle ich. „Jetzt.“

Ich weiß, dass sie nichts mehr hasst, als Befehle entgegenzunehmen. Dass ihr Stolz und ihr starker Wille es nicht zulassen, sich zu fügen. Doch ich weiß auch, dass es bei mir anders ist. Dass sie es braucht. Es insgeheim genießt, loszulassen und die Führung endlich auch mal abzugeben. An mich. Und ich übernehme sie nur zu gern.

„Jetzt, Zoey." Sie zuckt. Doch während sie sich die Träger von den Schultern schiebt und mir Stück für Stück ihre Schönheit offenbart, der Stoff über ihre kleinen festen Nippel rutscht und sie deutlich sichtbar schluckt, schenke ich ihr ein wohlwollendes Nicken. „So ist es richtig, Prinzessin. Heute Nacht wirst du nichts infrage stellen, hast du mich verstanden?"

Sie zieht die Unterlippe zwischen ihre Zähne. Kaut darauf herum, während sie mir dabei zusieht, wie ich mit dem Daumen über meine Spitze streiche. Ich könnte sofort kommen. Auf der Stelle. Weil Zoey mich so dermaßen erregt wie noch keine Frau zuvor. Und ihr Nicken gibt mir fast den Rest.

„Dann zieh dich aus und komm zu mir."

Sie tut es. Zögert nicht und widerspricht auch nicht. Streift sich die Leggings mitsamt Höschen bis hinunter über ihre nackten Füße und richtet sich wieder auf. Schön. Sie ist so fucking schön. Fragil und stark. Da werden ihre Augen plötzlich riesig. Sie hebt den Zeigefinger, nuschelt ein „Ganz kurz!" und will durch die Tür, doch …

„*Stopp!*" Der Zorn in meiner Stimme lässt sie mitten in der Bewegung innehalten. Gott, dieses Weib macht mich wahnsinnig! „Zu mir! Auf der Stelle! Ich dachte, das hätten wir eben geklärt."

Verlegen zuckt sie mit den Schultern und fuchtelt in Richtung Wohnzimmer. „Aber die … Der Room Service war da. Und da lagen Kondome unter der kleinen silbernen Glocke. Ich … Ich dachte …"

„Nicht denken, Prinzessin." Ich schneide ihr das Wort ab, selbst am meisten überrascht darüber, dass ich sie mir nicht längst gepackt habe. Doch ich kann mir nicht helfen, bei meinem kleinen pinken Vögelchen übe ich mich tatsächlich in Geduld, und hole erst noch mal tief Luft, ehe ich sie mit scharfem Blick fixiere. „Die werden wir erst mal nicht brauchen. Und jetzt komm her."

Zunächst zieht sie die Stirn kraus, dann scheinen meine Worte aber auf fruchtbaren Boden zu fallen. Sie grinst. Ihr Blick rutscht tiefer. Und dann leckt sie sich die Lippen.

„Ganz genau." Fuck, ich freue mich wie ein Kind auf Weihnachten. Sauge jede ihrer Bewegungen in mich auf, während sie Schritt für Schritt und ganz langsam auf mich zukommt. Ihr hübsches Kinn reckt, um das ich sie gleich greifen werde, und zu mir unter die Dusche tritt. Ich mache einen Schritt nach hinten, fasse ihre Hände und ziehe sie mit mir. Das Wasser trifft auf ihre Mähne. Perlt im ersten Moment noch darüber, doch dann erliegen die Locken der feuchten Macht. So wie ich längst dieser Frau erlegen bin, die kichernd die Augen zusammenpresst und prustet. Nicht einmal jetzt kann sie ernst bleiben. Hält es für ein Spiel, so wie sie alles versucht, in ein Spiel zu verwandeln. Jeden Rückschlag. Jede Niederlage. Zoey ist ein Stehaufmännchen, und diese Begabung, auch das tiefste Schwarz noch mit Pink bemalen zu wollen, beschert ihr meinen größten Respekt.

Aber heute liegt sie falsch.

Ich spiele nicht.

„Auf die Knie, Prinzessin."

Ihr Lachen verklingt. Sie öffnet die Augen und blinzelt mir entgegen. Schwarze Rinnsale aus Wasser und Mascara laufen über ihre Wangen, was ihr etwas Kämpferisches verleiht … und meine Erregung zuckt vor Ungeduld.

Da legt sie den Kopf schief. Kann ihrer Natur nicht widerstehen und grinst mich rotzfrech an. Reizt mich mit

Absicht. Wirft mir einen Blick zu, der mich tatsächlich fragt, ob ich diesen Befehl ernst gemeint habe, und keucht jäh auf, als sie die Antwort bekommt. Meine Hand in ihrem Nacken. Meine Brust, die gegen ihre prallt. Nasse Haut an nasser Haut. Fest presse ich sie an mich, mein Schwanz drückt schmerzhaft gegen ihren Bauch. Aber vorbei ist es mit der Rücksicht, mit der Scheißgeduld.

„Einmal noch, meine Hübsche", meine Lippen schweben gefährlich nah über ihren – so rosig, so verlockend –, doch ich presse die Zähne zusammen und meine Warnung dazwischen hindurch. „Einmal noch und du wirst morgen früh nicht mehr laufen können, das schwöre ich dir." Meine Hand rutscht tiefer, bis zu ihrem Hintern. Es ist an der Zeit, ihr in Erinnerung zu rufen, dass ich mich bei dem kleinen Spanking im Auto wirklich zurückgehalten habe. Doch gerade, als ich meine Finger fest in ihr Fleisch kneife, reckt sie sich vor. Sie kommt nicht weit, weil ich sie immer noch an den Haaren habe, doch mit einem Keuchen, halb Schmerz, halb Lust, stiehlt sie sich einen Kuss.

FUCK!

Es prickelt, wo ihre Lippen über meine geschrammt sind. Und … Scheiße, nein, es brennt! Brennt sich so glühend heiß in mich, dass ich den Kopf zurückreiße und auf sie hinab starre. Einen Moment lang, den ich brauche, um meine Instinkte niederzuringen, um meiner Wut nicht zu erliegen, die diese erneute Grenzüberschreitung in mir entfacht hat, sind das Rauschen des Wassers und unsere wilden Atemzüge die einzigen Geräusche in dem riesigen Bad.

Das darf sie nicht!

Das darf *niemand*!

Da dringt ein leises „Hey" zu mir durch und sanfte Finger legen sich auf meine Wange.

„Ist schon gut, Jax."

Was zum …?

„Ist schon gut. Komm wieder zurück. Ich bin's doch nur, hm? Pinky Pie."

Pinky Pie. Ich blinzle. Lasse wieder Licht in mein Innerstes und die Dämonen verziehen sich.

„Hi!" Sie lächelt mir entgegen. Ihr Daumen streicht gemächlich über die Kante meines Kiefers. Und was sie dann sagt, zieht mir fast den Boden unter den Füßen weg: „Es war nur ein Kuss, okay? Aber ich hab's verstanden. Ich weiß, wo du gerade warst, und es tut mir leid, dass ich dich dorthin geschickt habe. Es ist kein schöner Ort, nicht wahr?"

Ihr Daumen. Die Zärtlichkeit in ihrer Berührung und das Verständnis in ihren Worten. Es ist zu viel. Zu viel für diese Situation. Und zu viel für mich. Aber ich spüre mich nicken. Spüre den Zorn aus meinen Muskeln weichen und lockere meine Finger. Meine Hand gleitet aus ihren Haaren. Und warum auch immer liegt sie plötzlich auf Zoeys Wange.

Wasser rinnt über unsere Gesichter. Der Strom ihrer Mascara ist beinahe versiegt. Nur noch ein leichtes Grau mischt sich unter die Tropfen, und mit meinem Daumen wische ich sie beiseite. Zoeys Lider flattern. Ihr wacher Blick mustert mich. Ganz offen. Ganz sanft. Und ohne Vorurteile. Ohne die Skepsis darin, die ich mittlerweile schon fast gewöhnt war. Und ich weiß nicht warum oder wie, aber auch meine Zweifel sind verschwunden. Oder zumindest sind sie mir egal. Es ist mir egal, warum wir hier sind und wer sie ist. Vollkommen gleichgültig, ob sie nun bloß das Opfer in dieser Geschichte spielt, oder aber für die falsche Seite arbeitet. In diesem Moment ist sie nur Zoey. Und ich nur der Typ, der sie küsst.

Zoey

Er küsst mich. Er küsst mich, wie er es bereits im Aufzug getan hat. Ohne Maske. Ohne diese Attitüde des unbesiegbaren Kriegers, der er ohne Zweifel ist und dem ich vom ersten Moment an verfallen war. Das weiß ich jetzt und kämpfe auch nicht mehr dagegen an. Der Mann aber, dessen Lippen so weich und dessen Zungenschläge so göttlich sind, dass ich weiche Knie bekomme und am liebsten nie wieder aufhören möchte, ihn zu küssen, dieser Mann ist echt. Groß und stark und voller Leidenschaft. Sein Kämpferherz muss riesengroß sein und ich bin so froh, dass ich mich getraut habe, es anzugreifen. Dass ich die Barrieren durchstoßen habe, die er darum errichtet hat, und dass ich trotzdem noch hier bin. Denn das hätte auch gewaltig schiefgehen können!

Aber es hat geklappt und ein Gefühl durchströmt mich, von dem ich nicht einmal mehr wusste, dass ich es überhaupt noch empfinden kann. Glück. Ich bin glücklich, jetzt gerade. Gebe mich seinem fordernden Mund viel zu gerne hin und genieße die Leichtigkeit, die *er* in mich setzt. Jax. Der Gangster. Der Mafia-Soldat. Der Killer.

Scheiße, er hat diesen Kerl vor meinen Augen umgebracht! Diesen anderen Idioten wahrscheinlich für immer entstellt! Und der Gedanke an Mr. Morales hängt sich tonnenschwer an meine Eingeweide …

Doch ich entfliehe dem schwarzen Morast aus Tod und Verbrechen. Hebe mich auf die Zehenspitzen und dem Mann entgegen, von dem ich will, dass er mich für diese Nacht vergessen lässt. Für diese eine Nacht. Was morgen sein wird, schiebe ich beiseite. Denn dass wir beide keine Zukunft miteinander haben, ist leider mehr als klar.

Und darum beende ich den Kuss. Entziehe Jax meine Lippen und beiße mir selbst darauf, um ja nicht wieder in Versuchung zu geraten, sie erneut auf seinen Mund zu drücken. Der Gedanke, ihn niemals wieder zu küssen, ist jetzt schon schmerzhaft genug. Und ich weiß, dass wenn ich der Versuchung nachgebe, ihn noch einmal zu schmecken, dann werde ich niemals wieder die Kraft dafür finden, ihn loszulassen. Ich darf mich nicht verlieben. Nicht in Jax.

Entschlossen lege ich daher meine Hände auf seine Brust. Genieße ein tiefes Seufzen lang, wie seine Muskeln sich in meine Handflächen schmiegen. Und gehe in die Knie.

„Was …?"

Ich sehe auf und finde seinen Blick. Er ist noch immer dunkel, doch etwas anderes hat sich unter das hypnotisierende Blau gemischt. Verwirrung. Emotionen. Erkenntnis. Jax war überfordert, als ich ihm eben den Spiegel vorgehalten habe. Nach diesem Kuss, der von mir ausging und nicht von ihm. Als er erkannte, dass ich ihn verstehe und wir beide uns ähnlicher sind, als es mir und sicher auch ihm lieb ist. Aber egal, wie ich es drehe und wende. Egal, wie gut wir zusammenpassen könnten – der Joker und seine Harley Quinn –, Emilio hat mich aufgespürt, und das ist der Grund, warum aus Jax und mir kein Wir werden kann. Ich werde gehen. Schon morgen. Ich werde weiterziehen. Ich *muss* weiterziehen, wenn ich überleben will. Und vor allem, damit Jax und Suzy überleben.

Aber das wird morgen sein.

Jetzt … will ich genießen.

„Entspann dich.“

Ich grinse zu ihm hoch, während ich meine Hände auf Wanderschaft schicke und sie über seine feuchte Haut gleiten. Dieser Hintern ist zu prachtvoll, um nicht mal fest hineinzugreifen. Es passt ihm nicht, das weiß ich. Und darum komme ich seinem Widerstand zuvor. Ignoriere sowohl das warnende Knurren als auch seine Finger, mit denen er fest in mein Haar greift. Weil er sich gleich nicht mehr sträuben wird. Weil *ich* alle Karten in der Hand habe. Und seinen Schwanz.

Holy! Ich dachte mir ja bereits, dass alles an diesem Kerl groß ist. Die Ausmaße hatten sich schließlich gegen mich gedrückt, als ich in diesem Wagen über seinem Schoß lag. Dass er aber nicht nur groß, sondern auch schön ist, hat mich tatsächlich entzückt quietschen lassen, als ich eben das Bad betrat. Natürlich nicht laut, sondern nur ganz dezent. Ich wusste zu dem Zeitpunkt ja noch nicht, ob Mister *Alles-vernichtender-Eisschrank* darauf klarkommen würde.

Nun aber lasse ich meiner Begeisterung freien Lauf. Gleite fast schon ehrfürchtig langsam seine Härte auf und ab. Präge mir die Samtigkeit seiner Haut ein. Die dicken Adern, die schöne Spitze. Und Jax' Stöhnen, als ich mit dem Daumen die kleine Öffnung liebkose.

„Fuck, Zoey!“

„Ja, bitte?“ Mit einem frechen Grinsen schaue ich zu ihm hinauf und Stolz und Vergnügen durchströmen mich gleichermaßen. Sein Gesicht ist vor Lust verzerrt. Anbetungswürdig und so verdammt beeindruckend. Er hält meinen Blick unter halb geschlossenen Lidern. Wasser tropft von seinem Kinn. Über den kurzen Bart, der ihm einfach fabelhaft steht, und der so herrlich beim Küssen meine Haut reizt. Ach, verdammt.

Denk nicht dran, Zoey! Der Kerl besteht aus so viel mehr als nur Lippen und Zunge. Konzentrier dich also lieber auf den ganzen köstlichen Rest!

Und das tue ich. Rutsche mich zurecht auf dem Boden der edelsten Dusche, die ich wohl jemals betreten werde, schließe meine Augen und öffne den Mund.

Jax zuckt. Sein Schwanz in meiner Hand, als ich ihn koste, und auch sein ganzer Körper. Leise Flüche vermischen sich mit dem Rauschen des Wassers. Kehlige Laute, die mir auf direktem Weg zwischen die Schenkel fahren und mich noch mehr anspornen. Ich lasse meine Zunge spielen. Umkreise, lecke. Greife fester zu und bin dann wieder sanft. Und es gefällt ihm. Ich spüre es. Ich höre es. Und fuck, Jax' Stimme törnt mich an. Sein unterdrücktes Keuchen. Sein Fluchen. Und der heisere Klang meines Namens aus seinem Mund. Meine Mitte bebt. Alles vibriert und summt. So begehrlich, so höllisch heiß und quälend schön, dass ich am liebsten aufstehen und ihn bitten würde, mich zu ficken. Doch ich halte durch. Lasse mich fallen in die Wellen der Lust und genieße das Rauszögern. Das immer dringender werdende Verlangen. Bis ich nicht mehr kann. Bis ich mir selbst zwischen die Beine greife, um die Gier zu lindern. Den Hunger. Ich stöhne. An seinem Schwanz. Um seinen Schwanz. Lasse mich gehen. Da werden seine Finger in meinem nassen Haar zur eisernen Faust. Er zieht mich zurück. Heftig atmend. Ein Zustand, den wir uns teilen.

„Nicht!"

Seine Stimme ein einziger tiefer Ton. Er lässt mich beinahe zerspringen, doch …

„Nimm die Hand da weg, Zoey! Das ist meine verdammte Aufgabe!"

„Aber …"

Ich will aufbegehren. Einspruch einlegen, so wie ich es gewohnt bin. Träge gleiten meine Finger über meine Lust. *Nur noch ganz kurz! Nur noch …*

„Ich habe Nein gesagt!"

Er packt mich und reißt mich nach oben. Als sei ich eine Feder, als hätte ich überhaupt kein Gewicht. Und so fühle ich mich auch gerade. Leicht. Schwerelos. Nur dieses Pochen zwischen meinen Beinen, es macht mich wild. So wild, dass ich die Beherrschung verliere.

„Dann fick mich, Jax! Jetzt! Tu es! Ich brauche dich!“

Bohrte sein Blick sich bis eben noch dunkel und lustverhangen in meinen, so lodert nun darin ein Feuer. Ein Inferno! Mein *Ich brauche dich* war der Funke, der es in Gang gesetzt hat. Drei simple Wörter, die ich noch niemals zu irgendeinem Menschen gesagt habe – nicht beim Sex und erst recht nicht bei irgendeiner anderen Begebenheit in meinem beschissenen Leben. Doch gerade habe ich es getan und selten war mir etwas so ernst. Ich. Brauche. Jax.

Und er gibt sich mir. Hebt mich von den Füßen, auf seine Arme und trägt mich aus der Dusche. Wasser tropft von unseren Körpern, die Luft ist plötzlich kalt. Doch ich lächle. Nein, ich grinse breit! Betrachte über Jacksons Schulter hinweg die kleinen Pfützen und Spritzer, die wir auf dem teuren Teppichboden hinterlassen, und schmiege mich wie ein Kätzchen an seine Brust.

Jackson und Zoey. Zoey und Jackson. Jackson liebt Zoey und Zoey liebt Jackson. Ja, das klingt schön …

„Wo hast du die Gummis hingetan?“

Hoppla? Okay, das klang jetzt weniger schön. Aber angesichts der Tatsache, dass ich gleich endlich gevögelt werde, will ich mal nicht so sein. Ich deute auf den Servierwagen.

„Da! Unter der kleinen Glocke. Ich dachte, es wäre das Dessert.“

Jax’ leises, tiefes Lachen lässt seine Brust vibrieren. „Na, wie man’s nimmt. Das Amuse-Bouche hattest du ja bereits. Dann machen wir jetzt eben den Hauptgang draus.“

„Was für'n Busch?"

Das Lachen wird intensiver, eine Antwort bekomme ich aber mal wieder nicht. Dafür beugt Jax sich vor, damit ich die Kondompackung vom Wagen nehmen kann.

„Schön, schön", meckere ich. „Lass mich ruhig dumm sterben."

Da reißt er mich zurück. So heftig und unvorhergesehen, dass ich aufschreie. Mich fest an seinen Oberkörper gepresst haltend, bohrt er seinen Blick in meinen.

„Du wirst nicht sterben, hörst du? Sag so etwas. Nie. Wieder!"

Nasenspitze an Nasenspitze. Seine Lippen dicht über meinen.

Küss mich!

Doch leider schüttelt er nur den Kopf und trägt mich quer durchs Wohnzimmer auf eine schlichte weiße Doppeltür zu.

„Du wirst nicht sterben. Nicht heute, nicht morgen und an keinem anderen Tag, solange ich in deiner Nähe bin, Zoey." Er dreht uns, schubst mit seinen Hüften eine Seite der Tür auf. „Ich passe auf dich auf, das verspreche ich dir."

Und schon stehen wir im Schlafzimmer. Ich habe keine Zeit, mich umzusehen. Es ist mir auch herzlich egal, wie es hier drin aussieht. Mein Blick hängt festgetackert an Jacksons Gesicht, das immer wie gemeißelt wirkt, wenn er so entschlossen ist wie jetzt gerade. Wie gern würde ich ihm antworten. Ihm sagen, wie dankbar ich ihm dafür bin, dass ein Typ wie er sich um einen kleinen Freak wie mich sorgt. Doch ich kann es nicht. Ich bringe keinen Ton heraus. Versinke in seinen Augen und beiße mir selbst auf die Lippen.

Diese eine Nacht, Jax. Mehr werden wir nicht haben.

Der Vorteil daran, dass Jackson es oft einfach nicht für nötig hält, eine Antwort zu geben, ist, dass er jetzt auch keine von mir zu erwarten scheint. Mit ernstem Ausdruck tritt er ans Bett, ein unwahrscheinlich kuschlig aussehender Traum in Grau und Weiß, und setzt mich behutsam darauf ab. Sofort saugen die weichen Bezüge jeden Tropfen meiner noch immer feuchten Haut auf.

„Mann, ist das abgefahren!", jauchze ich und lasse mich rücklings in die Laken sinken. Rudere mit den Armen auf und ab wie für einen Schneeengel, und halte erst inne, als ich bemerke, dass Jax mir weder folgt noch etwas sagt. Ich hebe den Kopf und da steht er. Noch immer am Rand des Bettes und schaut auf mich herab. Fuck. Mein Herz macht einen Sprung. Die Albernheit ist vergessen. Dafür ist das Pochen zurück, weil mir schlagartig wieder bewusst ist, warum wir hierhergekommen sind.

Er. Ich. In freudiger Erwartung presse ich meine Schenkel aneinander, da senkt er ein Knie auf die Matratze und umfasst meine Knöchel. Aufreizend langsam, irgendwie zärtlich und dabei doch all seine Kraft demonstrierend, schiebt er sie auseinander. Und ich weiß auch nicht. Normalerweise würde ich ihm auf die Finger hauen. Ihn fragen, ob er noch richtig tickt, sich eine Frau so einfach hinzulegen, wie es ihm passt. Doch heute Nacht ist alles anders. Bei *ihm* ist alles anders. Nicht einmal den Funken eines Aufbegehrens spüre ich in mir, und schüttle darüber ungläubig den Kopf. Ich will ihn. Ich will ihm gehören. Dieses ganzen scheiß Selbstschutz ablegen. Und spreize meine Beine noch ein wenig mehr. Offenbare mich ihm mit einer Wonne, als habe ich ihm gerade ein Geschenk überreicht und warte jetzt nur darauf, dass er es auspackt. *O bitte, ja, pack es aus!*

Und Jax? Natürlich bemerkt er es, und das Grinsen, das seinen jungen Fünftagebart hebt – die Erinnerung an unser erstes Zusammentreffen entlockt mir im Nachhinein nun doch ein Lachen –, ist so herrlich verrucht. So voller Lust aber auch Tadel, dass es mich im Hintern juckt, ihm eben diesen für einen festen Klaps freiwillig entgegenzustrecken. Oder zwei. Oder drei. Oder …

Jacksons Schnauben unterbricht meine kleine, aber feine Fantasie. Ob belustigt oder doch eher ungläubig, kann ich nicht so recht heraushören. Seine Augen zumindest blitzen förmlich, als er eine Augenbraue hebt. „Du bist unmöglich.“

Ach! Als wäre das etwas Neues! Kokett neige ich den Kopf und ziehe die schönste Schnute, die ich für ihn hinbekomme. „Tatsächlich? Wer hat dir denn das verraten?“

Da schiebt er sich mit einer einzigen fließenden Bewegung über mich und drängt mich zurück in die Laken. Haut streift über Haut. Seine Erektion über meinen Schenkel, drückt sich fest gegen meinen Bauch. Ich quietsche auf. Überrascht und überwältigt. Und entzückt über diese neue Aussicht. Na ja, so neu ist sie ja gar nicht. Aber jedes Mal, wenn Jax mir so nah kommt, und besonders, wenn er dabei so grimmig schaut wie jetzt, zieht mein Herz sich sehnsüchtig zusammen. Nur, um danach ganz wild gegen meinen Brustkorb zu hämmern. Ich schlucke heftig, versuche aber, mir nicht anmerken zu lassen, dass ich ihn am liebsten fressen würde.

Scheiße, Zoey! Sowas darfst du nicht denken! Verlieben ist out! Nur Sex ist in!

Mein Blick fliegt nur so über sein Gesicht. Seine Augen, die Nase, die mit Sicherheit schon mal gebrochen war, aber so perfekt in sein Gesicht passt. Und diesen Mund.

Ja, verdammt. Sex ist all in!

Da trifft mich sein tiefer Klang.

„Du machst mich wahnsinnig, Zoey. Weißt du das?“

Schuldbewusst zucke ich mit den Schultern. Will etwas erwidern wie „Natürlich weiß ich das. Wahnsinn ist mein zweiter Vorname.“ Doch Jackson senkt die Lippen an mein Ohr und der heiße Reiz, den sein Atem über die empfindliche Stelle knapp darunter schickt, lässt mich gleichsam erschauern und verstummen. Ein leises, zustimmendes Wimmern ist alles, was ich hervorbringe. Und es geht gerade so weiter.

„Ich zumindest weiß nie, ob ich dich einfach nur betrachten und dir zuhören soll, oder doch lieber knebeln und ficken."

„Hey!"

Meine Empörung fällt nicht einmal halb so entschieden aus wie ich es eigentlich vorgehabt hatte. Wenn Jackson das *F-Wort* in den Mund nimmt, dann ist es nicht derb und vulgär, sondern einfach nur verdammt heiß. So heiß, dass ich meine Fingernägel in seinen Nacken treibe und meine Zähne in seine Schulter.

„Fuck!" Scharf zieht er die Luft ein und im nächsten Moment ist seine Faust zurück in meinem Haar. „Du kleines Luder hast mich schon wieder gebissen."

„Und du stehst drauf, gib's zu!" Meine Worte sind ein Tanz am Abgrund der Hölle, das mag sein. Aber verflucht noch mal, Jax zu reizen ist die Kirsche auf der Sahnehaube. Ich keuche auf, als er meinen Kopf in den Nacken zieht. Als er tiefer rutscht und mich ohne Vorwarnung in einen Nippel beißt. Zeit zu klagen bleibt mir nicht, denn sofort macht er den Schmerz mit seiner Zunge wieder wett. Zuckersüß und brennend scharf rauschen die Empfindungen durch meine Nerven, bringen mein Blut zum Kochen und mein Denken zum Erliegen.

„Ganz richtig. Ich stehe drauf", raunt er zwischen zwei Zungenschlägen, ehe er seine Zähne wieder um meine Brustwarze legt. Mit einem unterdrückten Stöhnen presse ich mein Becken gegen seins. „Und ganz offensichtlich haben wir da was gemeinsam, *Prinzessin*."

Holy … shit! Die Art, wie er diesen Kosenamen hervorpresst, den ich so unpassend und dennoch schmeichelnd finde, lässt all meine Alarmsignale klingeln. Der Joker ist zurück. Dunkel. Mächtig. Und wieder voll auf Kurs.

„Wir haben mehr gemeinsam, als du denkst", keuche ich, meine Finger in seine feuchten Strähnen gekrallt. „Viel mehr.

Und … ahhh!" Verdammt, seine Zunge! Rau und sanft und flink. „Das ist …" Zitternd schnappe ich nach Luft. Kann mich auf kein Wort konzentrieren und finde daher auch keines, das auch nur annähernd ausdrücken könnte, was in mir vorgeht.

„A match made in hell", presse ich hervor, da hält er inne. Sein Atem fließt über meine Brust. Sein Gewicht drückt mich in die Matratze. Die Welt steht still. *Meine* Welt steht still! Bis Jackson sich aufrichtet. Bis er auf mich herabschaut aus diesem unwirklichen Blau und seine Worte alles wieder in Gang setzen.

„Fuck it, Zoey! Die Hölle kann uns mal."

Er greift neben sich, reißt die Kondompackung nicht einfach nur auf, sondern gleich in der Mitte auseinander, sodass sich ein Regen aus silbernen Tütchen über mir ergießt, und ein Grinsen stiehlt sich auf seine Lippen.

„Das sollte für diese Nacht reichen."

Ein Ratschen, dann spuckt Jax das Stückchen Verpackung zwischen seinen Zähnen achtlos zur Seite. „Morgen früh besorg ich uns Neue."

Neue?! Ich kenne diese Päckchen. Da sind locker zwölf Gummis drin! Mit einem süßen Lächeln tätschle ich seinen Oberschenkel. „Wenn du dich da mal bloß nicht übernimmst, mein Großer. Au!"

Seine Pranke auf meiner Scham. Ein Klaps, mehr überraschend als schmerzhaft. Weil ich aber bekanntlich zu Überreaktionen neige und es nun mal auf den Tod nicht ausstehen kann, erschreckt zu werden, recke ich zornig das Kinn. Zu spät. Jax presst mir seine Finger auf den Mund. Warum muss der Kerl auch immer so verdammt schnell sein?!

„Keinen Ton mehr, Prinzessin! Sonst …"

Ich beiße zu. Mein „Sonst was?" allerdings geht in einem Aufschrei unter. Jackson packt mich. Dreht mich. Und ehe ich mich versehe, knie ich auf allen vieren. Klatsch!

„Au! Du …" Klatsch!

Keuchend kippe ich nach vorn. Das war kein Klaps mehr. Meine Pobacke brennt. Jackson allerdings flucht und ich weiß auch, warum.

„Haha, großer Meister!" Ich kann mir das Lachen nicht verkneifen, ebenso wenig wie den Blick über meine Schulter. „Das nennt man Karma! Mit einer Handverletzung sollte man eben keine wehrlosen Jungfrauen züchtigen!"

Klatsch!

Ich quieke. Kralle meine Finger in die edle Überdecke und atme dem Schmerz entgegen.

„Ich habe zwei Hände, Pinky Pie. Und die linke ist ebenso kräftig wie die rechte."

Autsch, verdammt! Das habe ich gemerkt! Nun prickelt mein ganzer Hintern. Und nicht nur der. Die Augen geschlossen, entlasse ich ein leises Stöhnen in den Stoff. Jax ist hinter mir. Seine Knie streifen meine Waden und … hmm! Das war definitiv nicht sein Finger an meinem Arsch.

„Hoch mit dir, Prinzessin. Hände ans Kopfteil."

Befehle? Nein. Ich will mich lieber an ihm reiben, das Kribbeln verstärken, und lasse mein Becken kreisen. Suche seine Nähe, seinen Schwanz, da …

Scheiße, verdammt!

Ich keuche.

Der nächste Hieb ganz dicht neben dem letzten. Ich greife ans Kopfteil, jedoch nur mit einer Hand. Halte den Kopf gesenkt, aber in seine Richtung. „Was, wenn ich dich sehen will? Dir in deine hübschen Augen schauen will, während du mich nimmst und ich für dich komme, hm?"

Seine Faust in meinem Haar ist fest, aber nicht brutal. Doch ohne Zögern zieht er mich daran hoch und bis an seine Brust. Seine Gier an meinem Rücken, seine andere Hand warm auf meinem Bauch. Ich schlängle mich in seinem Griff.

„Noch nicht, meine Schöne. Noch nicht."

Dann fasst er nach meinen Handgelenken und drückt mich nach vorn. Legt meine Hände auf das weiche Kopfteil und flüstert mir ins Ohr: „Du hast mich genug gereizt, Zoey. Ich brauche dich! Sofort! Danach kannst du deine Wünsche äußern. Ob ich sie erfülle, hängt jedoch ganz davon ab, wie gut du jetzt einfach mal den Mund halten kannst."

Ich? Den Mund halten? Au weh. Ich sehe meinen Orgasmus bereits in ganz ferne Länder reisen und nie mehr zurückkommen. Denn meine Lippen haben sich bereits geöffnet und der erste Laut kämpft sich unaufhaltsam meine Kehle hinauf.

Halt die Klappe, Zoey! Halt einfach mal die Klappe!

„Jax, ich …" Ich beiße die Zähne aufeinander, presse die Augen zusammen in Erwartung des nächsten Schlages. Meine Mitte, sie rebelliert. Verzehrt sich nach dem Reiz, gegen den mein Verstand sich nach wie vor wehrt. Dass die süße Lust mir aber die Schenkel benetzt, ist der Beweis, dass mein Körper längst die Führung übernommen hat. Dass es mir gefällt, wenn Jackson Hand an mich legt. Und das Verlangen wird immer sehnsüchtiger, je länger nichts geschieht.

„Jax?"

„Ich bin hier."

Seine Stimme ein Echo in meinem dunklen Kopf. Das tiefe Timbre hallt von den Wänden und schickt seine Wellen durch mich hindurch. Ein Rascheln mischt sich darunter. Stoff, der auf Stoff reibt. Dann kitzelt etwas meine Seite, meinen Rücken.

„Was …?"

„Schh."

Da ist er wieder. Ganz nah an meinem Ohr. Seine Wärme hüllt mich ein und ich drücke mich ihm entgegen.

„Ich will ja still sein. Ich will dir gehorchen. Aber …"

Habe das gerade wirklich ich gesagt? Dass ich ihm gehorchen will? Verdammt, ja! Ich würde alles tun, nur, um ihn endlich in mir zu spüren. Um endlich den Ausschalter zu finden und mich von Jax davontragen zu lassen. Da berührt etwas Weiches meine Nase und ich atme den Duft von frischgewaschener Wäsche ein.

„Mach den Mund auf, Zoey."

Ich reiße die Augen auf. Werde stocksteif.

Und Jax handelt sofort. „Vertrau mir." Sanft streichen seine Fingerspitzen über meine Wirbelsäule. „Ich weiß, dass es dir gefallen wird." Er knetet meinen Hintern. Liebkost die Stellen, die er vorhin noch gezüchtigt hat. Und ich werde weich.

„Ich bitte sonst nicht, Prinzessin. Also vertrau mir."

Jacksons Präsenz und seine Worte. Der weiche Stoff vor meinen Lippen. Ich schaue hinab. Er ist weiß. Genau wie die beiden Bademäntel, die ordentlich gefaltet auf der Tagesdecke lagen, als wir ins Zimmer kamen. Der Gürtel eines Bademantels also? Wir romantisch! Und dennoch folge ich Jacksons Anweisung und öffne meinen Mund.

Er küsst meinen Nacken. „Brave Zoey." Seine Lippen an meinem Hals, Frotteestoff an meiner Zunge. Ich erschauere. Gänsehaut rieselt über meinen Rücken und die Arme und für einen Moment klopft die Panik an meine Tür. Ich bin nicht gefesselt. Ich habe lediglich ein Stück Stoff im Mund. Und trotzdem …
O Gott!

Es ist so viel auf einmal. Der Gürtel, der sich in meinen Mundwinkeln spannt. Jacksons Körper, der sich gegen meinen presst. Und seine freie Hand zwischen meinen Schenkeln. Ich beiße zu. Biege den Rücken durch und mich der Lust entgegen, die er mir schenkt. Seinen Fingern. Seiner Stärke. Und der Klang meines eigenen erstickten Stöhnens, das Wissen, dass er mich in der Hand hat … ich lasse mich fallen. Lasse los und gebe mich hin. Endlich.

„Perfekt."

Jax' Lob ist wie ein Streicheln, dem ich mich genüsslich entgegenstrecke. Dann spüre ich ihn. Seine Spitze an meinem Eingang.

Fest grabe ich meine Fingerspitzen in den Samt des Kopfteils und hebe mich an. Neige mein Becken. Für ihn. Für uns. Und beiße die Zähne in den Stoff, als er in mich dringt.

„Halt dich fest, Prinzessin." Er raunt. Knurrt beinahe. Und ich weiß, dass er sich noch immer zurückhält. Wie gern würde ich ihm jetzt sagen, dass er es tun soll. Dass er sich treiben lassen und mich einfach nehmen soll. Doch Reden geht nicht. Mein loses Mundwerk, meine Waffe, er hat sie mir genommen. Mich wehrlos gemacht. Und plötzlich wird mein Brustkorb ganz weit. Der Druck verschwindet und macht Platz für all das Gefühl, das tiefe Empfinden, dass Jacksons Berührungen, sein Körper, seine eigene Lust in mich setzen. Ich finde seinen Rhythmus, meinen Herzschlag. Gebe mich hin, denn zum erstem Mal bin ich tatsächlich frei. Frei in Jacksons Kraft und meiner Unterwerfung. Ich genieße. Fühle. Eingekeilt zwischen dem Bett und diesem Mann, der mich hält und mich liebt. Immer härter, immer erbarmungsloser. Seine Hüften gegen meinen Hintern. Tief und noch tiefer. Bis an den Punkt, an dem ich glaube, zu zerspringen. Ich keuchen und stöhnen und schreien will, doch fast keinen Mucks von mir gebe. So wie er es gesagt hat. So wie er es gewollt hat. Meine Lider flattern, mein Körper brennt. Für ihn. Für Jax. Und als er mich erneut umfasst, sich nach vorn beugt und dabei den Gürtel loslässt, sein Finger meinen empfindlichsten Punkt trifft und er mir ins Ohr raunt, was für ein braves Mädchen ich bin ... explodiere ich. Zerspringe in tausend glitzernde Splitter, während Jax in mir noch einmal größer zu werden scheint. Seine Finger sich in meine Hüften bohren und er mit mir kommt.

Farben. Bunte, strahlende Farben. Überall. Dann rutschen meine Hände vom Kopfteil. Ich falle mit geschlossenen Augen. Und Jackson fängt mich auf.

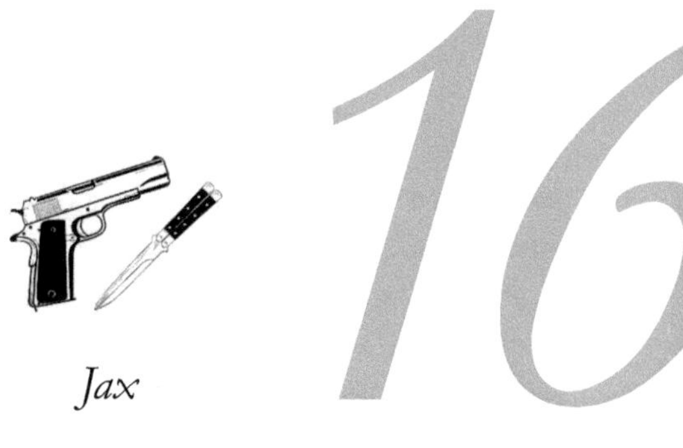

Jax

Okay, wir haben es nicht geschafft, die ganze Zwölferpackung aufzubrauchen, aber falls die Suite neben uns belegt sein sollte, haben unsere Zimmernachbarn vermutlich kein Auge zugetan. Es war laut, es war wild und war leidenschaftlich. Es war unglaublich, in jeder Beziehung. Noch nie zuvor hatte ich solchen Sex. Es war, als würden wir wirklich verschmelzen, uns verbinden und plötzlich ohne Worte alles voneinander kennen. Ich war nicht nur in Zoeys Körper, sondern bin Teil ihrer Welt geworden. Und auf einmal war da kein pinker Trallala-Wahnsinn von *Little Miss Give-me-the-food-or-I-scream-you-to-death* mehr, sondern eine Tiefe, in der ich versunken bin.

Sie hat sich mir offenbart, sich mir hingegeben, mir alles von sich gezeigt. Ihre Verletzungen, ihre Ängste, ihre Trauer, aber auch ihre Sehnsucht und die Zärtlichkeit, zu der sie fähig ist. Ihre Liebe.

Eingeschlafen sind wir erst im Morgengrauen. Und auch das war unbeschreiblich. Noch nie zuvor bin ich mit einer Frau in meinen Armen eingeschlafen. Sonst stand ich immer schon in der Tür, kaum dass das Kondom zugeknotet war. Doch Zoey zu halten und ihr das Gefühl von Sicherheit und Nähe zu vermitteln, damit sie friedlich einschlafen kann, war so verdammt berührend, dass ich dabei fast geheult hätte. Natürlich darf das niemand jemals erfahren, nicht einmal sie, aber in diesem Moment hatte ich zum ersten Mal das Gefühl, dass mein Leben noch einen anderen Sinn haben könnte als Connor zu dienen. Einen eigenen, privaten Sinn: Zoey zu lieben und zu beschützen.

Als ich aufwache, lasse ich noch einen Moment die Augen geschlossen, um den Nachwirkungen der letzten Nacht in meinem Körper nachzuspüren. Ich bin vollkommen leer gepumpt, aber trotzdem so voller Energie wie schon lange nicht mehr. Glück, ein prickelndes, glänzendes Glück durchströmt mich vom Kopf bis zu den Zehen. Und da ist noch etwas. Trotz meiner Höchstleistungen, die sicher erst vier oder fünf Stunden zurückliegen, bin ich mehr als bereit, das nächste Kondom aus unserem Vorrat zu verbrauchen.

„Baby, ich weiß, was ich zum Frühstück will", murmele ich verschlafen und taste nach dem rosa Köpfchen neben mir auf dem Kissen. „Nämlich deine wundgefickte Pussy... Zoey?"

Meine Hand hat ins Leere gegriffen. Ich schlage die Augen auf und stütze mich mit dem Ellenbogen hoch. „Zoey?!" Wo zum Teufel steckt das kleine Biest? Sie ist weg! Der Adrenalin-stoß, der mit dieser Erkenntnis einhergeht, katapultiert mich geradezu aus dem zerwühlten Bett. Als erstes stürze ich zum Bad, denn es wäre immerhin denkbar, dass sie gerade für kleine Mädchen ist oder duscht. Doch meine Intuition täuscht mich selten und auch dieses Mal bewahrheitet sie sich leider: Keine Spur von Pinky Pie. Auch ihre Sachen sind weg.

Nackt und schwer atmend stehe ich mitten in der fucking Honeymoon Suite und drehe mich wie ein Idiot im Kreis. Denn damit hatte ich nicht gerechnet. War mir so sicher gewesen, dass sie genauso gefühlt hat wie ich. Dass wir etwas hatten. Dass etwas entstanden war. Dass sie ihr scheiß Katz-und-Maus-Spiel endlich aufgegeben hat. Dass …

„Dass was, Jax? Dass ihr euch liebt, heiraten, Kinder kriegen und glücklich bis ans Ende eurer Tage leben würdet?!"

Ich schnaube. „Fuck, nicht mit diesem Mädchen!"

Wie konnte ich nur so bescheuert sein?!

Mein erster Impuls ist es, in meine Klamotten zu springen und ihr hinterher zu rennen. *Ganz egal, wo sie steckt, ich finde sie, werfe sie über meine Schulter und bringe sie in einen verdammten Hochsicherheitstrakt, aus dem sie mir nie wieder abhaut!*

Doch dann atme ich einmal tief. Und noch einmal. Greife zu meiner Boxershorts und streife sie mir über. Denn eine Lektion hat Connor mir schon ganz am Anfang eingebläut: Beruhige dich, bevor du handelst. Denk nach. Mach dich nicht aus einer Laune heraus angreifbar.

Also suche ich mein Smartphone und bin erleichtert, als ich es finde. Denn wenn es verschwunden gewesen wäre, hätte das nur den Verdacht erhärtet, der gestern in mir aufkam: dass Zoey ein Spitzel sein könnte, der aus Chicago auf mich angesetzt wurde. Aber das Telefon ist da, ebenso wie alles andere. „Du bist kein Spitzel, Pinky Pie, nicht wahr?", brumme ich und lasse mich wieder aufs Bett fallen. „Du bist nur ein verängstigtes kleines Mädchen, das plötzlich kalte Füße gekriegt hat."

Schnell rufe ich das Überwachungsbild auf, das mir zeigt, wo *Little Miss Catch-me-if-you-can* sich gerade aufhält. Ich atme auf, als der kleine rosa Punkt bewegungslos in einer mir wohl bekannten Adresse in der Bronx aufleuchtet. Sie liegt in ihrem Bettchen, denke ich erleichtert. Brave Zoey.

„Naja, nicht brav", seufze ich, denn lieber wäre es mir, wenn sie hier liegen und sich von mir zum Orgasmus lecken lassen würde. „Aber immerhin besser, als wenn du gerade auf dem Weg nach Chicago wärst!"

Zunächst einmal bestelle ich mir also Frühstück und denke dann darüber nach, wie ich am besten reagieren soll. Eins ist mir inzwischen klar: Was ich für dieses abgedrehte kleine Miststück empfinde, geht weit über harmlose Zuneigung hinaus. Nachdem meine Familie ausgelöscht wurde, war mein

Herz zu Stein geworden, doch mit Zoey hat es wieder angefangen zu schlagen. Zwar hätte ich nie für möglich gehalten, dass ich so etwas mal erleben würde, aber scheiß drauf. Es ist so und auch wenn es verrückt klingt, es ist das Beste, das mir passieren konnte. Denn nun habe ich eine neue Chance. Eine Chance auf Liebe, die ich mir nie wieder wegnehmen lasse. Nicht noch einmal. Eher brenne ich die ganze fucking Welt nieder!

„Schlaf ruhig, Prinzessin", murmele ich und streichle mit den Fingerspitzen über die Karte mit dem rosa Punkt auf meinem Display. „Ich verstehe, dass dich das alles überfordert. Wo wir herkommen, gab es keine Zärtlichkeit. Man muss sich erst daran gewöhnen, nicht wahr?"

Nun bedaure ich, dass wir letzte Nacht kaum geredet haben. Eigentlich hatte ich doch so viele Fragen: Wieso der Kerl mit dem Tattoo des Romano-Clans sie verfolgt hat und wieso sie unter einem falschen Namen bei dieser inzwischen von uns gegangenen Ratte gearbeitet hat. *Wovor bist du auf der Flucht, Pinky Pie? Oder vor wem?* Ich will wissen, warum sie solche Angst vor Nähe hat und was ihr in der Vergangenheit angetan wurde. Denn es muss schlimm gewesen sein, da bin ich mir sicher.

Wir haben gestern nicht viel geredet, aber wir haben uns gespürt. Bis in die tiefsten Abgründe unserer Seelen haben wir einander gefühlt und uns gegenseitig unsere Narben und Verletzungen gezeigt. *Ich werde jeden einzelnen von ihnen töten, wer es auch ist*, verspreche ich ihr in Gedanken. *Jeden, der dir weh getan hat, Prinzessin.*

Doch zunächst einmal werde ich mich zurückhalten. Zumindest für die nächsten Stunden werde ich ihr den Raum geben, den sie braucht. Sie wird sich bei mir melden, ganz sicher. Und solange bewache ich aus der Ferne jeden ihrer Schritte. „Du liebst mich auch, Zoey, das weiß ich", brumme ich. „Auch wenn du dich gerade mal wieder dagegen sträubst.

Aber du wirst es einsehen, das weiß ich jetzt. Und beim nächsten Mal, wenn wir uns sehen, wirst du mir Rede und Antwort stehen, bevor du meinen Schwanz bekommst!“

Immer noch sitze ich wach im Bett und starre auf mein Telefon. Warte darauf, dass es klingelt und ich Jax' wütende Stimme höre. Diese Stimme, deren Klang mich gestern Nacht so tief berührt hat. „Wo steckst du, Pinky Pie?", würde er mich anfahren. „Du weißt, was ich mit dir mache, wenn ich dich in die Finger bekomme, oder?!"

Ja, Jax, will ich schreien. *Ja, bitte tu es! Komm und hol mich und mach mit mir, was du willst! Ich gehöre dir, nur dir, immer nur dir!* So wie ich in dieser unwirklichen Suite ihm gehört habe. In den Stunden, die wohl auf ewig die schönsten meines Lebens bleiben werden. In diesem Luxusbett, aus dem ich im Morgengrauen geflohen bin, weil ich es sonst nicht mehr geschafft hätte und ewig bei ihm geblieben wäre. So wie wir es uns beide wünschen würden. Ich bin mir sicher, dass er genauso fühlt wie ich. Wir wollen uns, vom ersten Moment an.

„Aber es geht nicht", flüstere ich mit heiserer Stimme. „Es wäre nicht nur mein, sondern auch dein Tod. Und das, nur das könnte ich niemals ertragen!"

Allein die Erinnerung daran, wie Emilios Scherge ihm gestern die Waffe in den Nacken gedrückt hat, lässt mich innerlich wieder zu Eis gefrieren. Noch nie zuvor hatte ich solche Angst. Natürlich, Jax konnte sich befreien und hat den Kerl ausgeschaltet, aber wie oft würde das wohl gut gehen? „Du kannst es nicht mit ihnen allen aufnehmen, Baby", seufze ich. „Emilio hat zu viele von der Sorte! Das ist es nicht wert, niemals! Dein Leben ist für mich das Wichtigste, wichtiger als mein Glück."

Und trotzdem sitze ich noch hier und starre auf das Display. Eigentlich hatte ich mir vorgenommen, das Handy in irgendeinem Mülleimer zu entsorgen, nur schnell nach Hause zu kommen, ein paar Sachen zu holen und Suzanna einen Abschiedsbrief zu schreiben, um dann abzuhauen. Irgendwohin, nur weg aus New York. Weg von der Gefahr, die auch für Jax und Suzy tödlich sein könnte.

„Ich werde gehen", nehme ich mir auch jetzt wieder vor. „Nachher. Erst schlafe ich ein paar Stunden, das macht jetzt auch keinen Unterschied mehr."

Aber obwohl ich die Augen fest zupresse und versuche, an hüpfende Schafe zu denken, werde ich einfach nicht müde. Mein Kopf ist immer noch viel zu voll mit den Bildern und Empfindungen der letzten Nacht. So viele Gefühle, so viel Leidenschaft, so viele Küsse, die ich mir doch eigentlich verbieten wollte, aber die einfach nicht aufzuhalten waren. Weder er noch ich hatten Macht darüber, was mit uns geschah. Keine Vernunft konnte es steuern. Es war, als käme diese Anziehung tief aus unserem Innern, als wäre es vorherbestimmt oder etwas in der Art. Noch nie habe ich etwas so Starkes gespürt wie die Nähe, die wir in unseren Küssen geteilt haben.

Viel geredet haben wir nicht, aber dafür haben wir etliche Kondome verbraucht! Beim Gedanken daran muss ich wehmütig lächeln. Vorsichtig berühre ich mich mit der Hand zwischen den Beinen, wo es sich wund und wundervoll zugleich anfühlt. *Du hast mich in den Himmel gevögelt, Mr. Payne*, denke ich. *Und jetzt tut mir jede Faser meines Körpers weh! Du machst deinem Namen wirklich alle Ehre!*

Seufzend kuschele ich mich in die Decke und versuche erneut, endlich einzuschlafen. Hopp, ein Schaf springt über den Zaun. Hopp, noch eins. Das sind schon zwei. Da kommt das dritte angepest. Und rüber! Drei. Hopp, das vierte! Oh, das ist aber kein Schaf! Das ist ein tätowierter Gangster, knapp zwei Meter groß und, holla, außerordentlich gut bestückt!

Ich schlage die Augen auf, um das ziemlich ansprechende Bild wieder zu vertreiben. „Schluss damit, Zoey", ermahne ich mich. „Denk an Schafe, nicht an fucking Schäferstündchen!" Doch es ist zwecklos. Je mehr ich mich bemühe, nicht an Jax zu denken, desto mehr drängt er sich in meine Gedanken. Und in mein Herz, das schwerer und schwerer wird.

Es ist so ungerecht, denke ich traurig. *Warum können wir nicht einfach glücklich sein?! Ich meine, klar, wir würden uns jeden Tag fetzen, aber ich bin mir sicher, dass wir unbeschreiblich glücklich dabei wären!*

Wieder einmal lausche ich, ob Schritte im Treppenhaus zu hören sind. Zum einen fürchte ich natürlich, dass Emilio einen weiteren Killer schicken könnte, falls der andere noch Zeit hatte, seine Informationen über mich zu teilen. Vor allem hege ich jedoch die irrationale Hoffnung, dass Jax hier auftaucht, sobald er mein Verschwinden bemerkt, und mich entgegen jeder Vernunft daran hindert, ihn für immer zu verlassen. Aber abgesehen vom üblichen Straßenlärm und den pöbelnden Nachbarn ist alles still.

Mit dem Finger zeichne ich unsichtbare Linien auf mein Kissen und stelle mir vor, dass ich über die Tattoos auf Jax' Haut fahre, so wie ich es gestern Nacht getan habe. Ich habe sie mir alle eingeprägt, die vielen Bilder. Als ich ihn nach der Bedeutung gefragt habe, hat er abgewinkt. „Tod und Blut, Prinzessin,", war seine Antwort. „Schmerz und Dämonen, die Geschichte meines Lebens. Ich dachte mir, wenn ich sie mir in die Haut stechen lasse, verfolgen sie mich nicht mehr." Auf die Frage, ob es funktioniert hat, habe ich nur ein Schulterzucken als Antwort bekommen. „Ich glaube, dass ich jetzt ein besseres Mittel gefunden habe", hat er dann gegrinst und mich für die nächste Runde an sich gezogen.

„Wir sind uns so ähnlich", flüstere ich. „Und genau deshalb darf es nicht sein! Du würdest mich vor meinen Dämonen beschützen wollen, Jax, aber du kannst sie nicht besiegen. Niemand kann das. Man kann nur vor ihnen fliehen!"

Der Gedanke, dass ich sein Gesicht an diesem Morgen zum letzten Mal gesehen habe, schmerzt so sehr, dass es mich schier von innen zerreißt. Tränen kullern aus meinen Augen und benässen das Kissen. Zuerst versuche ich noch, dagegen anzukämpfen, doch die Verzweiflung überwältigt mich, so dass ich mich auf den Bauch drehe, meinen Kopf zwischen den Armen verberge und hemmungslos schluchzend alles herauslasse. All den Schmerz und die Angst der Vergangenheit, in die sich nun meine aufgepeitschten Gefühle für Jax und die Trauer um unsere unmögliche Liebe mischen.

Ich weiß nicht, wie lange ich wohl geweint haben mag, aber irgendwann überkommt mich eine tiefe, schwere Erschöpfung, die mich schließlich doch noch einschlafen lässt.

Jax

„**E**in Treffen mit *Kawa?*", fragt Connor mit hochgezogenen Augenbrauen. „*Dem* Kawa?!"

Ich zucke mit den Schultern. „Wie viele Profikiller mit diesem Namen kennst du, Boss?", grinse ich. „Ich denke, wir sprechen vom gleichen Mann."

Connor schnaubt ungehalten. „Niemand *kennt* Kawa, Jax! Er ist ein verdammter Schatten! Eine Legende! Manche zweifeln sogar daran, dass es ihn wirklich gibt, beziehungsweise daran, dass er ein einzelner Mann ist. Kennst du nicht die ganzen Geschichten, die man sich erzählt? Dass Kawa gleich vier ehemalige Mitglieder einer geheimen Eliteeinheit des CIA sein sollen, deren Anfangsbuchstaben dieses Wort ergeben? Oder dass er ursprünglich Befehlshaber der Privatarmee eines russischen Oligarchen war und dann mit dessen Frau durchgebrannt ist und sich selbstständig gemacht hat?"

Lachend winke ich ab. „Du bist ja ein richtiger Kawa-Fanboy, Connor", ziehe ich ihn auf. „Kennst alle Storys über den Helden, was?" Mein Boss leert seinen Whiskey in einem Zug und mustert mich mit seinem stechenden Blick. „Pass lieber auf, was du sagst, Bursche", knurrt er und lässt seine Fingergelenke knacken. Dann winkt er dem Barmädchen nach einem neuen Drink. „Also, wie zum Teufel kommst du an diesen Kontakt, Jax? Ich kenne niemanden, der jemals mit ihm zu tun hatte, und das will verdammt viel heißen!"

Auch ich trinke mein Glas leer. Um die Spannung etwas zu erhöhen, lasse ich den Blick schweifen. Wir sitzen an der Bar des *Black Velvet*. Der Laden war Connors erster Nachtclub. Er ist ihm nach wie vor sentimental verbunden, weshalb wir häufig unsere Meetings hier abhalten. Das *Black Velvet* ist eine Oben-Ohne-Bar, in der auch illegal angeschafft wird. Während der gesamten Öffnungszeit räkeln sich die Mädchen nicht nur an den Stangen auf der Bühne, sondern auch in Käfigen auf den im Raum verteilten Blöcken, so dass man hier eigentlich immer etwas zu gucken hat.

Aber der Anblick der makellosen Schönheiten mit ihren glänzenden Mähnen, den endlosen Beinen und perfekt geformten Silikontitten lässt mich völlig kalt. Denn in meinem Kopf spukt immer noch ein Kampfzwerg mit rosa Lockenschopf herum.

Nicht nur, dass ich durch die lasziven Tänzerinnen buchstäblich hindurchschaue, gleichzeitig drängen mir auch immer wieder Bilder von Zoey ins Bewusstsein: Ihr Anblick, wie sie vor mir auf dem breiten Bett im *Waldorf-Astoria* liegt. Der sehnsüchtige, etwas verloren wirkende Blick ihrer großen dunklen Rehaugen, mit dem sie mir die stumme Erlaubnis gibt, mit ihr zu tun, was ich will. Ihr Duft, ihr Geschmack, das Gefühl ihrer Haut an meiner … Ihr Körper mit seinen zarten Gliedmaßen und diesen perfekten Proportionen! Es ist ein verdammter Rausch, der mich erfasst und mich jedes Mal der Realität entreißt.

Nach meinem einsamen Frühstück im Hotel habe ich der Versuchung widerstanden, zu Zoey zu fahren und ihr für ihren heimlichen Abgang die Leviten zu lesen. Stattdessen bin ich nach Hause gefahren und habe dort sinnlos auf den reglosen Punkt auf meinem Display gestarrt. Irgendwann ist Ed vorbeigekommen und hat mich abgelenkt. Wir haben Ego-Shooter gezockt, bis der Boss uns am späten Nachmittag hierher bestellt hat. Als wir aufgebrochen sind, hat Zoey noch immer geschlafen. *Kein Wunder, dass du erschöpft bist, Prinzessin,* denke ich mit einer gewissen Genugtuung. *Glaub mir, so wird es dir in Zukunft jetzt öfter gehen!*

„Also, was jetzt?! Antwortest du mir heute noch?"

Connors Stimme ist gereizt und sein Blick ungeduldig. Verdammt! Nicht gut, Jax, gar nicht gut!

„Äh, sorry, Boss", murmele ich. „Was war nochmal die Frage?"

„Wie kommst du an Kawa, den gefragtesten Killer in unserem Gewerbe?!", knirscht Connor. Ich kann ihm deutlich ansehen, dass seine Geduld fast am Ende ist. Auch das ist gar nicht gut.

„Mamma Lucia", antworte ich eilig. „Der Kontakt kommt über sie zustande! Du weißt ja, dass ich einen guten Draht zu ihr habe." Mein Boss schnalzt geringschätzig mit der Zunge. Er mag Lucia nicht, weil sie eine Carrara ist. Connors Vater war früher das Oberhaupt dieser alteingesessenen New Yorker Mafiafamilie. Da er jedoch früh ermordet wurde und Connor ein Bastard war, wollten die Carraras nichts mit ihm zu tun haben, was er ihnen bis heute übel nimmt. Im aktuellen Geschäft spielen sie jedoch ohnehin so gut wie keine Rolle mehr, Lucia ist so ziemlich die Einzige, die von ihnen noch aktiv ist.

„Was hat die Alte denn mit Kawa zu tun?", überlegt Connor missbilligend. „Ich bin immer davon ausgegangen, dass der Kerl Japaner ist."

„Anhänger der Yakuza-Theorie, was?", grinse ich, denn natürlich sind auch mir die vielen Legenden, die sich um den geheimnisvollen Killer ranken, bestens bekannt. „Das genaue Verhältnis der beiden zueinander kenne ich auch nicht. Aber Lucia hat schon früher mehrmals durchblicken lassen, dass sie ihn kennt. Und vor ein paar Tagen, als ich Erkundungen über die Penner aus Chicago eingeholt habe, kam sie mit dem Angebot um die Ecke, den Kontakt zu ihm herzustellen. Und das habe ich natürlich nicht ausgeschlagen."

Mein Boss zuckt mit den Schultern, als würde es ihm gleichgültig sein, doch ich spüre genau, wie versessen er darauf ist, mit Kawa zusammenzuarbeiten. „Es kann nicht schaden, sich sein Angebot anzuhören", hält er den Ball jedoch flach. „Der Ärger mit Emilio Romano wäre damit auf jeden Fall schlagartig vorbei. Und das alles, ohne unsere Männer in einer langwierigen Auseinandersetzung opfern zu müssen. Kriege kosten Geld und Blut, und sie sind schlecht fürs Image. Unsere Freunde in der Politik und bei der Staatsanwaltschaft mögen sowas gar nicht. Insofern spricht alles für Kawa."

Dann will er wissen, wie die Sache ablaufen wird. Also berichte ich ihm, dass ich mich heute Abend an einem noch geheimen Ort allein mit Kawa treffen werde. Und dass ich es sein muss, weil Lucia für mich gebürgt hat. „Na schön, dann zahlt sich deine Spaghettifresserei also endlich aus", brummt Connor und gibt mir einen Klaps auf die Wange, der mir sagt, dass ich alles richtig gemacht habe. Der Stolz, den ich dabei empfinde, tröstet mich ein wenig über mein schlechtes Gewissen hinweg.

Denn vorhin hat der Boss mich gefragt, was ich gestern Abend getrieben habe. Und zum ersten Mal in all den Jahren, habe ich ihn angelogen. Anstatt ihm die Wahrheit zu sagen – nämlich, dass ich es mit dem rosa Vögelchen getrieben habe –, habe ich etwas von Kopfschmerzen und früh schlafen gemurmelt. Warum, verdammt? Gibt es irgendeinen vernünftigen Grund dafür, Heimlichkeiten vor dem Menschen zu haben, der wie ein großer Bruder für mich ist?

Es fällt mir nicht leicht, es einzugestehen, aber es gibt durchaus einen Grund. Einen Grund, der mich in einen verdammten Zwiespalt treibt: Wenn Connor nämlich erfährt, dass Zoey Verbindungen zu den Romanos hat, wird er nicht lange fackeln. Er wird sie sich holen und mit allen Mitteln versuchen, sie zum Sprechen zu bringen. Und da ich das niemals zulassen würde, müsste ich mich gegen ihn stellen. Allein die Vorstellung bringt meine Welt zum Einsturz. Niemals darf es dazu kommen! Ich muss allein herausfinden, was es mit Zoeys Vergangenheit auf sich hat, koste es, was es wolle.

„Na schön", durchbricht Connors Stimme meine Gedanken erneut. „Du machst ihm unser Anliegen deutlich und hörst dir seinen Vorschlag an. Geld spielt keine Rolle. Aber bevor er eine Antwort von uns kriegt, will ich ihn persönlich kennenlernen."

Ich nicke. „Alles klar, Boss."

Während wir das *Black Velvet* verlassen und zusammen mit Ed und den anderen in die bereitstehenden Wagen steigen, kontrolliere ich noch schnell Zoeys Standort. Sie pennt noch immer? Langsam kommt mir die Sache merkwürdig vor. *Was ist, wenn sie ihr Handy zu Hause vergessen hat und irgendwo herumgeistert?!*, schießt es mir durch den Kopf. Eigentlich sollte ich an das bevorstehende Treffen mit Kawa denken. Ich sollte mich gut vorbereiten, denn neben den großen Chancen birgt dieses Treffen auch unvorhersehbare Risiken, die mich unter Umständen Kopf und Kragen kosten könnten. Aber das ist mir im Moment alles einerlei.

Ein paar Stunden später parke ich meinen Wagen an dem gottverlassenen Ort in einem Industriegebiet, den Mamma Lucia mir genannt hat. Es ist der riesige Parkplatz einer halb fertigen Mall, deren Bau allem Anschein nach schon vor Jahren aufgegeben wurde. Seitdem rottet das Betonungetüm wie ein von Raben zerfressener Kadaver vor sich hin. Ein solcher Bau mitten im Niemandsland, noch dazu unvollendet, das stinkt geradezu nach Mafia. Der alte Benedetti, Connors inzwischen ins Jenseits beförderter Schwiegervater, hat Millionen mit solchen Projekten gemacht, für die er staatliche Fördergelder eingestrichen hat, ohne auch nur einen eigenen Cent zu investieren.

„Verrückte Welt", brumme ich, während ich die Umgebung im Rückspiegel genauestens im Auge behalte. „Manche Menschen können sich noch nicht einmal ein Mittagessen leisten, obwohl sie sich abrackern, und andere scheffeln ein Vermögen, ohne jemals einen Finger krumm zu machen. Höchstens um einen Abzug zu drücken vielleicht."

Dass ich mich für die Seite der Abzugsdrücker entschieden habe, hat gute Gründe: Meine Eltern waren nie reich, im Gegenteil, obwohl sie ihr Leben lang geschuftet haben. Es hat an allem gefehlt, aber sie waren stolz darauf, rechtschaffene Steuerzahler zu sein. Nur was nützt dir das, wenn ein Kerl mit Knarre durch die Tür tritt? Als die Triaden in einem blutigen Bandenkrieg unseren Block übernommen haben und unseren Laden als Waffenlager nutzen wollten, haben meine Eltern sich gewehrt. Die Wäscherei war alles, was sie hatten, und sie wollten den kleinen Laden ehrlich führen. Keine Geschäfte mit Gangstern, niemals. Das war Dads Motto. Hat den Kugeln dieser feigen Schweine nicht lange standgehalten, sein Motto.

Schon damals habe ich begriffen, dass man es auf die ehrliche Art nicht weit bringt in einer Welt, in der die Unehrlichen das Sagen haben. In einer Welt, in der nur die Starken überleben, muss man noch stärker sein, um sich zu behaupten. Und so habe ich meine Tränen und meine Wut hinuntergeschluckt, habe sie in meinem Herzen verschlossen und angefangen, stärker zu werden. Härter. Denn eins hat Connor mich gelehrt: *Der Tag der Rache wird kommen, Junge, auch wenn du manchmal darauf warten musst.*

Ich musste lange warten. Viele Jahre, in denen ich an nichts anderes gedacht habe. Musste erst breite Schultern und einen Bart bekommen. Mir eine Knarre zulegen und lernen, sie einzusetzen. Ich musste zum Mann werden, bevor der Tag der Rache für mich kommen konnte. Aber er kam. Und seit ich sie alle vom Erdboden gepustet habe, seit ich den Abschaum von damals mit meinen eigenen Händen vernichtet habe, kann ich nachts wieder besser schlafen.

Und schon denke ich wieder an Pinky Pie. In ihren Augen habe ich die Angst gesehen, die ich selbst einmal kannte. Die Angst des kleinen Jungen, dessen ganze Familie von der chinesischen Mafia ausgelöscht wurde. Damals, bevor ich die Muskeln, den Bart und die Waffen hatte. Und diese Angst in Zoeys Augen wäre für mich Grund genug, ganz New York in Flammen zu setzen, wenn sie sich dadurch sicherer fühlen würde. Denn sie macht uns klein und hilflos, diese Angst. Aber das ist *Little Miss I-need-nobody-but-myself* nicht und sie soll sich auch nie so fühlen müssen. Nicht, wenn ich es verhindern kann.

„Hörst du das, Prinzessin?", murmele ich und stelle mir vor, wie ich ihr schmales Gesicht liebkose. „Ich brenne die ganze Welt nieder, wenn du dafür nur ruhig schlafen kannst!"

Dieses Drängen, das mich wieder zu ihr zieht, wird immer stärker. Wie gern wäre ich jetzt auf dem Weg in die Bronx. Auf dem Weg zu ihr, auch wenn ich mir eigentlich vorgenommen hatte, auf ein Zeichen von ihr zu warten. *Dieses Mädchen ist einfach zu dickköpfig*, denke ich zähneknirschend. *Aber ob es dir passt oder nicht, Pinky Pie, ich kann dir geben, was du brauchst. Die letzte Nacht hat das endgültig bewiesen.*

Nervös trommeln meine Finger auf dem Lenkrad. Es sind schon zehn Minuten verstrichen und nichts ist passiert. Niemand ist aufgetaucht. Wenn diese Sache hier nicht so verdammt wichtig wäre, dann würde ich jetzt wieder abhauen und der Deal wäre geplatzt. Niemand lässt Connor O'Brien warten und da ich jetzt sein Stellvertreter bin, gilt das auch für mich. Doch in diesem Fall muss ich eine Ausnahme machen. Auf Kawa würde wohl jeder warten.

Trotzdem bin ich angepisst. Denn je länger das hier dauert, umso unruhiger werde ich. Denn der rosa Punkt hat sich immer noch nicht bewegt! Am liebsten würde ich sofort losfahren und überprüfen, ob die Prinzessin auf der Erbse brav in ihrem Körbchen liegt und schlummert. Oder ob irgendetwas an der Sache faul ist.

Als ich gerade checken will, ob die GPS-Überwachung vielleicht einen Defekt hat, sehe ich im Rückspiegel einen Wagen auf den Parkplatz einbiegen. Es wird also ernst. Ich stecke das Telefon weg und checke zur Sicherheit noch einmal, dass meine Knarre da ist, wo sie hingehört. Dann richte ich meine volle Konzentration auf die zwei Scheinwerfer, die genau auf mich zukommen.

Zu meiner Überraschung gehören sie zu einem alten Kombi, wie er in unserer Branche eigentlich vollkommen unüblich ist. Eigentlich gehört in Bezug auf Autos „schneller, teurer, extravaganter" zum guten Ton in allen Mafiaorganisationen, die etwas auf sich halten. „Wer zum Teufel würde sich denn in einer fucking Familienschleuder aus den Neunzigern sehen lassen?!", brumme ich und beobachte misstrauisch, wie die hässliche Karre neben meinem SUV zum Stehen kommt.

Und siehe da: Es ist Mamma Lucia, die aussteigt.

Ich muss lachen. Dass die alte Lady persönlich kommen würde, hätte ich nun wirklich nicht erwartet! Doch als ich gerade die Tür öffnen will, um sie zu begrüßen, lässt mich ein lautes Motorengeräusch aus der Ferne noch einmal in den Rückspiegel schauen. Auf der Auffahrt, über die eben noch Mamma Lucia auf den Parkplatz gefahren ist, steht ein Motorrad, dessen Scheinwerferlicht grell durch die Dunkelheit schneidet.

Plötzlich geht alles ganz schnell. Der ganz in Schwarz gekleidete Fahrer macht eine Bewegung, die ich nur zu gut kenne. Diesen Griff erkenne ich aus hundert Meter Entfernung. Reflexartig stürze ich aus dem Wagen, ziehe gleichzeitig meine Waffe und brülle: „Runter!"

Mein Schuss verfehlt ihn, wenn auch nur knapp. Ein rotes Leuchten saust durch die Luft. Als ich erneut anlege, fetzt mir der Schuss meines Gegners die Knarre aus der Hand. Dann bleibt der Laser direkt vor meinen Füßen auf dem Boden stehen. Schwer atmend blicke ich auf den kleinen roten Punkt, der nun langsam an meinem rechten Bein nach oben wandert. Das Wissen, dass es der Lauf einer fucking Maschinenpistole ist, der da gerade in Gestalt des Ziellasers auf meinem Knie verharrt ist und seinen Weg nun gemächlich in Richtung meiner Genitalien fortsetzt, ist nicht gerade beruhigend. Vor allem, weil meine eigene Waffe irgendwo hinter mir in der Dunkelheit liegt.

Fuck! Wie konnte das passieren?!, schießt es mir durch den Kopf. *Wer zum Henker kann so zielen?!*

Denn ich bin unverletzt. Jemanden auf die Distanz zu treffen, ist schon verdammt schwer. Aber jemanden so zu entwaffnen, hätte ich eigentlich für unmöglich gehalten!

„Lucia", presse ich zwischen den Zähnen hervor. „Alles okay?"

Der rote Punkt wandert weiter und bleibt auf meinem Herz stehen.

„Ja, mein Junge, alles in Ordnung", brummt sie, rappelt sich hoch und klopft sich den Schmutz von ihrem Mantel. „Ihr solltet euch wirklich schämen, einer alten Frau solch einen Schrecken einzujagen!"

Ratlos sehe ich sie an. Was habe ich verpasst? Werden wir nicht gerade von einem unbekannten Attentäter bedroht?!

Doch als Lucia zwei Finger an den Mund führt und einen ohrenbetäubenden Pfiff von sich gibt, dämmert es mir allmählich.

„Basta! Es reicht! Runter mit dem Ding!", ruft sie mit einer grimmigen Stimme, die man einem Persönchen wie ihr sicher nicht auf den ersten Blick zutrauen würde. Und tatsächlich! Kaum, dass sie diesen Befehl ausgestoßen hat, senkt sich der Laserpunkt und ist plötzlich ganz verschwunden. Der Typ auf dem Motorrad gehört zu Mamma Lucia?!

Ich atme auf. Nicht, dass ich es nicht abkann, wenn jemand auf mich anlegt. Das ist schon häufiger vorgekommen und ich konnte mich noch jedes Mal aus der Affäre ziehen. Aber Connor hätte mir den Kopf abgerissen, wenn ich das Ding mit Kawa in den Sand gesetzt hätte!

„Hallo erstmal", lächle ich und will meine Retterin zur Begrüßung umarmen. Doch sie scheint durch den kleinen Zwischenfall etwas gereizt zu sein und weist mich mit einer brüsken Handbewegung ab. „Los, steig ein", fordert sie auf. „Und vergiss deine Waffe nicht!"

Nachdem ich sie im Dunkeln ausfindig gemacht und mich in Lucias altmodisches Gefährt gesetzt habe, suche ich mit meinem Blick den Biker. Er ist wie vom Erdboden verschluckt und für mich besteht inzwischen kein Zweifel mehr, dass es Kawa persönlich gewesen sein muss. Denn ich kenne verdammt viele gute Schützen, aber keinen von diesem Kaliber. „Er wird uns folgen, um sicherzugehen, dass *uns* niemand folgt", brummt Lucia und lenkt den Wagen wieder auf die Straße. „Du siehst ihn nicht, aber sei dir sicher, er ist da draußen und beobachtet uns."

„Warum das Misstrauen?", frage ich und streiche mir über meinen Bart, der langsam wieder Form annimmt. „Du kennst mich doch." Lucia verdreht die Augen und schaltet das Radio ein, das irgendeinen italienischen Schlager dudelt. „Du musst ihn entschuldigen, Jax", seufzt sie. „Mein Sohn ist etwas eigen."

Ungläubig starre ich sie an. „Habe ich das gerade richtig verstanden? Kawa ist dein *Sohn?* Der beste Killer unserer Zeit ist ein fucking Carrara?!"

Sie lacht gutmütig. „Vorsicht, mein Lieber! Es gibt Leute, die dir für diese Wortwahl die Zunge herausschneiden würden", warnt sie mich. „Und River ist einer von ihnen, da kannst du dir sicher sein. Also halte dich etwas zurück, wenn ihr euch gleich kennenlernt, damit nicht gleich wieder die Fetzen zwischen euch fliegen!"

Zoey

Ich fliege. Sause durch die warme Sommerluft, die nach Sonnencreme und Marshmallows duftet. Rosa Schäfchenwolken und Schmetterlinge um mich herum. Und überall dieser pinke Glitzer. Die Welt ist schön, endlich. Mit jedem Atemzug sauge ich das grenzenlose Glück in mich auf und lasse mich davon höher und höher tragen. Angst habe ich nicht, obwohl ich keine Ahnung habe, wie es sein kann, dass ich wie ein kleiner Kolibri hier umherschwirre. Ein Traum? Es muss ein Traum sein, denn vertrauensvoll schlage ich die wildesten Saltos, ohne abzustürzen. Ich bin in Sicherheit. Der Himmel ist ozeanblau.

„Zoey! Zooooeyyy!", dringt eine bekannte Stimme von ganz weit her zu mir durch. Ich will sie nicht hören. Noch nicht! Will weiter zwischen den Wolken schweben und diese unbeschreibliche Leichtigkeit genießen. Huiiii, schnell noch ein Salto! Uuund, hui, noch einer! Schneller, höher, weiter hinaus! Nur weg von dieser lästigen Stimme!

Doch dann gibt es einen Ruck. Als hätte mich ein Angelhaken erwischt, geht es nicht mehr vorwärts. Ich hänge fest und komme nicht mehr weiter, zappele wie eine Fliege im Spinnennetz. Etwas rüttelt an mir. Unbarmherzig. Der ungebetene Sog der Realität versucht meinen Höhenflug zu beenden.

„Zoey, verdammt! Wach endlich auf!"

Plötzlich geht mein Blick nach unten. Der Glitzer rieselt ins Bodenlose. Fuck, ist das tief!

„Ahhhh!"

Kopfüber geht es abwärts. Ich will mich festhalten, doch da ist nichts. Weder die Wölkchen noch die Schmetterlinge können mir helfen. Der Sommerwind verwandelt sich in kalte Winterluft. Dort unten ist New York, schmutziger Asphalt, hart und gnadenlos. Ich rudere hilflos im Nichts, graues Gestöber hüllt mich ein. Der harte Aufprall rückt immer näher. Nur noch wenige Sekunden. Drei, zwei, eins…

Bang! Ich sitze kerzengerade im Bett. Mein Herz rast. Mit weit aufgerissenen Augen starre ich in Suzannas grinsendes Gesicht. „Du hast den ganzen verdammten Tag gepennt!", begrüßt sie mich wieder im Hier und Jetzt. „Kannst du mir jetzt endlich mal erklären, was da gestern los war? Ich will alle Einzelheiten hören!"

Ich starre sie an. Der pinke Glitzer ist immer noch überall und ich reibe mir die Augen, um ihn loszuwerden. Vergeblich. Das Zeug hüllt alles ein, hängt wie ein Schleier vor meinen Augen. Auch durch wildes Blinzeln lässt er sich nicht vertreiben.

„Was soll das Geblinzel, Zoey?", fragt Suzanna nun ungeduldig. „Rede endlich! Erst dein seltsamer Abgang und dann dieses Telefonat mit deinem Stecher! Du bist echt eine Nummer, weißt du das?"

Langsam, ganz langsam dämmert mir, wo ich bin. Holy shit. Wie lange habe ich geschlafen?! Ich sollte gar nicht mehr hier sein! Suzanna hätte nicht mich, sondern nur einen Abschiedsbrief vorfinden sollen, als sie von der Arbeit kam. Verdammt, verdammt, verdammt. Jetzt werde ich ihr live und in Farbe erklären müssen, warum ich aus New York fortgehe.

Immer noch benommen von dem tiefen Schlaf reibe ich mir die Stirn. „Lass mich aufstehen", murmele ich, schiebe die auf der Matratze sitzende Suzy zur Seite und krabbele umständlich aus dem Bett. „Aua“, stöhne ich dabei. „Mir tut alles weh!“

Leicht gekrümmt humpele ich ins Badezimmer. Hatte ich jemals an so vielen Stellen meines Körpers gleichzeitig Schmerzen?! Auf jeden Fall hatte ich noch nie im Leben solchen Muskelkater!

„Wilde Nacht gehabt, was?“, ruft meine Mitbewohnerin mir hinterher. Besonders mitleidig klingt sie nun nicht gerade, eher amüsiert. Während ich auf der Toilette sitze, fällt mir auf, dass es draußen dunkel ist. Wie spät ist es? Habe ich wirklich den ganzen Tag verpennt? Aber eigentlich ist das kein Wunder. Besonders viel Schlaf haben wir im Waldorf-Astoria nicht gerade bekommen. Und es war anstrengend, o ja. Anstrengend und wunderschön. Sofort kehrt die Trauer zurück, denn nun erinnere ich mich auch wieder daran, dass ich Jax nie wiedersehen werde. Der Höhenflug im siebten Himmel war leider nur ein Traum. Die Realität sieht anders aus: kalt, hart und brutal. Tödlich.

Über dem Waschbecken klatsche ich mir kaltes Wasser ins Gesicht. Wer ist das Mädchen, das mich da aus dem Spiegel anschaut? Ihre Augen leuchten, die Wangen sind gerötet und ihre Lippen leicht geschwollen. Bin das wirklich ich? Ich atme tief durch und spüre dem Ziehen des Muskelkaters nach, das jede noch so kleine Bewegung meines Körpers begleitet. Noch nie hatte ich so berauschende Schmerzen, verdammt. Allein der Gedanke an Jax' Körper, an seine Stimme, seine Hände, seine Lippen macht mich ganz wuschig.

„Bin ich jemals so gevögelt worden?“, frage ich mich ehrfürchtig. „Und was der Kerl mit seiner Zunge anstellt, halleluja!“

Da geht die Tür auf. Suzanna steht im Rahmen und mustert mich grinsend.

Habe ich das gerade laut gesagt?

„Jetzt erzähl schon“, fordert sie mich auf. „Ich will jedes Detail über diesen Hengst mit den blauen Augen und der Wunderzunge hören! Komm schon, das bist du mir schuldig!“

Ächzend schleppe ich mich an ihr vorbei in die Küche. Kommt gar nicht infrage, dass ich ihr ohne einen Kaffee antworte! Vor allem aber brauche ich das Koffein, um mein Geständnis durchzustehen, dass ich New York heute noch verlassen werde.

„Haben wir keinen Kaffee?“, blaffe ich Suzanna an, die mir in die Küche gefolgt ist. Die Dose in meiner Hand ist nämlich leer. Und sofort beginnt die Spirale des Grauens in mir zu arbeiten. *Kein Kaffee, kein Leben,* hallt es durch meinen Kopf und ein dunkler Morast aus Kaffeesatz tut sich vor meinen Füßen auf, um mich zu verschlingen.

Meine Freundin runzelt die Stirn. „Ja, sieht ganz so aus“, antwortet sie giftig. „Da wir Monatsende haben und ich pleite bin, konnte ich heute nach der Arbeit leider nicht einkaufen gehen. Wenn du nach deiner Sexparty nicht den ganzen Tag geschnarcht hättest, dann hättest du mit deinem neuen Geldsegen ja mal in den Supermarkt gehen können!“

Ich winke ab und eile zurück ins Schlafzimmer, wo ich in die Klamotten von gestern schlüpfe. Jax’ Duft haftet an ihnen und umfängt mich wie eine Umarmung. Wenn ich konsequent wäre, dann würde ich sie jetzt ausziehen und in die Wäsche werfen. Ich muss ihn vergessen, so weh es auch tut!

Doch zum einen fühlt sich die imaginäre Umarmung einfach zu gut an – kurz glaube ich sogar, wieder in den ozeanblauen Himmel zu schweben – und zum anderen wird mein Kaffeedurst immer drängender. Wenn ich nicht aufpasse, verliere ich gleich auch noch den letzten Rest meines Verstandes und das wäre alles andere als förderlich.

„Schnell jetzt, Schwester“, murmele ich fahrig und ziehe Suzanna hinter mir her in den Flur. „Zieh dir deinen Mantel an! Wir gehen zum Diner an der Ecke und frühstücken!“

„Wir werden also verfolgt?!“, zischt meine Freundin aufgeregt, wobei sie sich über den Tisch beugt und vorsichtig nach links und rechts lugt, ob uns auch niemand beobachtet. Ich zucke mit den Schultern und schaufele mir Rührei mit Speck in den Mund. Gutes altes Blue Moon Diner, das bis Mitternacht Frühstück anbietet. „Kann sein, keine Ahnung“, mampfe ich. „Wahrscheinlich aktuell nicht mehr. Du musst dir keine Sorgen machen. Wenn ich weg bin, wird dir nichts passieren.“

Suzy starrt mich verständnislos an. Was ich ihr bisher verraten habe, war ziemlich kryptisch und wegen meines Heißhungers wahrscheinlich eh kaum zu verstehen. Meine Nacht mit Jax habe ich mit zwei Sätzen abgehandelt – „Wir haben uns getroffen. Wir haben die Nacht durchgevögelt.“ – und mich dann auf den Teil mit der Bedrohung aus Chicago konzentriert.

Seufzend hebe ich meinen Becher an die Lippen und trinke einen großen Schluck Kaffee, bevor ich ihr mitteile: „Jemand aus meiner Vergangenheit ist hinter mir her. Mein Ex, um genau zu sein, wegen dem ich auch den falschen Namen angenommen habe. Gestern hat uns jemand aufgelauert. Aber ich denke mal, dass die Gefahr jetzt erstmal gebannt ist. Jax hat sich darum gekümmert. Der Keil tut keinem mehr was.“

Im Kopf meiner Freundin scheint es zu arbeiten. „Ich hatte heute den ganzen Tag so ein komisches Gefühl“, gesteht sie nach einem kurzen Zögern. „Als ob ich beobachtet werde! Und auf dem Weg von der U-Bahn nach Hause ist mir jemand gefolgt, glaube ich. Aber ich konnte den Kerl nicht wirklich erkennen. Jedes Mal, wenn ich mich umgedreht habe, war er plötzlich verschwunden."

Mit gerunzelter Stirn beiße ich von meinem Toast ab. „Das musst du dir eingebildet haben", beruhige ich sie. „Jax hat den Typen u-m-g-e-l-e-g-t, verstehst du?" Suzys ohnehin schon große Augen weiten sich. „Er hat ihn *umgelegt?!*", wiederholt sie so laut, dass die Leute an den Tischen ringsum sich irritiert nach uns umschauen. „Pssscht", mache ich „Was denkst du, warum ich es buchstabiert habe?! Herrgott, sind alle in Louisiana so bescheuert wie du?"

Suzanna kümmert sich jedoch nicht um meine Beleidigung, sondern beugt sich noch weiter zu mir vor, so dass ihre lange blonde Mähne jetzt auf meinem Teller hängen würde, wenn ich ihn nicht schnell in Sicherheit gebracht hätte. „Hast du es *gesehen*, Zoey?", flüstert sie nun und ihre Augen funkeln. „Hast du gesehen, wie er ihn getötet hat?"

Ich nicke und trinke noch einen Schluck Kaffee. „War nicht unbedingt ein Vergnügen, aber ich hab's überlebt", antworte ich trocken. Die ganze Wahrheit ist das allerdings nicht. Auch wenn ich jetzt so cool tue, war das gestern alles ein ziemlicher Schock für mich. Erst als Suzy sich jetzt auf der mit himmelblauem Kunstleder gepolsterten Bank zurücklehnt und schwärmerisch die Augen verdreht, begreife ich, dass sie alles andere als schockiert ist.

„O Gott, ich bin so neidisch", seufzt sie. „Ich wünschte, ich wäre dabei gewesen! Kein Wunder, dass du danach mit ihm allein sein wolltest! Dem Kerl hätte ich auch die Seele aus dem Leib gevögelt!"

Langsam werde ich wütend. „Geht's noch? Weißt du überhaupt, was das wieder für ein Schwachsinn ist, den du da von dir gibst?", schimpfe ich. „Denkst du wirklich, es würde mich anmachen, wenn …" Ich verzichte darauf, es auszusprechen, denn dass irgendein besorgter Bürger die Bullen ruft, fehlt mir gerade noch. Suzanna beugt sich wieder über den Tisch. „Wenn ein Mann für dich tötet?!", beendet sie den Satz flüsternd. „Halleluja, Zoey! Es gibt doch nichts Romantischeres!"

Kopfschüttelnd stehe ich auf. „Dir ist echt nicht zu helfen, du kranke Göre", brumme ich. „Ich geh mal kurz für kleine Terroristinnen. Drei Becher Kaffee auf ex waren etwas zu viel für meine Blase!"

Als ich in den engen Gang einbiege, der zu den Toiletten führt, fällt mir auf, dass ich mein Telefon auf dem Tisch vergessen habe. Eigentlich wollte ich den kleinen Break von Suzy nutzen, um nachzuschauen, ob Jax sich vielleicht inzwischen doch noch gemeldet hat. Beim Aufwachen hatte ich noch keine Nachricht von ihm. Garantiert ist er sauer, weil ich einfach abgehauen bin.

Vernünftig wäre gewesen, wenn ich das Telefon auf dem Weg zum Diner entsorgt hätte, aber auch dieses Mal habe ich es nicht getan. Ein unvernünftiger Teil meines Herzens hofft wohl immer noch auf ein Happy End. *Es ist unmöglich*, sage ich mir im Stillen auf. *Du musst ihn vergessen! Und wenn er dir geschrieben haben sollte, musst du die Nachricht löschen!* Dennoch überlege ich kurz, ob ich zurückgehen und das Handy holen soll. *Quatsch, Zoey*, weise ich mich jedoch selbst zurecht. *Auf die zwei Minuten kommt es nun wirklich nicht an!*

Beim Betreten der Damentoilette höre ich ein Geräusch. Eine Tür knallt zu und wird verriegelt. *Da hat es wohl jemand ähnlich eilig wie ich*, denke ich und husche eilig in die daneben liegende Kabine. Während ich voller Erleichterung den ganzen Kaffee wieder loswerde, studiere ich in Ermangelung meines Handys die Kritzeleien auf der Kabinentür. Lauter Liebeserklärungen. *Soll ein Name in einer öffentlichen Klokabine wirklich romantisch sein?*, frage ich mich im Stillen und nehme mir vor, Suzanna nach ihrer Meinung hierzu zu fragen. Wie es aussieht, hat sie ja sehr eigene Vorstellungen, was Romantik angeht.

Als ich gerade die Spülung betätige, kommt es mir kurz so vor, als würde ein Schatten auf mich fallen. Ich zucke zusammen. Doch als ich nach oben schaue, ist nichts zu sehen. „Seltsam", murmele ich und muss unwillkürlich an Suzys Worte denken: „Ich hatte heute den ganzen Tag das Gefühl, als ob ich beobachtet werde!" Etwas beunruhigt trete ich aus der Kabine und habe es nun plötzlich sehr eilig, zu meiner Freundin zurückzukommen. Zurück ins Restaurant, wo viele andere Menschen sind.

Nur noch schnell zum Waschbecken und dann nichts wie weg hier! Doch bevor ich auch nur einen Schritt tun kann, werde ich gepackt! Panik schießt mir durch den Körper. Schreien, ich will schreien! Aber ich kann nicht. Etwas Weiches liegt auf meinem Mund und nimmt mir die Luft, die plötzlich chemisch riecht und meine Lungen reizt. Alles dreht sich. Meine Knie versagen. Und dann wird alles dunkel.

Jax

„Soll das ein Witz sein, Mamma Lucia?", brumme ich, während wir das dunkle Restaurant betreten. „Du jagst mich durch die halbe Stadt, nur damit wir am Ende doch wieder in deinem Lokal sitzen?!" Sie blickt sich über die Schulter zu mir um und schenkt mir ein verschmitztes Lächeln. „Sicher ist sicher, sagt der große Kawa", teilt sie mir mit, als wäre das eine tiefschürfende asiatische Weisheit. „Man muss beobachten, bevor man erkennt, wer Freund und wer Feind ist!"

Bei ihren Worten muss ich sofort wieder an das Tattoo auf der Hand von Zoeys Verfolger denken. Ich muss endlich herausfinden, was sie mit den fucking Romanos zu tun hat! Dass diese Wichser hinter ihr her zu sein scheinen, macht die Chicago-Sache noch tausendmal wichtiger für mich.

„Aber du weißt ja, dass ich dir vertraue, Jax", fährt Lucia nun fort. „Von mir aus hätten wir auf das ganze Vorspiel heute gut verzichten können. Dann wäre das Tiramisu für morgen wenigstens schon fertig. Dir ist sicher bekannt, dass das ziehen muss, um wirklich *ottimo* zu werden, nicht wahr?" Ich nicke gedankenverloren. „Ottimo, ist klar", murmele ich und nehme an einem der runden Tische mitten im Raum Platz, auf den die Gastgeberin deutet.

Durch die Scheiben scheint schwach das Licht der Straßenlaternen. Eine andere Beleuchtung hat Lucia nicht eingeschaltet. Vermutlich geht auch das auf die Anweisungen von Mister *Verfolgungswahn* Kawa zurück. Je mehr reale Fakten ich über den Kerl erfahre, desto unsympathischer wird er mir! Dass er Mamma Lucias Sohn ist, macht es nicht besser. Bisher habe ich mich immer wie eine Art Ziehsohn von ihr gefühlt. Dass sie Kinder hat, wusste ich nicht. Nun nagt eine leise Eifersucht an mir.

„River wird gleich hier sein", ruft sie mir quer durch den Raum zu. „Ich mache euch nur schnell etwas Pasta. Du hast doch sicher noch nicht gegessen, oder?" Ehe ich antworten kann, ist sie auch schon verschwunden und ich sitze allein im dunklen Restaurant. *River, soll das ein Name sein? Klingt ja fast so bescheuert wie Vaiana!*

Der Gedanke an Zoey veranlasst mich, mal wieder mein Telefon aus der Tasche zu ziehen. Als ich die Überwachungsapp öffne, schießt mir ein Adrenalinstoß durch den Körper. *Little Miss Sleepy Pie* ist wach! Sie hat sich ein paar Straßenecken weiterbewegt. Sofort beginnt es in meinem Kopf zu rattern. Soweit ich weiß, befindet sich dort ein Diner. *Hunger, was?*, denke ich amüsiert. *Stärk dich ruhig, Prinzessin. Das wirst du brauchen.*

Denn meine Entscheidung steht längst fest. Ich habe ihr nun wirklich genug Zeit und Abstand gegeben. Sobald ich die Angelegenheit mit River geklärt habe, werde ich in die Bronx rasen, mir mein flüchtiges Mädchen schnappen und es an einen ungestörten Ort mit einem großen Bett bringen.

Die Nachricht, die ich Zoey schreibe, ist kurz, denn weil Kawa jeden Moment hier auftauchen wird, habe ich keine Zeit für Geplänkel. Doch ich verspüre eine große Erleichterung, als ich mein *„Iss auf, geh nach Hause und warte auf mich, Prinzessin. Ich komme dich nachher holen. JAX"* abschicke. Ich werde sie wiedersehen. Heute noch. Sie wird wieder in meinen Armen liegen. Ihre Haut an meiner, ihr Atem, ihr Duft, ihre Blicke. Es kommt mir vor, als würde ich jetzt schon all das inhalieren, so sehr verzehre ich mich plötzlich nach Zoeys Nähe.

Ein Geräusch an der Tür reißt mich aus meinen Gedanken. Instinktiv springe ich auf, die Hand an der Waffe. Ein Schatten fällt in den Raum. Da ist er also: Kawa. *Oder River, wie ihn Freunde und Familie nennen dürfen,* kommentiere ich seinen Auftritt im Stillen mit leisem Spott. Es ist doch erstaunlich, wie schnell man die Achtung vor Legenden verliert, wenn man sie selbst kennenlernt.

Er betritt das Lokal und schließt seelenruhig die Tür hinter sich ab. Im Dunkel der Nacht erkenne ich nur seine Silhouette. Er ist groß, vermutlich an die zwei Meter, so wie ich. Seine Schultern sind breit, aber ich bin eindeutig der muskulösere von uns beiden. *Kann sein, dass du schneller rennst als ich, Bürschchen, aber beim Armdrücken mache ich dich fertig,* schießt es mir durch den Kopf und ich richte mich noch etwas gerader auf.

Er kommt auf mich zu. Die Maschinenpistole lässig über die Schulter gehängt, als wären wir am Set irgendeines Action-Streifens. *Der hat Nerven, mit so einem Ding auf dem Rücken durch den New Yorker Stadtverkehr zu düsen!* Gekleidet ist er ganz in Schwarz: Motorradstiefel, Jeans, Lederjacke, Hoodie. Sein Gesicht erkenne ich nicht, da er die Kapuze tief in die Stirn gezogen hat. Aber sein Bart kommt mir verdammt bekannt vor!

„Ich kenne dich", rutscht es mir heraus.

Nun steht er vor mir. Die Nüstern seiner leicht gekrümmten Nase bewegen sich, als würde er mich wittern. Ich verschränke die Arme vor der Brust. Unbeabsichtigt kommt mir ein leises Knurren über die Lippen. Es ist einer dieser Momente, den vermutlich nur Alphas kennen. Wenn man seinesgleichen trifft und für einige Sekunden die animalischen Instinkte die

Oberhand gewinnen. Wölfe umkreisen sich so, Löwen und Bären auch. Und wenn sie sich nicht riechen können, gehen sie aufeinander los und zerfetzen sich.

Doch dazu kommt es zwischen uns beiden nicht.

„Kennen wäre etwas viel gesagt“, bricht Kawa nun nämlich das Schweigen. „Du hast mich dreizehn Minuten und vierzig Sekunden lang Spaghetti alla Mamma essen sehen. Das war zwar ein verhältnismäßig intimer Moment, dem du da beiwohnen durftest, aber solange du keinen Espresso mit mir getrunken hast, kennen wir uns nicht.“ Er sagt das zwar todernst und ohne eine Miene zu verziehen, aber das ist genau die Art von Humor, mit der ich am meisten anfangen kann. Ich muss grinsen. „Das lässt sich heute eventuell nachholen“, erwidere ich. „Schließlich sitzen wir hier an der Quelle.“

Wir setzen uns. „Sorry, dass ich dich vorhin fast abgeknallt habe“, entschuldige ich mich knapp. „Reiner Instinkt.“

Kawa winkt ab. „Kommt vor“, meint er unbeeindruckt und fügt dann mit gerunzelter Stirn hinzu: „Zum Glück bist du ja ein grottiger Schütze.“ Ein bisschen kratzt sein Spott zwar an meiner Ehre, aber natürlich wissen wir beide, dass ein Fehlschuss, noch dazu ein knapper, auf die Distanz keinerlei Aufschluss über die Qualität erlaubt. „Genau wie du, möchte ich meinen“, gebe ich es ihm also gnadenlos zurück, obwohl der Schuss, mit dem er mich auf dem Parkplatz entwaffnet hat, wirklich Meisterklasse war.

Nun lächelt Kawa zum ersten Mal. „Ja, ich weiß“, stimmt er mir zu. „Eine echte Schande, einen solchen Hulk wie dich zu verfehlen. Aber was soll ich machen? Ich kann’s einfach nicht besser.“ Wir lachen beide. Das Eis ist endgültig gebrochen.

Als Mamma Lucia kurz darauf mit zwei großen Tellern Spaghetti Carbonara auftaucht, sind wir bereits in ein Fachgespräch über Waffen vertieft. Sie macht ein zufriedenes Gesicht, sagt aber nichts. Nachdem sie uns noch einen halben

Liter Rotwein, Parmesankäse, Brot und Salat hingestellt hat, zieht sie sich zurück und überlässt uns unseren Geschäften.

„Ihr habt also Probleme mit den Romano-Brüdern?", will Kawa wissen, während wir uns über die dampfend heiße Pasta hermachen. Ich nicke mit vollem Mund und erläutere ihm in wenigen Worten die Lage und unser Anliegen.

„Emilio ist ein Wichser", brummt er, wischt sich mit dem Handrücken über den Mund und trinkt einen ordentlichen Schluck Wein. „Ich habe selbst noch die ein oder andere Rechnung mit dem Typen offen. Hatte bloß zuletzt keine Zeit, mich um solchen Kleinkram zu kümmern."

Wie jeder andere Gangster weiß ich bestens über die spektakulären Aufträge Bescheid, die Kawa in den letzten Jahren beschäftigt haben. Unter anderem hat er in Süd- und Mittelamerika mehrere schwer bewachte Kartellbosse ausgeschaltet, die über ganze Landstriche herrschten und gegen die dort nicht einmal das Militär ankam. Außerdem soll er die Eliminierungen eines afrikanischen Diktators und dessen ranghohe Funktionäre durchgeführt haben. Von seinen Verwicklungen in die italienischen Mafiamorde mal ganz zu schweigen. Also nicke ich nur wissend und erkundige mich: „Aber jetzt bist du erstmal zurück in New York?"

Kawa lehnt sich zurück und streicht sich über den Bart. „Das Wasser eines Flusses fließt niemals zwei Mal am gleichen Ufer vorbei", sagt er und klingt plötzlich irgendwie philosophisch. „Aber auch für mich gibt es Orte, an die ich zurückkehre." Ich runzele die Stirn. Mit solchem Zen-Gequatsche kann ich nicht viel anfangen. Deshalb wische ich mit einem Stück Brot die Soßenreste von meinem Teller und brumme: „Bei den Kochkünsten deiner Mutter wäre alles andere auch eine Schande, Bro!"

Er lacht, steht auf und ruft in Richtung Küche: „*Mamma, ci porti il caffè?*" Dann zieht er eine Packung Tabak mit japanischen Schriftzeichen aus der Tasche und macht eine Kopfbewegung. „Komm mit raus, Mann! Mamma macht mich einen Kopf kürzer, wenn ich hier drinnen rauche!"

Draußen ist es feucht und neblig geworden. Kawas Zigarettenrauch mischt sich in weißen Schwaden in die dichte, schwere Nachtluft. Alles ist ruhig. Nirgendwo regt sich etwas. Dennoch fällt mir auf, dass mein Gegenüber kaum wahrnehmbar jedes Detail der Umgebung scannt. *Die Macken eines Profikillers*, denke ich belustigt. *Genau wie die Zeitangabe unserer ersten Begegnung! Dreizehn Minuten und vierzig Sekunden? Junge, komm mal klar!* Aber dennoch muss ich mir eingestehen, dass der Kerl mir wider Erwarten immer sympathischer wird.

Wir stehen an die Hauswand gelehnt und hängen beide unseren eigenen Gedanken nach. Meine gelten vor allem Zoey, die meine Nachricht noch nicht gelesen zu haben scheint. Was sie wohl gerade macht? Kurz keimt noch einmal der Verdacht in mir auf, sie könnte vielleicht doch ein Spitzel sein. Die Vorstellung, dass sie in diesem Diner gerade den Schweinen aus Chicago Bericht über unsere gemeinsame Nacht erstatten könnte, lässt meinen Puls sofort wieder auf 180 steigen. Fuck, aber irgendwie glaube ich nicht daran. Ich will es nicht glauben! Und so wie ich Zoey inzwischen einschätze, steckt etwas anderes dahinter. Schließlich war nicht sie es, die den Kontakt zu mir gesucht hat. Im Gegenteil, sie wollte mich bei jeder Gelegenheit loswerden.

„Sag deinem Boss, dass ich den Job übernehme", bricht Kawa das Schweigen und ich schiebe die Gedanken an Pinky Pie vorerst wieder beiseite. „Es wird mir ein besonderes Vergnügen sein, dem Schwachkopf die Lichter auszublasen. Über den Preis werden wir uns schon einig."

Ich strecke ihm die Hand entgegen und er schlägt ein.

Es ist ein verdammt gutes Gefühl. Mein erstes erfolgreiches Geschäft als Unterboss. Connor wird zufrieden mit mir sein.

In diesem Augenblick kommt Mamma Lucia mit einem Tablett aus dem Eingang des Restaurants. Zwei kleine, dickwandige Tassen mit dampfendem Espresso und ein Schälchen mit Konfekt stehen darauf. „*Il vostro caffè, ragazzi*", lächelt sie und drückt ihrem Sohn das Tablett in die Hand. „Wie ich sehe, versteht ihr euch", stellt sie zufrieden fest. „Das will ich euch auch geraten haben! Schließlich sind wir eine große Familie, nicht wahr?"

Ich nicke zaghaft. Auch für mich fühlt es sich so an, aber ich weiß, dass Connor in Bezug auf die Carraras ganz anders denkt. Als hätte sie meine Gedanken gelesen, wendet sich Lucia an ihren Sohn. „Sein Boss ist dein Cousin, *cucciolo*", teilt sie ihm mit und klopft mir dabei auf die Brust. „Er ist der Sohn meines Bruders Antonio." Kawa scheint sich für die Familienverhältnisse nicht besonders zu interessieren, denn er runzelt bloß die Stirn und knurrt: „Du sollst mich nicht in der Öffentlichkeit so nennen, Mamma! Ich bin kein verdammter Welpe, merk dir das endlich!"

Cucciolo also. Grinsend nehme ich mir vor, mir diese italienische Vokabel für Kawa zu merken. Doch seine Mutter zeigt sich gänzlich unbeeindruckt von seinem Einwand und wendet sich wieder an mich: „Zu der Zeit von Connors Geburt habe ich in Italien gelebt. River ist dort geboren und hat seine Kindheit auf Sizilien verbracht. Von der Existenz meines Neffen habe ich erst erfahren, als ich schon lange wieder in New York war. Er war bereits erwachsen und wollte nichts mit mir zu tun haben. Ich verstehe ihn, *Dio mio*, aber ich bedauere es sehr!"

Kawa kippt Zucker in die Espressi, rührt sie um und reicht mir eine der kleinen Tassen. „Auf deinen Boss, Bro", brummt er und stößt seinen Kaffee gegen meinen, als würden wir Sektgläser in den Händen halten. Nachdem wir beide einen Schluck getrunken haben, nickt er mir zu und brummt: „Siehst du, jetzt kennen wir uns!"

Als ich ihn gerade fragen will, warum ein sizilianischer Carrara-Sprössling auf den Namen River hört, vibriert es in meiner Tasche. „Geh ruhig", meint Kawa. „Könnte wichtig sein." Ich ziehe mein Smartphone hervor. Beim Blick auf das Display macht mein Herz einen Sprung. Denn in rosa Leuchtschrift steht da Zoeys Name. Mit einem verlegenen Räuspern drehe ich mich von Mamma Lucia und ihrem Sohnemann weg und nehme den Anruf entgegen.

„Prinzessin, ich rufe dich in zwei Minuten zurück, ich bin noch …" Weiter komme ich nicht, denn eine aufgeregte Stimme unterbricht mich. Eine Stimme, die nicht Zoey gehört!

„Hier ist Suzanna", sagt das Mädchen, mit dem ich gestern schon kurz gesprochen habe. „Du musst herkommen, Jax, schnell! Ich glaube, Zoey ist entführt worden!"

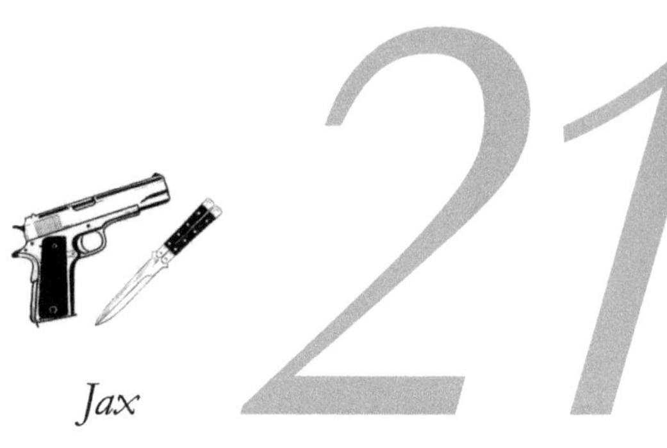

Jax

„**W**as ist, Kleiner? Jemand gestorben?" Grinsend führt sich Kawa eine von den winzigen Pralinen an den Mund, hält jedoch inne, als ich ihn ansehe.

„Noch nicht", stoße ich hervor. Heiser, weil sich ein lang unterdrücktes Empfinden aus den Tiefen meines Herzens und bis in meine Kehle emporkämpft. Ich kann nicht atmen, nicht schlucken. Die Scheißangst lähmt mich, meinen Körper und meinen Verstand. Das Tattoo des Angreifers aus der Gasse schießt mir wie ein gleißender Blitz in die Erinnerung und der Zusammenhang ist mir plötzlich sonnenklar. *Er hat Zoey! Romano hat Zoey!*

Es ist keine Ahnung oder irgendein undefinierbares fucking Gefühl, es ist Gewissheit. Ich *weiß*, dass er sie hat. Zumindest seine Männer. Das war der Grund, warum sie um Zoey herumgeschlichen sind. Einen habe ich ausgeschaltet, aber natürlich hat Romano noch mehr Soldaten. Und weil ich auch weiß, was das bedeutet – dass mein Vögelchen in Lebensgefahr schwebt und ich keinen blassen Schimmer habe, wo in dieser beschissenen riesigen Stadt ich nach ihr suchen soll –, starre ich River nur wortlos an. *Denken, Jax! Du musst denken!*

Sofort ist er im Arbeitsmodus. „Fuck, was ist los?" Die Tasse klirrt auf dem Unterteller, als er beides achtlos auf das Tablett zurückbefördert, dann liegt seine Pranke auch schon auf meiner Schulter. „Kann ich helfen?"

Ich weiß nicht. Kann er? Noch immer völlig überfordert mit der Info, dass Zoey verschwunden ist, schüttle ich den Kopf. Kann nicht sagen, wann ich das letzte Mal derart verzweifelt gewesen bin. War ich es jemals? Ja. Als Kind. Aber verdammt, das ist zwanzig Jahre her. Jetzt bin ich ein Mann. Ein verfluchter Killer, wenn es sein muss! Ich bin Jackson Payne, der Zweite Mann in New Yorks größtem und einflussreichstem Syndikat, und mein Name ist Programm, verfickte Scheiße! Und endlich sehe ich wieder klar. Erinnere mich an alles, was Connor mir beigebracht hat, und packe River meinerseits bei den Schultern.

„Wo ist das verfluchte Arschloch? Wo finde ich Emilio Romano?"

„Warum die plötzliche Eile?" Rivers Augen verengen sich. „Ich dachte, *ich* soll mich um den Wichser kümmern?"

„Ja." Ich nicke. Brenne meinen Blick in seinen und greife noch einmal fester zu. Denn was ich jetzt aussprechen muss, bekomme ich nur mit größter Selbstbeherrschung über die Lippen: „Da hatte er aber noch nicht mein Mädchen."

„Fuck. Er hat deine Freundin entführt? Warum? Ich meine, wer ist sie? Oder hat er mit dir noch eine Rechnung offen?"

Ich zucke mit den Schultern. „Bin ihm noch nie begegnet. Aber unsere Clans sind verfeindet und die Romanos drängen in unsere Stadt. Dass er mich nicht leiden kann, steht damit außer Frage. Was er aber von Zoey will …" Ich breche ab. Weil ich den Verdacht, dass meine Pinky Pie ein Spitzel sein könnte, mit Sicherheit nicht einem Typen auf die Nase binden werde, den ich noch keine Stunde lang kenne, Sympathie hin oder her. Was, wenn sie nur mit mir gespielt hat? Wenn sie gar nicht entführt wurde, sondern einfach nur „nach Hause" zurückgekehrt ist? In Romanos Schoß?

Scheiße Mann! Das ist nicht wahr! Der Typ in der Gasse war hinter ihr her. Er wollte *sie*! Ich wäre nur eine nette Dreingabe gewesen. Und dass Suzanna von Entführung spricht, kann ja wohl auch kein Zufall sein!

„Du magst sie, hm?"

Ich schaue auf und begegne Rivers verständnisvollem Blick.

„Ja. Sehr sogar."

„Na dann", er klopft mir auf den Oberarm. „Ruf deine Leute an. Natürlich weiß ich, wo sich die Ratte versteckt."

„Warte! Das ... Du musst mir nicht helfen. Sag mir nur, wo ich ihn finde, okay?"

Jetzt habe ich seine ganze Aufmerksamkeit. Skepsis liegt in seinen dunklen Augen, als er den Kopf zur Seite neigt. „Ein Alleingang? Bro, erzähl mir keinen Scheiß! Also raus mit der Sprache: Wer ist deine Kleine?"

„Das ist genau das Problem." Ich atme tief durch, um den Knoten in meiner Brust zu vertreiben. „Ich weiß es nicht. Wir kennen uns kaum. Aber ich weiß, dass sie es wert ist." Und dann erzähle ich ihm doch die Wahrheit, natürlich nur in Kurzfassung. Wie und wo ich Zoey kennengelernt habe. Dass der kleine pinke Vogel mich nicht mehr loslässt, mein Boss jedoch der Vernünftige von uns beiden ist und diesem Himmelfahrtskommando niemals zustimmen würde. Womit er auch eindeutig recht hätte. Aber wie war das? Das Herz denkt nicht, und mein Scheißherz schlägt nun mal für diese Frau.

„Der Typ, den ich umgelegt habe, trug das Wappen der Romanos auf der Hand. Wenn ihre Freundin also recht hat und Zoey wurde entführt, dann ..."

„... muss er dahinterstecken", vollendet River den Satz für mich. „Mann, Mann, Mann." Er schüttelt den Kopf und beinahe vermute ich bereits, dass er mir gleich eine Predigt halten wird über den Zusammenhalt und die Regeln, die in unserer Welt gelten. Ich kenne das alles auswendig. Keiner arbeitet allein und immer nur für die gemeinsame Sache, aber ...

„In Ordnung.“

Überrascht sehe ich auf.

„Ich helfe dir. Hatte schon immer eine Schwäche für große Gefühle, weißt du?“ Er zwinkert mir zu. Kawa, der sagenumwobene Auftragskiller, die Legende seines Fachs, zwinkert! „Aber für das, was wir vorhaben, brauchen wir ein bisschen mehr Equipment.“

Er winkt mich nach drinnen, wo ich ihm hinter die Theke und bis in die Küche folge. Von Mamma Lucia ist keine Spur mehr zu sehen.

„Und was jetzt? Sollen wir uns mit Küchenmessern eindecken?“

Kawa lacht. „Nein, Kleiner. Ich steh nicht so auf Nahkampf.“

Ein Knurren entringt sich meiner Kehle. Wenn er mich noch einmal *Kleiner* nennt, dann war’s das mit der Freundschaft. Espresso hin oder her. Und was zum Teufel will er im Kühlraum? Ich habe keine Zeit für Spielchen! Doch als ich ihm genau das an den Kopf werfen will, streckt er seine Hand zwischen Dosen und Päckchen hindurch. Ein Klicken ertönt, ein Summen, und dann fährt die Wand mitsamt dem Regal zur Seite.

„Alter, das ist ja besser als im Kino!“ Kurz legt sich Begeisterung über meinen Unmut. Eine Waffenkammer! In Mamma Lucias Küche! Die Frau ist doch immer wieder für Überraschungen gut.

„Bedien’ dich!“

Andächtig trete ich in den Raum, an dessen hinterer Wand sich River bereits einige Magazine in die Taschen steckt, und betrachte die beträchtliche Auswahl an Kurz- und Langwaffen aller Art. Automatische, halbautomatische … Einem Typen wie mir geht das Herz hier drin auf! Da fällt mein Blick auf zwei längliche, olivgrüne Rohre. „Bazookas, Mann? Dein Ernst? Ich hätte nicht gedacht, dass ein Sniper auf so grobes Spielzeug steht.“

„Och“, River greift sich ein Präzisionsgewehr von der Halterung neben mir, „auf ein bisschen Bums steht doch jeder, oder? Wenn dein Mädchen da nicht drin wäre, hätte ich nicht übel Lust, das ganze Rattenloch auszubrennen. Aber weil du’s bist, gehen wir heute galant vor. Hier.“ Er drückt mir ein Sturmgewehr in die Hand. „Damit triffst du präzise bis auf dreihundert Meter. Oder stehst du mehr auf Pistolen?“

Ich schlage meine Jacke zur Seite, unter der meine Waffe im Holster steckt. „Das weißt du doch am besten. Du hast mein Baby übrigens verletzt, als du sie mir aus der Hand geschossen hast. Das nehm’ ich dir übel.“

River grinst. „HK45, hm? Nicht schlecht, aber probier mal die hier. Passt auch gut zu deinen Augen.“

Alter, er kann nicht nur zwinkern, sondern auch noch anzüglich mit den Brauen wackeln?! Igitt! Dafür gefällt mir die Waffe, die er mir in die Hand gedrückt hat. Das Griffstück schimmert tatsächlich blau. „Hübsch“, gebe ich zu und kontrolliere die Pistole vorsichtshalber, ehe ich sie mir in den Hosenbund stecke. Bei einem Verrückten wie Kawa kann man nie wissen.

„Gut, dann fahren wir jetzt als erstes zu dem Mädchen, das dich angerufen hat. Wir brauchen jede Information, die wir kriegen können.“

„Das hat lange gedauert. Solltest du vielleicht auch ein Motorrad zulegen.“ Mit abschätzigem Blick, weil er auf seinem Bike natürlich schneller war, mustert River meinen Wagen, den ich aus Platzgründen quer auf dem Bürgersteig geparkt habe. Wir werden hier eh nicht lange bleiben, ich muss zu Zoey, verdammt noch mal!

„Negativ", brumme ich daher nur, ganz kurz die schwarze Rennmaschine abcheckend. Kopfschüttelnd gehe ich an ihm vorbei zum Hauseingang. „Alleingänge sind in unseren Kreisen unüblich, wie du ja selbst bereits so treffend festgestellt hast. Und jetzt stell dir mal mich mit noch einem Gorilla auf so einem Bike vor." Ich schnaube. „Ne, lass mal. Ich habe auch meinen Stolz."

„Das ist tatsächlich ein Argument, dem ich nichts entgegenzusetzen habe. Wievielter Stock?"

„Fünfter."

Auf den Treppen nach oben hält River endlich mal die Klappe. Ich meine, irgendwie mag ich ihn ja, aber ich hatte ihn eher für einen Typen gehalten, der kaum die Zähne auseinanderbekommt. So wie diese großen Meister in den Mangas. Dunkel, geheimnisvoll und verschwiegen. Aber unter dem Deckmantel des einsamen Rebellen scheint tatsächlich nur ein ganz normaler Kerl zu stecken. Einer wie du und ich.

Mein Herz klopft immer wilder. Nicht, weil mir die paar Stufen was ausmachen würden, Gott bewahre, sondern weil wir Zoeys Wohnung näherkommen. Ihrem Zuhause. Dem Ort, der ihren Stempel trägt. Und bestimmt auch ihren Geruch. Meine Faust ballt sich um das marode Treppengeländer, ich muss aufpassen, dass ich es nicht zerbreche. Warum nur habe ich gewartet? Warum bin ich ihr nicht gleich hinterher, verdammt? Ich hätte sie beschützt! Hätte nicht zugelassen, dass auch nur einer dieser Wichser in ihre Nähe kommt.

Da taucht die Tür mit der abgeblätterten 37 vor uns auf und mir rutscht der Magen in die Kniekehlen, als River sich mit gezogener Waffe daneben postiert. Er hat recht. Wir wissen nicht, was uns erwartet. Und so atme ich einmal tief durch, ehe auch ich an mein Holster greife. Die Pistole bereit, klopfe ich an die Tür. „Suzanna?"

Nichts.

Sekunden ohne eine Antwort vergehen. Sekunden, in denen vor meinem inneren Auge die wildesten Filme ablaufen. Zu viel Scheiße habe ich schon gesehen, als das ich mir nicht vorstellen könnte, wie dort drinnen ein junges Mädchen in seinem eigenen Blut liegt. Ich will mich gerade zurückziehen, um die Tür einzutreten, da dringt eine leise Stimme von der anderen Seite. „Jax? Bist du das?"

Ich hasse es, vor einen Spion zu treten. Erst recht, wenn auf der anderen Seite des Gucklochs ein halbes bis an die Zähne bewaffnetes Syndikat darauf warten könnte, mich einfach abzuknallen. Doch ich weiß auch, dass Zoeys Freundin Angst hat, die ich ihr unbedingt nehmen will. Also gebe ich mich zu erkennen. „Ja. Schau durch den Spion." Ich wette, dass Zoey ihrer Freundin eine detaillierte Beschreibung von mir geliefert hat. Frauen unterhalten sich doch ausführlich über jeden Scheiß, oder?

„Ich kann deine Augen nicht sehen", kommt es da von drinnen. „Zoey meinte, sie seien strahlend blau. Zeig sie mir. Komm näher zur Tür!"

Neben mir ertönt ein dunkles Grunzen, weil River sich ein Lachen verdrückt. Ich lasse es ihm durchgehen und trete wie gewünscht nach vorn. „Besser? Und jetzt lass mich rein. Wir haben nicht die ganze Nacht Zeit!"

Ein mehrfaches Klicken und Rasseln verrät mir, dass sie immerhin so schlau war, alle Riegel vorzuschieben, als ich jedoch einen ersten Blick auf blonde Wellen und eine Stupsnase werfe, drängt mein Partner an mir vorbei. Krachend fliegt die Tür gegen die Wand, das Mädchen kreischt, da inspiziert River auch schon mit vorgehaltener Waffe jeden Raum. Viele sind es nicht, weshalb er auch schon wieder bei uns steht, während ich noch versuche, gleichzeitig dir Tür zu schließen und die arme Suzanna zu beruhigen. Dass das allerdings gar nicht nötig zu sein scheint, wird mir erst klar, nachdem ich bereits meine Litanei an einstudierten Floskeln runtergeleiert habe. Es kommt in unserem Job öfter mal vor, dass man Menschen beruhigen muss, die unschuldig zwischen die Fronten geraten sind. Oder Hinterbliebene. Wir sind schließlich keine Monster. Nur Killer.

Dieses Opfer hier allerdings starrt den Mann an, der sie eben so knallhart überrumpelt und danach in ihrer Wohnung mit einer Waffe herumgefuchtelt hat, als sei sie ein kleines Kind und er Santa Claus persönlich. Kopfschüttelnd stecke ich meine Knarre zurück.

Okay, noch eine Irre.

„Hi", haucht sie River entgegen. „Bist du öfter hier in der Gegend?"

Rivers linke Augenbraue wandert in die Höhe, dann lehnt sich der Drecksack doch allen Ernstes zu Suzanna an die Wand, und bei seinem fast schon geschnurrten „Könnte sein" platzt mir der Kragen.

„Würdet ihr euer Vorspiel bitte weiterführen, *nachdem* wir Zoey gerettet haben?! Ich fass es ja nicht!"

River grinst nur, aber bei Suzanna sorgt der Name ihrer Freundin immerhin dafür, dass sie ihre Aufmerksamkeit wieder auf mich lenkt. „Entschuldige. Ich bin nur ein bisschen … durch den Wind."

„Ja, den Eindruck habe ich allerdings auch! Und jetzt erzähl uns, was du über Zoey und ihr Verschwinden weißt. Alles!"

Nur Minuten später stehe ich in dem abgewohnten kleinen Wohnbereich und kneife mir mit zwei Fingern in die Nasenwurzel. Mein Kopf dröhnt. Sorge, Adrenalin und nicht zuletzt auch die immer quälender werdenden Selbstvorwürfe, weil ich Zoey alleingelassen habe, rotieren in meinem Gehirn. Nur mit Mühe widerstehe ich dem Drang, etwas zu zerstören, damit endlich wieder Ruhe herrscht. Suzannas Informationen bringen immerhin etwas Licht ins Dunkel. Und was sie erzählt, beruhigt mich zumindest in einer Hinsicht: Sie ist es nicht. Zoey ist *kein* Spitzel, sondern auf der Flucht. Vor ihrem Ex. Irgendeinem dubiosen Typen aus Chicago, und ich zähle Eins und Eins zusammen. Ihre Abneigung mir gegenüber. Die Beschimpfungen, weil ich für die Mafia arbeite. Das kam nicht von ungefähr. Ebenso wenig wie der Kerl in der Gasse.

„Hat sie den Namen Romano mal erwähnt?"

Suzanna zieht die Stirn kraus.

„Oder einen Emilio?" *Denk nach, Mädchen! Denk nach!*

„Nein, tut mir leid. Sie sagte immer nur, dass es besser ist, wenn ich keine Namen kenne."

Scheiße. Was, wenn Zoey dann gar nicht bei ihm ist? Wenn sie mit einem seiner Männer zusammen war, und der Typ nur deswegen das Tattoo trug? Wie soll ich sie dann nur finden?

River scheint meine Gedanken zu lesen, denn seufzend klopft er mir auf den Rücken. „Es bringt nichts, Bro. Romano ist unsere einzige Spur, also müssen wir dort auch anfangen zu suchen."

„Ihr werdet sie doch finden, oder? Bitte!" Suzanna schlägt flehend die Hände vor uns zusammen, mir allerdings fehlt ehrlich gesagt die Zuversicht, um ihr zu sagen, was sie hören möchte. Diese Nacht wird beschissen enden. Denn egal, was geschieht, ob ich Zoey finde oder nicht, wenn ich bei Romano einlaufe, dann haben wir morgen Krieg. Und das wiederum ist genau das, was Connor vermeiden wollte.

Wortlos wende ich mich zum Gehen und sehe aus dem Augenwinkel gerade noch, wie River dem Mädchen eine Karte zusteckt. Hat der Penner jetzt echt die Nerven, sich einen Fick klarzumachen?!

„Bleib nicht hier", spricht er zu Suzanna. „Nimm ein Taxi zu dieser Adresse, geh zu Mamma Lucia, und sag ihr, dass River dich schickt. Dort bist du in Sicherheit."

Zoey

Schwarz. Alles in diesem Keller hier ist schwarz. Es muss ein Keller sein, denn der Raum hat keine Fenster. Zumindest nicht an den Wänden, die ich sehen kann. Denn ich bin gefesselt. Gefesselt an einen scheiß klapprigen Stuhl! Das Ding scheppert bei jeder meiner Bewegungen, jedem Reißen und Rütteln, mit dem ich mich zur Wehr setze, ist dann aber wohl doch stabil genug, um nicht zusammenzubrechen. Oder ich einfach zu schwach. Tränen brennen in meinen Augen. Tränen der Wut und der Verzweiflung. Und des Schmerzes, weil sich die Kabelbinder in meine Haut schneiden.

Warum?! Wie konnte ich es nur so weit kommen lassen? Warum bin ich nicht abgehauen, so wie ich es vorgehabt hatte? Als ich noch die Gelegenheit dazu hatte? Ich blinzle die Tränen weg. Presse die Augen ganz fest zusammen … und sehe seine. Das Blau, das so tief ist, dass ich jedes Mal das Gefühl hatte, darin versinken zu können, wenn ich ihn nur ansah.

Jax.

Verdammt.

Ich hätte nicht bleiben dürfen. Nicht so lange. Oder … vielleicht doch *viel* länger? Scheiße nein, sie hätten ihn umgebracht. Ganz sicher hätten sie das! Denn der einzige Grund, warum *ich* noch nicht tot bin, ist die Tatsache, dass Emilio das selbst übernehmen will. Ich weiß zu viel. Und ich habe ihn verraten. Es gewagt, ihn zu verlassen. Er hatte schon immer ein Problem mit seinem nicht vorhandenen Selbstwertgefühl, weil sein Bruder der große Don ist, die Nummer Eins, und er, Emilio, nur der belächelte Handlanger. Weshalb er auch jeden umlegt, der in seiner Gegenwart auch nur mit den Mundwinkeln zuckt. Er ist ein Feigling! In Wirklichkeit nur ein peinliches, niederträchtiges armes Würstchen, das lediglich durch das pure Glück, in der richtigen Familie geboren worden zu sein, über zu viel Macht verfügt. Und auf diese Macht bin ich dummes Huhn reingefallen. Habe mich locken lassen von seinem Status und dem Geld. Und seinen Versprechungen von einem sorgenfreien Leben an seiner Seite. Pft! An seiner Seite erfuhr ich doch erst, wie beschissen das Leben wirklich laufen kann!

Schritte! Schritte ertönen von irgendwo hinter mir. Klingen gedämpft wie von außerhalb dieses Raumes. Doch sie werden lauter. Kommen näher! Hallen in meinem Kopf mit dem heftigen Pulsieren meines Herzens wider. Ich muss hier raus! Irgendwie! JAX!

Eine Tür wird geöffnet. Irgendwo hinter mir in dem Teil des Raumes, den ich nicht sehen kann, und Panik schwemmt mir eine Gänsehaut über den gesamten Körper. Jedes noch so kleine Härchen steht senkrecht und die Temperatur um mich herum scheint auf den Gefrierpunkt zu fallen. Ich habe niemanden gesehen, seit ich aufgewacht bin. Was auch immer man mir verabreicht hat, es ließ mich in einen traumlosen Schlaf fallen.

Keine Ahnung, wie lange ich hier schon bin. Ob draußen die Sonne scheint oder es tiefste Nacht ist. Das Gefühl für Zeit habe ich vollkommen verloren. Nur die Musik, deren Bässe gedämpft bis in mein Verlies dringen, gibt mir eine Ahnung, wo ich bin. Ein Club. Ich sitze in dem beschissenen Keller irgendeines noch beschisseneren Clubs und werde dort mein

Leben aushauchen. Morgen früh wird mein Körper irgendwo auf einer Müllkippe anfangen vor sich hinzugammeln. Mit verdrehten Gliedmaßen und aufgerissenen, toten Augen. Wehe, wenn so eine Scheißkrähe meint, darin rumhacken zu müssen! Oder eine Möwe! Noch schlimmer! Ich kann Möwen nicht leiden. Die gucken immer so dämlich. Fuck! So habe ich mir mein Ende echt nicht vorgestellt! Erneut zerre und ziehe ich an meinen Fesseln. Der Schmerz hält mich nicht auf, zeigt er mir doch immerhin, dass ich am Leben bin. Noch.

„Das kannst du dir sparen, Püppchen.“

Ich schrecke zusammen. Habe vor lauter Möwenmüll nicht mitbekommen, dass ich nicht länger allein bin. Und verdammt, ich weiß, wer das Zimmer betreten hat. Ich kenne die Stimme leider viel zu gut. Sie gehört in eine Zeit, die ich aus meinem Leben streichen wollte, die mich aber heute mit voller Wucht eingeholt hat. Jetzt steht er neben mir, doch ich ringe den Impuls nieder, ihn anzusehen. Seine hässliche Fresse ist es nicht wert.

„Hallo, Billy. Hat es dich also auch nach New York verschlagen? Nett hier, was? Zwar nicht so hübsch wie in den Reiseprospekten, aber …“ *Argh!* Verdammt! Mir war nicht bewusst gewesen, wie weit man einen Kopf in den Nacken ziehen kann. Billys Faust jedoch hängt tonnenschwer an meinen Haaren und fauliger Geruch weht mir entgegen. Ich huste und würge.

„Okay“, presse ich hervor. „Kannst dir immer noch keine Zahnbürste leisten, was?“

Mein Genick! Gleich bricht er mir das Genick!

„Halt's Maul, du Schlampe!“, faucht er, dann fliegt mir das Kinn auf die Brust.

Dämlicher Wichser!

Ich ziehe die Schultern hoch, um dem Stechen entgegenzuwirken, das mir durch jeden Wirbel fährt. Meine

Fingerspitzen kribbeln. Vor meinen Augen flimmert es. Doch ich kann die Klappe einfach nicht halten. „Danke für die nette Begrüßung. Ich hätte beinahe vergessen, wie sehr ich dich vermisst habe. Nicht!"

Ein unsanfter Klaps auf den Hinterkopf lässt mich nicken, doch leider schafft es die nächste Beleidigung nicht mehr über meine Lippen.

„Da ist sie ja!"

Fuck! Jetzt wird es also ernst.

Langsame Schritte auf dem dunklen Beton. Ich spüre ihn mehr, als dass ich ihn kommen höre. Mein Gefahrenradar blinkt nicht mehr, es leuchtet. Blutrot.

Und dann ist er da. Legen sich wieder fremde Finger auf mein Haar, sanft, ja beinahe liebevoll. Doch noch nie hat mich eine zarte Berührung so sehr erschauern lassen wie jetzt. Es ist keine Zuneigung, die ich spüre. Das Kribbeln, das sich von meinen Haarwurzeln über meine Kopfhaut, durch jede meiner Millionen Nervenbahnen bis in die entlegensten Winkel meines Körpers überträgt. Es ist der Kuss des Todes.

„Mein Liebling."

Ich könnte kotzen. Aber da das die Möwen morgen früh erst recht anlocken würde und ich es den Drecksbiestern nicht gönne, sich an meinem Erbrochenen zu laben, kämpfe ich den Würgereiz hinunter.

Emilios Fingerspitzen gleiten weiter. Über meinen Nacken, die Schulter – ich möchte Schreien vor Verzweiflung, beiße aber die Zähne zusammen – und legen sich schließlich unter mein Kinn. Er steht vor mir. Mühsam starre ich zu Boden und zwischen seinen Beinen hindurch, darauf bedacht, nicht zu blinzeln, ihn ja nicht merken zu lassen, wie sehr ich kämpfe. Mit der Angst. Fixiere gebannt einen Zigarettenstummel, der am Rande des Lichtkegels liegt, den die Lampe über mir aussendet, und über dessen trostlose beigefarbene geknickte Überreste

Emilios Schatten schweift. Trostlos und geknickt. So werden meine Möwenfreunde meinen Körper morgen früh auf der Deponie vorfinden. Oder werden sie mich einfach ins Hafenbecken werfen?

Die Finger an meinem Kinn sind weich. Der Mistkerl musste noch nie irgendeiner anderen Arbeit nachgehen, als Menschen herumzukommandieren und zu erniedrigen. Und aus irgendeiner verrückten Eingebung heraus vergleiche ich das Gefühl von Emilios Berührung mit denen von letzter Nacht.

Jax' Hände waren alles andere als weich. Aber seine Liebkosungen waren es. Seine Lippen, seine Zunge. Selbst in jedem Hieb, den er mir schenkte, steckte so viel mehr Aufrichtigkeit und Zuneigung, als es diese Missgeburt vor mir jemals fähig wäre, zu empfinden, geschweige denn einem anderen Menschen als sich selbst zu geben.

Auch jetzt, als er meinen Kopf anhebt, mich zwingt, ihn anzusehen und sein Daumen dabei über meine Wange streichen lässt … er könnte genauso gut Stacheldraht benutzen. Der könnte mich nicht mehr verletzen als die Gewissheit es tut, dass dieser Mann wieder Hand an mich legt.

„Sieh mich an."

Ich presse die Augen zusammen. Seine Stimme ist zu sanft. Er lullt mich ein, doch ich weiß, dass alles gleich kippen wird. Ich kenne ihn. Ich …

Der Schlag kommt wie aus dem Nichts. Klar, ich hab ja auch nicht hingesehen. Wusste, dass er kommen würde. Kommen musste! Und konnte ihm dennoch nichts entgegensetzen. Glühend heiß spüre ich, wo Emilios flache Hand meine Wange getroffen hat. Könnte anhand des Schmerzes die Konturen seiner Finger nachmalen. Und erinnere mich. Jede einzelne Ohrfeige hat sich in meine Haut gebrannt, damals wie auch jetzt.

„Du kleine, falsche Schlange", zischt er und seine Nähe hüllt mich in kalten Zigarrenrauch. Ich sehe nicht auf. Wende mein Gesicht nicht zurück, sondern berge es an meiner Schulter. Sinnlos, denn erneut schrauben sich seine Fingerkuppen in meinen Kiefer. „Hast du wirklich geglaubt, ich würde dich nicht finden?" Hass trieft aus jedem seiner Worte. Tropft auf mein Gesicht wie reine Säure und ich sollte zittern. Dicke Tränen weinen und ihn anflehen, mir nichts zu tun. Doch was soll ich machen? Das ist einfach nicht meine Art. Ganz langsam verengen sich meine Augen, heben sich meine Mundwinkel. Und je breiter das Grinsen auf meinem Gesicht wird, je dunkler und bedrohlicher seine Augen werden – diese schokoladenbraunen Augen, in deren Leuchten einst meine ganze Hoffnung lag –, umso heftiger spüre ich meine innere Stärke anschwellen. Ich werde heute sterben, das ist mir längst klar. Warum also sollte ich meine letzten Stunden dann nicht genießen? Und wenn es auch nur noch Minuten sein werden, so will ich sie erst recht damit verbringen, diesem Arschloch die Stirn zu bieten.

„Ob du es glaubst oder nicht, *Honey*", beim gehauchten Klang seines einstigen Kosenamens sind seine Augen nur noch Schlitze, „das habe ich tatsächlich gedacht, ja." Seufzend klimpere ich mit den Wimpern, als könne ich es selbst nicht fassen. „Aber du hast recht, ich hätte es besser wissen müssen. Dein Bruder sorgt schließlich immer dafür, dass keiner merkt, was für eine Nullnummer du bist. Ein Wunder, dass er dir beim Pissen noch nicht den Schwanz hält."

Die nächste Ohrfeige hallt so laut von den kahlen Wänden wider, dass das Geräusch mich davon abhält, ohnmächtig zu werden. Mein halbes Gesicht steht in Flammen, und als ich die Lider auseinanderzwinge, tanzen grelle Pünktchen vor meinen Augen. Die italienischen Flüche meines Ex-Lovers jedoch, die mit dem Klingeln in meinen Ohren einen richtig netten Beat für einen Rap-Song abgeben würden, erfüllen mein kleines Herz mit Genugtuung.

„Warum lässt du dir das gefallen, Boss? Leg sie um! Das wolltest du doch!" Das ist Billy. Ich versuche, meinen Blick scharf zu stellen, seine hässlichen bunten Nike-Airs aber verschwimmen immer wieder vor meinen Augen. Das Arschloch hatte vor Emilio versucht, bei mir zu landen. Seit ich ihm aber vor all seinen Kumpels einen fetten Korb gegeben habe, kann er mich nicht mehr ausstehen. Es beruht auf Gegenseitigkeit.

„Nicht so eilig, Billy." Emilios Stimme klingt auf einmal weiter entfernt. Dann kratzen Stuhlbeine über den Boden und das schabende Geräusch hat etwas von Kreide auf einer Schultafel. Gar nicht gut für meinen Brummschädel! Ich gebe einen gequälten Laut von mir, da poltert der Stuhl vor mir nieder und Emilio schwingt ein Bein darüber. Die Arme lässig auf die Lehne gestützt grinst er mir entgegen, spricht aber weiter zu seinem Handlanger. „Zuerst will ich wissen, wer ihr geholfen hat, aus Chicago wegzukommen."

„Wer uns hintergangen hat, meinst du wohl!"

„Das auch, Billy. Das auch."

Ich blinzle. Der metallische Geschmack von Blut liegt mir auf der Zunge. „Euch hat niemand hintergangen, du Penner", murmle ich und schlucke rostige Spucke. Als Vampir hätte ich echt schlechte Karten … Ich kann Blut nicht ausstehen. „Das war ich. Ich allein."

„So, so." Emilio legt den Kopf zur Seite. „Dann ist es wohl reiner Zufall, dass du mit O'Briens Pitbull gesehen wurdest, hm?"

„Wer zum Teufel ist O'Brien?", frage ich, dabei habe ich eine ganz gute Ahnung, wen er meint. Doch diese Spur muss ich um jeden Preis verwischen. „Und bleib mir bloß weg mit Pitbulls. Ich hab 'ne Hundehaarallergie.“

Falsch. In Wahrheit liebe ich sie. Vor allem die blonden blauäugigen. Fuck. Ein Band dick wie ein Tau legt sich um meine Brust. Und jeder Scheißgedanke an Jax zieht es fester zusammen. Wo er jetzt wohl gerade ist? Ob er vielleicht nach mir sucht? Suzanna! Verdammt! Das Tau schnürt mir die Luft ab. Ob sie zur Polizei geht? Oder ob Jax sie findet? Der Kopf sackt mir nach unten, randvoll mit Sorgen und Vorwürfen und zu schwer, als dass ich ihn noch halten könnte. Bitte, liebes Universum! Wenn du mir einen letzten Wunsch erfüllst, dann verschon die beiden! Lass sie denken, ich sei durchgebrannt. Bitte.

Emilio schnaubt. „Wer's glaubt! Du warst doch immer ganz wild auf jeden Köter. Wobei mir einfällt …“ Tausend Volt jagen durch meinen Körper! Seine Hand! Auf meinem Schenkel! Ich will mich wehren. Ihn abschütteln. Zurückweichen! Doch mehr als ein hilfloses Zucken gelingt mir nicht. Ich bin ihm wehrlos ausgeliefert. Mit beiden Knöcheln an je einem Stuhlbein gefesselt, so dass dieser Wichser mich anfassen kann, wie immer und *wo* auch immer er es will. Und wie sehr er das genießt, lässt er mich hören. In dem kleinen fiesen Lachen, als er fester zudrückt, keine Handbreit von meinem Schritt entfernt. Vielleicht sollte ich mir das mit dem Kotzen doch noch mal überlegen. Im Vergleich zu *Ich-bin-der-verfickteste-kleine-Hurensohn-auf-dieser-Dreckswelt-Emilio* sind Möwen doch eigentlich ganz nett. Denen wird wenigstens keiner abgehen, wenn sie mich morgen zerhacken.

Ich beiße die Zähne zusammen, was schmerzt nach dem letzten Schlag. Emilios kreisender Daumen so nah an meiner Mitte jedoch ist an Abscheulichkeit kaum zu überbieten. Saure Galle kämpft sich bereits meine Speiseröhre hoch und ich muss alles aufbieten, was ich habe, um dem Arschgesicht standzuhalten.

„… du warst auch immer recht wild, meine kleine Zoey. Nicht wahr? Und wie du geschrien hast, wenn du kamst …“

„Das waren Freudenschreie, du Wichser. Weil ich so froh war, wenn du dich endlich wieder von mir runtergerollt hast. Aber zum Glück ging das ja immer recht schnell.“

Ich keuche, als er zupackt. Der Penner ist viel, aber kein Schwächling, und ich wette, dass er mir gleich ein Stück Fleisch aus der Innenseite meines Oberschenkels reißen wird. „Hör auf!“, schreie ich, vom Schmerz gepeinigt. „Du bringst es doch eh nicht! Tu uns beiden einen Gefallen und gib mir endlich diese Scheißkugel!“

„Da hörst du's, Boss! Sie bettelt doch schon drum!“

„Halt sie fest!“ Mit einem Ruck ist Emilio aufgestanden und schleudert den Stuhl irgendwo in den dunklen Raum.

„Was?“

„Du sollst sie festhalten, hab ich gesagt. Fixier ihren Scheißkopf!“

Nein! Spucke und Blut sammeln sich erneut in meinem Mund, doch ich kann nicht schlucken. Meine Kehle ist wie zuzementiert. Das wird er nicht wagen! Das …

„Echt jetzt?“ Billys Tonfall passt zu meinen Gedanken, da zerrt sein Boss die Schließe seines Gürtels auf. „Die beißt dir den Schwanz ab! Die Alte ist irre!“

Und zum ersten Mal in meinem Leben muss ich dem Idioten Recht geben. Ich will Billy gerade beipflichten und Emilio warnen, da zieht er seine Knarre aus dem Halfter, reißt den Schlitten zurück und drückt mir den Lauf an die Stirn.

Da ist es wieder, das Leuchten in seinen Augen.

„Das wollen wir doch mal sehen!“ Mit einem tiefen Knurren greift er vor sich. „Mach den Mund auf, Liebling.“

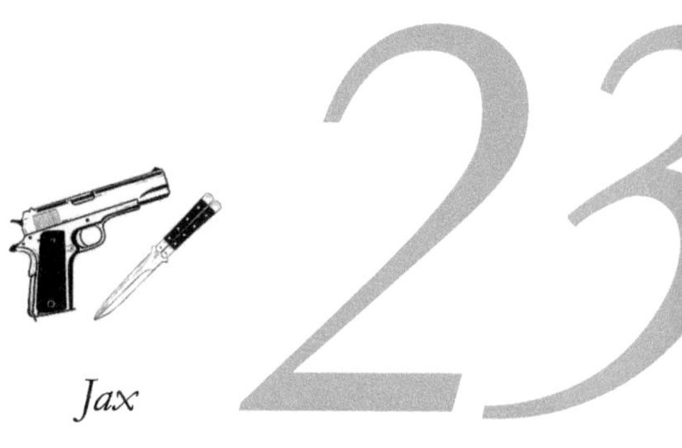

23

Jax

Es ist bereits kurz vor Mitternacht, als ich dem Navi zu der Adresse folge, die River mir genannt hat und an der ich ihn wieder treffen werde. Hell's Kitchen. Wie passend. Auch wenn dieser Stadtteil seinen Namen schon lange nicht mehr zu Recht trägt, weiß ich um die paar Spelunken und Nachtclubs, die sich noch immer entlang der Hafenpiers gehalten haben. Und in einem von ihnen soll sich Romano häuslich eingerichtet haben. Die Ratte hat sich also heimlich, still und leise schon ein kleines Nest in *unserer* Stadt gebaut. Allein dafür wäre er unter normalen Umständen schon fällig. Aber die Umstände sind alles andere als normal, weshalb ich sogar heilfroh bin, dass wir nicht bis nach Chicago müssen.

Meine Finger krallen sich um das Lenkrad beim Gedanken daran, was er Zoey in der Zwischenzeit schon alles angetan haben könnte. Der Kerl ist tot. Er wird den Morgen nicht erleben, selbst wenn sie nicht bei ihm sein sollte. Das hat River mir bereits versprochen. Obwohl ich nichts dagegen hätte, den Wichser selbst umzulegen.

Vor mir schaltet eine Ampel auf Rot, doch dafür habe ich jetzt keine Zeit. Gehe nur kurz vom Gas, checke den Verkehr und rase über die Kreuzung. Ein Blick in den Rückspiegel. Keine Cops. Ich beschleunige weiter. Bestimmt ist River schon am Ziel und ich verfluche den SUV dafür, dass ich ihn nicht so einfach an den anderen Autos vorbeischlängeln kann wie er seine Maschine. Eine *Kawa*saki – was für ein Zufall. Zum gefühlt hundertsten Mal an diesem Abend schüttle ich den Kopf über diesen Kerl. Ich war davon ausgegangen, dass wir meinen Wagen nehmen würden, allein schon wegen der Waffen. Der Meister aber meinte nur, er sei ein schlechter Beifahrer und hat sich auf sein Bike geschwungen. Mitsamt Patronengürtel und zwei Maschinenpistolen. Was für ein Spinner!

Noch zwei Minuten, sagt das Navi, dann bin ich da. Zwei Minuten. Fuck! Das ist länger als die Ewigkeit! Da durchschneidet das Symbol für einen eingehenden Anruf das Display. Scheiße! Bestimmt will er wissen, wie es mit Kawa gelaufen ist, aber …

Dich kann ich jetzt nicht gebrauchen, Boss!

Nur, nicht rangehen ist leider auch keine Option. Verflucht!

„Ja?“

„Was, *ja*?!“

Fuck, Connor ist schon gereizt.

„Hab ich dir nicht beigebracht, wie man sich anständig meldet, Junge? Und jetzt nenn mir einen verdammt guten Grund dafür, warum du mir noch nicht Bericht erstattet hast!“

„Das ist gerade schlecht, Boss.“ Ich biege auf einen fast leeren Parkplatz neben einem Containerlager ein. Wo ist Kawa?

Am anderen Ende der Leitung höre ich Connor scharf die Luft einziehen und weiß, dass ich ihn beschwichtigen muss. „Hör zu, ich muss was Wichtiges erledigen, okay? Ich hab Kawa getroffen. Wir kümmern uns um den Fall. Morgen früh sind wir das Problem los.“

„Morgen früh? Scheiße, wo bist du?“

„Ist egal. Ab morgen funkt uns niemand mehr dazwischen, nur das zählt.“

Dort drüben muss es sein. Das freistehende, etwa fünfstöckige Gebäude. Eine Menschentraube steht vor dem von bunten Scheinwerfern beleuchteten Eingang. Doch noch immer keine Spur von River.

„Jackson!" Connors Stimme klingt bedrohlich. „Wir hatten vereinbart, dass wir das Ganze erst einmal in Ruhe durchsprechen. Keine Alleingänge, schon vergessen?"

„Ich bin auch nicht allein, Boss." Mein Finger schwebt bereits über dem roten Telefonsymbol, doch ich halte inne. Connor zu widersprechen, fügt mir beinahe körperliche Schmerzen zu. Aber es muss sein. Ich kann nicht warten. *Zoey* kann nicht warten!

Wenn sie denn überhaupt noch lebt …

Ich schüttle den Gedanken aus meinem Kopf.

„Das ist mir egal, hörst du? Und wenn du eine Armee bei dir hättest, ich will, dass du …"

„Verdammt, Connor! Er hat Zoey, okay?! Der Wichser hat mein Mädchen und ich gehe da jetzt rein!"

„Nein, das wirst du nicht tun! Jackson? Hör mir gut zu! Ich sage das jetzt nur ein einziges Mal! Egal, wo du jetzt auch bist und was immer du vorhast, du brichst sofort ab und kommst zu mir! Wir regeln das. Aber zusammen und nicht du allein, hast du mich verstanden? Und das ist keine Bitte, Jax. Das ist ein verdammter Befehl!"

Schweigen legt sich zwischen uns. Ein Schweigen, das mich von innen heraus verzehrt und mir alles abverlangt. Weil ich ihn atmen höre. Weil ich genau weiß, dass der Mann, dem ich alles zu verdanken habe, dem ich mein *Leben* zu verdanken habe, gerade auf der anderen Seite des Flusses steht und die Zähne aufeinanderbeißt, nur um sich für mich in Geduld zu üben.

Noch nie habe ich ihm widersprochen.

Noch nie einen Befehl missachtet.

Eher wäre ich gestorben, als Connor O'Brien zu enttäuschen.

Doch es gibt für alles ein erstes Mal, nicht wahr?

„Negativ, Sir“, presse ich hervor.

Und lege auf.

Als ich aus dem Wagen steige, versuche ich, Connor und die Last, die mir mein eigener Verrat auf die Brust gelegt hat, darin zurückzulassen. Ich kann mir jetzt keine Schwäche erlauben. Darf nichts empfinden. Keine Reue, keine Sorge, ja nicht einmal den Hass auf Romano. Er ist lediglich das Zielsubjekt, das es zu eliminieren gilt. Ihn und am besten das ganze Rattennest gleich mit. Also halte ich inne, schließe die Augen und schenke mir selbst einen letzten pinken Gedanken. Spüre in meiner Vorstellung Zoeys samtige Locken zwischen meinen Fingern, ihre Lippen auf meinen … und sperre das alles mit dem nächsten Atemzug ganz tief in mir ein.

„Na dann, Showtime!“

Ich öffne den Kofferraum, streife meine Jacke ab und das Doppelholster über. Eine dritte Pistole, die mit dem blauen Griff, stecke ich mir im Rücken in den Hosenbund. Ich will gerade nach den Ersatzmagazinen greifen, da fällt der rote Punkt auf meine Hand. „Das wurde auch langsam Zeit“, murmle ich, als mich ein rauschendes Geräusch herumfahren lässt. Beinahe lautlos landet River neben mir in der Hocke.

„Warst du jetzt allen Ernstes da oben auf diesen fucking Containern?“

Er zuckt nur die Achseln und linst dann um die Ecke eben jener beiden Frachtbehälter, die übereinandergestapelt mindestens sechs Meter hoch sind.

„Bist du Super Mario, oder was?“

River schnaubt. „Super Mario! Was für ein Blödsinn. Das zocken kleine Kinder.“ Grinsend kommt er mir nah. „Ich vergleiche mich da doch eher mit Ghost. Buh!“

Ich weiche zurück. „Call of Duty? Alter, du hast echt einen an der Klatsche.“

„Na, da sind wir zum Glück ja schon zu zweit. Und jetzt komm, lass uns ein bisschen Modern Warfare spielen." Und schwups ist er auch schon wieder verschwunden.

„Hey!", zische ich und eile ihm nach. Aus dem Schutz der Container hervor und hinter einen LKW. „Du arbeitest heute nicht allein, verdammt! Also warte gefälligst auf mich!"

Doch anstelle einer Antwort packt er mich nur an der Schulter und drückt mich runter. Über uns huscht ein Lichtkegel hinweg. Das dazugehörige Auto aber fährt an unserem Versteck vorbei.

„Wie du siehst, habe ich das nicht vergessen, Kleiner."

Ich knurre. „Kannst du den Scheiß mit dem *Kleiner* mal lassen? Sonst mach ich dich 'nen Kopf kürzer!"

Jetzt lacht er auch noch! Zu seinem Glück aber nur kurz. „Hör zu, *Jackson.*" *Na, geht doch!* „Wir können da nicht einfach so reinmarschieren. Ist klar, ne?"

Ich ziehe beide Augenbrauen in die Höhe. Langsam geht er mir echt auf den Zeiger!

„Auf der Rückseite des Gebäudes gibt es einen Lastenaufzug, der führt direkt in den Keller. Wenn Romano deine Kleine wirklich da drin festhalten sollte, dann dort."

Ich nicke. „Dann also los!"

„Whoa, warte!" Er zieht mich am Ärmel zurück. „Nicht so schnell mit den jungen Pferden, Mister Payne. Wir gehen getrennt. Aber du hast Glück. Gönnerhaft wie ich nun mal bin, überlasse ich dir den Aufzug. Der Code ist 666. Ziemlich einfallslos für 'nen Club in Hell's Kitchen, was?"

Ich verziehe das Gesicht. Aber ich will auch endlich los! Es juckt mich in den Fingern, ein paar Arschlöcher umzunieten. „Und du? Kletterst durch die Lüftungsanlage, oder was?"

Anerkennend neigt er den Kopf. „Gut kombiniert, Sherlock. Aber nein, Quatsch, da pass ich nicht rein. Ich komm von oben." Mit dem Daumen deutet River zur linken

Hausseite, an der die Feuertreppen verlaufen, und drückt mir etwas in die Hand. Es ist eine Art Pager. „Da wir nur zu zweit sind, müssen wir auf Nummer sicher gehen. Solltest du das Mädel finden, bevor ich wieder zu dir gestoßen bin, drückst du den Knopf und ihr verpisst euch, klar? Ich weiß dann Bescheid und kann mich um Romano kümmern. *Du* schaffst nur die Kleine da raus, *capito*? Den Rest übernehme ich."

Es passt mir nicht, aber ich habe jetzt auch keinen Nerv, mit ihm darüber zu diskutieren. Zoey finden und sie da rausholen – das ist meine Mission und die werde ich erfüllen! Was danach passiert, darauf werde ich reagieren, wenn es soweit ist.

„In Ordnung."

„Gut. Dann los. Ach, und Kleiner?"

Mit einem Augenrollen halte ich gerade so noch mal inne. „Was?!"

„Pass auf dich auf."

Ich bin in dem Aufzug. So weit, so gut. Herumschleichen war noch nie mein Ding und normalerweise ist das auch nie nötig. Wenn wir irgendwo einfallen, dann wie die Heuschrecken. Der Feind hat meist nicht einmal mehr die Gelegenheit zu reagieren, weil unsere Männer bereits alles platt gemacht haben, ehe auch nur eine der Wachen Alarm schlagen kann. Doch heute ist alles anders. Heute bin ich nicht Teil einer Armee, heute *bin* ich die Armee. Und fest entschlossen, zu siegen.

Dennoch presse ich mich mit dem Rücken gegen die Wand neben der Tür, eine scharfe Waffe in jeder Hand. Ich habe keine Ahnung, was mich dort unten erwartet, und dieser fucking Aufzug ist nicht gerade leise. Mit einem betagten Klappern, das fast schon einem Stöhnen gleicht, setzt er im Untergeschoss auf, die Tür gleitet nicht zur Seite, sie rattert, und ich halte den Atem an. Nichts. Kein Laut, keine Schritte. Nur Musik, die wummernd aus dem Club über mir bis hier nach unten dringt.

Ich trete auf den Gang und fühle mich plötzlich wie in einer Geisterbahn. Die langen Flure sind nur spärlich beleuchtet. An den Wänden stehen überall Kisten und Rollwagen, und hinter jeder einzelnen Barriere könnte ein Gespenst lauern. Meine Finger schließen sich fester um die Waffen. Ich bin bereit, jedes beschissene Schattenwesen ins endgültige Jenseits zu befördern.

„Call of Duty, mein Freund", murmle ich und hoffe, dass es River gut geht. An der Wand mir gegenüber weist ein Pfeil nach rechts. Küche steht darüber, doch die Buchstaben sind so abgegriffen, dass ich bezweifle, dass dort noch gekocht wird. Zudem ist alles still. Kein Geschirrklappern, keine scheppernden Topfdeckel. Einen Augenblick lang beschleichen mich Zweifel, dass ich hier unten überhaupt auf jemanden treffen werde. Ob Kawa mich reingelegt hat? Woher soll ich wissen, dass er tatsächlich auf meiner Seite steht? Er ist ein Auftragskiller. Wer zahlt, hat Recht. Sympathie allein ist in dieser Branche nett, aber nichts wert. Doch dann besinne ich mich auf den Druck der Pistole in meinem Hosenbund und vertreibe die argwöhnischen Gedanken. Kein Mann rüstet einen anderen mit Waffen aus, wenn er nicht auch auf dessen Seite kämpft.

Ich entscheide mich spontan für links, lasse die Küche in meinem Rücken und arbeite mich den Gang entlang. An der nächsten Tür bleibe ich stehen und lausche. Licht fällt durch den Schlitz am Boden, hören tue ich nichts. Ich stecke eine Knarre zurück und drehe den Knauf. Der Raum ist leer, das Mobiliar aber verrät mir, dass ich in einem Büro gelandet bin. *Wo hast du sie versteckt, du Arschloch?*

Da brandet ein Schwall laute Musik in den Keller. Schritte auf einer Treppe. Männerlachen. Eilig schlüpfe ich in das Zimmer und lehne die Tür so weit an, dass ich gerade noch durch den Spalt sehen kann.

„Ha! Ich sage dir, das Gesicht dieser Scheißiren war zu geil, als wir den LKW hochgenommen haben! New York gefällt mir echt immer besser!"

Scheißiren?! Meine Augen verengen sich zu Schlitzen.

„Du weißt schon, dass das nicht alles Iren sind, oder?", berichtigt der andere Kerl seinen Kollegen. „Dieser O'Brien soll zur Hälfte sogar Italiener sein, hab ich gehört. Aber ist ja auch egal. Wir haben sein Koks und das Zeug ist echt der Burner!" Ein lautstarkes Nasehochziehen hallt durch den Gang, gefolgt von einem fast schon hysterischen Kichern. Mindestens einer von den beiden ist also schon so zugedröhnt, dass er wohl mehr fliegt als läuft. Und das von *unserem* Dope!

Die Typen kommen näher.

„Was wollten wir hier eigentlich noch mal?" Die Stimme des ersten Arschlochs ist locker eine Oktave zu hoch, was mich meine Einschätzung revidieren lässt – sie sind beide total high.

„Na, Billy suchen, du Hohlbirne! Der Boss hat jedem nur ein Tütchen von dem Zeug zugestanden, aber Billy Boy hat gemeint, er bringt uns mehr. Und jetzt kommt er nicht, der Sack. Billyyyy!"

Etwas poltert gegen die Wand, nicht mehr weit von mir entfernt und ich mache mich bereit.

„Pft!" Der andere grunzt. „Der Boss ist doch auch hier, hast du das nicht mitbekommen? Er ist kurz vor uns runtergegangen. Bestimmt vögeln sie beide die kleine Schlampe. Hihihi! Wollen wir nicht lieber da mitmachen?"

Nur mit Mühe schaffe ich es, in meinem Versteck zu bleiben. Hass pulsiert mir mit jedem Pochen meines

Herzschlags durch die Venen, meine Muskeln sind zum Zerreißen gespannt. Zoey! Er muss von ihr sprechen!

„Nee", lallt sein Partner und das Türblatt wackelt. *Gleich bist du tot, du Wichser!* „Wir holen uns nur noch ein bisschen Schnee und verpissen uns wieder. Oben sitzen genug Weiber, die nur darauf warten, dir den Schwanz zu lutschen. Der Boss ist ziemlich grätig, was die Kleine angeht, weil sie ihm die Bullen auf den Hals gehetzt hat. Wundert mich, dass er sie nicht gleich …"

„Ach, das war *die*?!" Die Tür schwingt nach innen auf, dann schaue ich auf einen schmächtigen Rücken in zerknittertem Hemd und gelverschmierte braune Haare. „Alter! Der Boss wär nach der Razzia beinahe für immer eingefahren! Wuhuuu!" Der Typ fuchtelt mit beiden Händen in der Luft herum. „Und die Tussi ist echt noch am Leben? Dann muss sie 'ne verdammt gute Muschi haben!"

„Und ob! Aber sie gehört mir und niemand redet so über meine Frau!"

Keine Ahnung, ob er mich überhaupt verstanden hat. Das Überraschungsmoment jedenfalls habe ich auf meiner Seite, denn sowohl Knitterhemd als auch der andere Wichser starren mir nur mit weit aufgerissenen Augen und Mündern entgegen. Beim ersten bin ich gnädig, ramme ihm mit einem gezielten Schlag die Ecke meines Pistolengriffs zwischen die Augen, die sich sogleich verdrehen. Er sackt im selben Moment zu Boden, in dem mein Ellbogen seinem Kumpel die Nase bricht. Wimmernd taumelt er nach hinten, doch ich bin schneller. Drehe ihm den Arm auf den Rücken und trete ihm die Füße weg. Wie ein Sack Mehl stürzt er zu Boden, flucht, doch die Luft geht ihm aus, als ich ihm meinen Arm um die Kehle lege und ihn ins Hohlkreuz zwinge. Mein Knie in seinem Rücken macht das Ganze für ihn noch unangenehmer. Röchelnd sucht er weiter nach Schimpfworten und ich verteufle im Stillen die

Wirkung des Kokains. Der Kerl ist vielleicht gerade mal halb so breit wie ich, das Dope aber verleiht ihm absurde Kräfte und ich reiße seinen Kopf noch ein wenig höher.

„Wo ist sie?“

„Wer?“

Der rote Balken an meinem inneren Überdruckventil steht auf Anschlag. Ein Knirschen ertönt in der Wirbelsäule unter mir und ihr Besitzer keucht.

„Das Mädchen, von dem ihr geredet habt! Sag mir, wo sie ist!“ Ich werfe einen prüfenden Blick hinter mich, doch von dort droht keine Gefahr. Blut rinnt dem Typen aus der Wunde auf der Stirn und sickert in seine weit aufgerissenen Augen. Egal. Er merkt es nicht mehr.

„Lagerraum!“, presst der Mann unter mir hervor. „Der Gang … neben der … Treppe.“

„Wie viele sind bei ihr?“ Ich gebe nach und gewähre ihm ein bisschen mehr Luft.

„Zwei. Denke ich.“ Er hustet. „Aber … genug, um dich umzulegen, du …“

Das Knacken, als ich ihm das Genick breche, ist nicht nur ein Ton. Zusammen mit dem plötzlichen Erschlaffen aller Muskeln überträgt es sich wie sanft rieselnder Gleichstrom auf meinen Körper. Als würde der Tod mir die Hand reichen, um sich für einen neue Seele zu bedanken.

Bitte. Gern geschehen.

Ich richte mich auf, schleife die Leiche gerade weit genug in den Raum hinein, dass sie die Tür nicht mehr blockiert und ziehe diese auf meinem Weg hinaus ins Schloss. „Zwei“, zähle ich laut und mache mich auf, um den Bodycount des heutigen Abends noch zu erhöhen. Ich habe Blut geleckt. Bin wieder ganz bei mir und weiß, wo Zoey ist. Nichts und niemand wird mich jetzt noch aufhalten. Ein bisschen Unterstützung wäre aber dennoch sicher nicht verkehrt, und so ziehe ich den Pager aus der Tasche. Das Display ist schwarz. Noch keine Nachricht von River. Ich aktiviere die Nachrichtenübermittlung und tippe: „Keller! Neben der Treppe! Sofort!"

Mit wenigen langen Schritten bin ich dort. Viel schneller natürlich als es River überhaupt möglich wäre. Von oben dringt noch immer unentwegt die Musik. Anzeichen dafür, wo er steckt oder wie es ihm geht, habe ich keine. Da leuchtet der Pager auf und die beiden grünen Buchstaben darauf lassen mich tatsächlich kurz lächeln. „OK", steht da, und die Gewissheit, dass ich nicht allein bin, wirkt fast wie ein Schulterklopfen. Es holt mich runter. Drängt das Adrenalin und den puren Trieb in mir zurück in kontrollierbare Bahnen und macht, dass ich nicht ganz dem Instinkt verfalle, sondern meinen Verstand einschalte. So wie Connor es mir beigebracht hat.

Töten ist tückisch. Zu leicht verfällst du dem Kick, den es mit sich bringt. Der bewirkt, dass du dich wie ein Gott fühlst, gleichzeitig aber auch leichtsinnig macht. „Einen Krieg gewinnst du nur mit Verstand, mein Junge", hallen Connors Worte durch meine Gedanken. „Das Einsetzen des Verstandes unterscheidet den Feldherrn von den einfachen Soldaten. Und du bist kein einfacher Soldat mehr, merk dir das!"

„Aye, Sir", flüstere ich, fest entschlossen, auf River zu warten und nicht allein loszuziehen. Ginge es lediglich darum, Romano auszuschalten, hätte ich meinem Instinkt ohne mit der Wimper zu zucken das Feld überlassen. Doch hier geht es um mehr. Zoeys Leben steht für mich über allem. Und darum muss ich vernünftig sein.

Dieses Vorhaben wird jedoch gleich im nächsten Moment auf die Probe gestellt!

Ein Geräusch, das klingt, als würde jemand einen Stuhl über den Boden ziehen, kommt aus dem dunklen Gang. Dort ist also jemand.

Halte durch, Baby! Ich bin gleich bei dir!

Ich kann das! Ich kann warten!

Dass mein Instinkt da allerdings anderer Meinung ist, zumindest, wenn es um Zoey geht, beweist mir, dass ich vor dieser Scheißtreppe auf und ab tigere.

Jetzt filtere ich auch Stimmen zwischen der Musik heraus. Ein Mann spricht, doch ich höre nur den Klang, keine Worte. Ein zweiter antwortet. Ich ziehe den Pager aus der Tasche. Nichts. Wie lange braucht der Kerl, verdammt noch mal?! Und dann … ich reiße den Kopf hoch. Zoey! Das war Zoey! Ganz eindeutig. Dieses abfällige kleine Lachen würde ich noch zwischen hundert startenden Düsenjets heraus erkennen.

Irritiert schaue ich mich um. Sehe die Kisten neben mir und realisiere, dass ich ein paar Schritte in den Gang hinein getan habe, ohne es zu merken. Und dann geht alles ganz schnell. Zoey keucht und zwischen meinem Verstand und dem Instinkt rauschen dicke Eisenwände zu Boden. Es gibt kein Zurück mehr. Kein Denken, nur noch Reagieren. Ich renne. Bis zu der Tür, hinter der ich ein Brüllen höre. Kurz darauf geht etwas krachend zu Boden. Ich ziehe die Waffen und bringe mich in Stellung.

„Du sollst sie festhalten, hab ich gesagt. Fixier ihren Scheißkopf!"

Drei.

„Echt jetzt? Die beißt dir den Schwanz ab! Die Alte ist irre!"

Zwei.

„Das wollen wir doch mal sehen!"

Eins.

Ein ersticktes Wimmern. *Zoey!*

„Mach den Mund auf, Liebling.“

Null.

Meine Schulter prallt gegen das Türblatt. Holz splittert und Schreie dringen an meine Ohren. Zwei Männer sind in dem Raum. So wie es der Typ gesagt hat. Zwei Männer. Und sie.

Ich sehe ihren rosa Schopf. Die Locken wippen hinter dem Mann hervor, der mir am nächsten steht. Seine Hand liegt bereits am Holster, doch weiter kommt er nicht. Ich schieße ihm geradewegs ins Gesicht. Blut spritzt. Der Kerl torkelt allen Ernstes noch zwei Schritte rückwärts. Was für Aliens sind das hier, verdammt noch mal? Ich hab ihm die Fresse weggeschossen!

Dann kippt er endlich. Fällt mit weit abgespreizten Armen nach hinten und besudelt mein Mädchen mit roten Flecken, als der Rest seines Schädels vor ihren Füßen auf den Betonboden knallt.

„JAX!“

Für Millisekunden steht alles still.

Ich habe sie gefunden.

Sie lebt.

Der Blick aus ihren großen dunklen Rehaugen verschmilzt mit meinem.

„Och, wie niedlich.“ Die tiefe, kratzige Stimme mag so gar nicht in meinen kleinen Frieden passen. Ich will sie aussperren. Nicht zu mir durchlassen. Zu uns! Zu meinem Mädchen und mir. Ein silbernes Flackern jedoch appelliert an mein Unterbewusstsein. Schreit mir entgegen, dass es an der Zeit ist, zu handeln. Und mein Körper reagiert. Ganz langsam stellen meine Augen die Pistole scharf. Die Pistole an Zoeys Schläfe.

„Waffen runter!“

Mein Blick hetzt zu ihm. Scannt den Mann. Vom zerzausten Haar bis zu seinen fast schwarzen Iriden. Über seine sich hektisch hebende Brust unter dem schwarzen Hemd bis hinunter zu …

„Du perverses Stück Scheiße!" Ich fletsche die Zähne angesichts der auseinanderklaffenden Gürtelenden. Seine Hose! Sie steht offen und ich mache einen Schritt vor. „Ich bring dich um!"

Ihr Wimmern ist es, was zu mir durchdringt. Es stoppt mich wie ein Brückenpfeiler einen außer Kontrolle geratenen Rennwagen.

„Na, na, na. Nur mal keine falschen Versprechungen."

Seine Finger in ihrem Haar. Seine Lippen an ihrer Stirn, als er ihr den Kopf in den Nacken zieht und einen Kuss auf ihre Haut haucht. Meine Hände zittern.

Zu nah! Er ist ihr mit der Waffe verdammt noch mal zu nah! Wenn ich abdrücke, dann tut er es auch!

„Tu es, Jax!"

Was?!

„Tu es! Erschieß ihn!"

Ich schüttle den Kopf. „Nein, Zoey. Dann erschießt er dich."

„Ganz richtig!" Wie eine zarte Liebkosung lässt Romano die Pistole über Zoeys Wange streichen. „Ist das dein neuer Freund, mein Liebling? Scheint mir ja ein intelligentes Bürschchen zu sein."

Sein leises Lachen stellt mir sämtliche Härchen auf.

Jetzt wäre es wirklich Zeit für Rivers großen Auftritt!

Und tatsächlich! Im Obergeschoss zerreißt ein Schuss die Musik. Gefolgt von noch einem und noch einem. Ganze Salven donnern durch die plötzliche Stille. Sorgen dafür, dass sogar wir zur Decke hinaufschauen. Dann bricht dort oben die Hölle los. Menschen trampeln und kreischen. Und eine Ahnung sagt mir, dass ich ab jetzt auf mich allein gestellt bin.

„Waffen runter!", bellt Romano jetzt. Die augenscheinliche Gelassenheit hat er verloren. Ich sehe es an seinen Blicken, die nach einem Ausweg suchen. Auch er ist allein, was mir ein Stück weit den Rücken stärkt. „Nein!“, knurre ich und rücke abermals vor. Bewege mich im Halbkreis auf die beiden zu, eine Waffe auf Romanos Kopf gerichtet, die andere zur Tür, hinter der im Gang Schüsse und Schreie verraten, dass das Inferno seinen Weg in den Keller gefunden hat.

Das ist nicht River! Ein Mann allein kann das nicht stemmen!

Doch ich habe keine Zeit, weiter über ihn nachzudenken. Und eine Wahl habe ich ebenfalls nicht mehr. Ich reiße auch die zweite Waffe zurück in Romanos Richtung und krümme meine Finger an beiden Abzügen.

„Der Ire!“, brüllt da ein Mann von der Tür her. „Der Ire, Boss! Sie kommen!“

Ein Schuss, der in dem schmalen Gang hallt, als würde das ganze Gebäude explodieren. Selbst ich zucke kurz, dann fällt der Kerl der Länge nach ausgestreckt in den Raum.

Der Ire?!

Aber …

Ein Lachen kämpft sich aus meiner Brust. Ungläubig, doch voller Erleichterung.

Connor? Connor ist hier?

„Jax!“

Ein Schatten in meinem Augenwinkel.

Es ist die Ratte! Auf ihrem Weg vom sinkenden Schiff! Romano stürzt an mir vorbei. Schafft es sogar bis zur Tür, weil ich weiß, dass er sowieso nicht mehr weit kommen wird, und es mir tausend Mal wichtiger ist, mein Mädchen zu befreien. Doch gerade, als ich mich zu ihr drehen möchte, hält Romano inne. Kreidebleich und heftig schnaufend wankt er rückwärts, dann ruckt sein Kopf herum. „Du!“ Sein schwarzer Blick, er klebt auf Zoey. „Das ist alles deine schuld! Aber wenn ich sterbe, dann stirbst du mit mir!“

Zeitgleich heben wir unsere Waffen. Ziele ich auf ihn und er auf Zoey. Sehe ich noch den kleinen roten Punkt über seine Wange tanzen. Zu seiner Schläfe. Doch River ist zu langsam. *Ich bin zu langsam!* Denn als Rivers Kugel Romanos Schädel durchschlägt, meine in seinen Brustkorb dringt, ist *seine* längst auf dem Weg.

Die Welt verstummt.

Die Zeit steht still.

Nichts existiert mehr.

Nur noch Zoey.

Ich habe sie verloren.

Jetzt, in diesem Moment.

Falle auf meine Knie und weiß, dass sie tot sein wird, wenn ich die Augen wieder aufreiße.

Doch ich tue es trotzdem.

Auch wenn der Schmerz mich schier auffrisst.

Klammere mich an ihre Knie und hebe die Lider.

Das Atmen fällt mir schwer.

Aber ich muss sie sehen und …

„Jax?“

„Alles gut“, murmle ich. Meine Augen. Warum nur kann ich meine Augen nicht offenhalten?

„Sieh mich an! Scheiße, Jax, sieh mich an!“

„Alles gut, Pinky Pie. Ich … bin hier.“

Ich blinzle.

Braun. Rehbraun.

Sie sieht mich an.

Mein Mädchen sieht mich an.

Sie lebt.

Nur ich … Ich gehe unter.

„JAX!“

„Jax?“

Er reagiert nicht! Hält sich an mir fest, an meinen Schenkeln, meinen Knien, doch mit jedem Atemzug, um den er zu ringen scheint, spüre ich die Kraft aus seinen Fingern weichen.

„Sieh mich an! Scheiße, Jax, sieh mich an!“

Er hebt den Kopf. Ganz leicht. „Alles gut.“ Ein Lächeln zupft an seinem Mundwinkel, das in mir die Hoffnung weckt. „Alles gut, Pinky Pie. Ich … bin hier.“

Und dann sieht er mich tatsächlich an. Er sieht mich an! Doch sein Blick ist … leer. Seine Lider flattern und ich beuge mich zu ihm, das Stechen in meinen Schultern ignorierend, das mir sagen will, dass ich mir gleich die Gelenke auskugle. Es ist mir egal, denn ich weiß, was geschehen ist. Was hier gerade passiert. Meine Sicht verschwimmt. Tränen fluten meine Augen. Strömen meine Wangen hinab und tropfen auf seine Hände. Immer weiter rutschen sie von meinen Beinen. Nein, verdammt! Sie sollen bleiben! Er soll mich festhalten! Sich aufrichten! Doch hilflos muss ich mit ansehen, wie er vor mir zusammensackt. Wie er versucht, zu atmen. Und zur Seite kippt.

„*JAX!*“

„Verdammte Scheiße! *ED!* Hierher! Ich brauche Hilfe! *Sofort!*“

Da ist ein Mann. Im langen Mantel. Er kniet. Neben Jax. Berührt sein Gesicht und spricht auf ihn ein. „Bleib bei mir, Junge! Hörst du? Bleib verdammt noch mal bei mir!“ Und aus meiner Kehle entringt sich ein Schluchzen. Da ist noch jemand. Ganz viele. Stimmen umgeben mich und Menschen berühren mich. Frei. Gleich bin ich wieder frei. Doch ich empfinde nichts. Sehe nur Jax. Und diesen Mann bei ihm. Wie er seine großen Hände unter Jax' Körper schiebt. Wie er ihn anhebt und Schultern und Kopf in seinem Schoß bettet. Immer wieder streicht er ihm über die Wange. Wiegt ihn, ganz sanft. Wie ein Vater seinen Sohn. Doch da ist Blut. An seinen Fingern.

Und mein Schrei zerreißt die Nacht.

Zoey

Sechs Tage später

„Finger weg!"

Quietschend springe ich herum und reiße dabei fast die Vase mit, die ich gerade auf dem Nachttisch zurechtrücken wollte. „Benimm dich, Mr. Payne! Sonst hol ich die Oberschwester!"

Er zieht die Brauen zusammen, seine Finger jedoch nicht zurück. Spielerisch streichen sie über meine Hüften, während Jax sich räuspert. Einen Tag ist es nun her, dass die Ärzte ihn wieder aus dem künstlichen Koma geholt haben, seine Stimme aber ist vom Beatmungsschlauch noch immer ein wenig angeschlagen. „Du bist gemein", brummelt er. „Wie soll ich denn so wieder gesund werden? Ohne Zuneigung. Das macht überhaupt keinen Spaß."

„Spaß!", wiederhole ich gedehnt und nicht ohne Vorwurf, beuge mich aber mit einem Lächeln zu ihm hinab. Auch meine Stimme klingt belegt, was an dem Kloß in meinem Hals liegt. Die Überwältigung, dass ich Jax wieder in die schönen Augen sehen darf, überkommt mich bei jedem Mal aufs Neue, wenn ich es tue. Ganz behutsam streichle ich mit der Fingerspitze über seinen Nasenrücken. „Das soll auch keinen Spaß machen, du Held. Den hattest du im Traumland bestimmt zur Genüge, während wir hier um dich gezittert haben. Da kannst du dich jetzt ruhig ein wenig zusammenreißen."

Er schnaubt, verzieht aber sogleich das Gesicht.

„Hast du Schmerzen?“

„Nein, geht schon.“

Schwachsinn! Natürlich hat er Schmerzen. Sechs Stunden haben sie an ihm herumoperiert. Die Kugel aus seinem Rücken geholt und alles wieder zusammengeflickt, was sie zerfetzt hat. Diese Kugel, die für mich bestimmt war, und die er gefangen hat, als er sich vor mich warf. Er sagt, dass er sich nicht mehr daran erinnert. Dafür tue ich es für ihn gleich mit.

Kaum ein Auge habe ich zugemacht, seit Jackson vor mir in die Knie ging. Zunächst aus Angst um sein Leben. Dann aus Sorge, ich könne den Moment verpassen, wenn er wieder aufwacht. Und auch jetzt wird es kaum besser. Denn jedes Mal, wenn die Müdigkeit so stark ist, dass mein Körper kapituliert, schrecke ich wenig später wieder auf, weil sich in meinen Träumen alles rot färbt.

„Du bist ein Krieger, weißt du das?“, flüstere ich und versinke im Blau seiner Iriden. „*Mein* Krieger. Und der schönste Mann, den ich je gesehen habe.“

Einen Moment lang erwidert er tatsächlich einmal nichts. Schaut mich nur an, mit einer Tiefe, dass ich meine, die Luft zwischen uns knistern und rauschen zu hören. Doch dann tritt dieses Glitzern in seinen Blick, rutscht ein Mundwinkel nach oben, und ich weiß, dass gleich keine Poesie aus seinem Mund kommen wird.

„Das ist auch nicht schwer, Pinky Pie. Ich hab die Typen gesehen, mit denen du vorher abgehangen bist. Davon war keiner ein Adonis.“

„Ach, aber du bist wie Adonis, ja?“ Ich strecke ihm die Zunge raus. Gott, wie habe ich seine Neckereien vermisst!

„Na, das hast du doch eben selbst gesagt, oder nicht?“ Das Lachen, als ich ihm einen angedeuteten Klaps auf die Brust verpasse, bestraft ihn sofort. Leidend verzieht er das Gesicht, das Grinsen jedoch kann ihm der Schmerz nicht nehmen.

Mein Jax. Mein Held. Mein Krieger.

Was ich sagte, war mein Ernst. Und er weiß das. Es berührt ihn. Nur umgehen kann er damit nicht, weil er wie ich es nicht gewohnt ist, ein Kompliment zu bekommen. Für sich. Dafür, wer er ist und was ihn ausmacht, nicht für sein Können oder seinen Körper. Darum nehme ich mir fest vor, ihn ab jetzt jeden Tag aufs Neue damit zu konfrontieren, was er für mich bedeutet. Damit er lernt, damit umzugehen, wie großartig er ist, und damit ich lerne, meine Gefühle nicht mehr länger hinter Sarkasmus und einer frechen Schnauze zu verstecken. Na, zumindest Jax gegenüber.

„Pinky Pie?" Aus müden Augen schaut er zu mir auf.

„Hm?"

„Auch auf die Gefahr hin, dass du mich gleich schlägst oder schreiend davon läufst ..." Er spricht nicht weiter. Beißt sich auf die Unterlippe.

„Was, Jax?"

„Ich ... Ich würde dir gerne etwas sagen."

Mein Lächeln wird immer breiter. Weil ich nicht fassen kann, welch großes Herz in dieser Brust schlägt. In diesem Mann, der ohne Zögern Leben nimmt – womit ich mich im Übrigen noch immer nicht ganz anfreunden kann, worüber ich allerdings jetzt auch nicht nachdenken möchte –, und der unter meiner Berührung zu einem schnurrenden Kater wird. Na gut, zu einem Kampfhund. Aber einem friedlichen, schwanzwedelnden!

O nein, die Bilder in meinem Kopf überschlagen sich!

„Könntest du bitte für einen Moment ernst bleiben?"

Ich gluckse. „Das versuche ich doch grade, siehst du das nicht?"

„Du bist unmöglich, Prinzessin." Lächelnd verdreht er die Augen, doch als er mich wieder ansieht, erkenne auch ich die dunklen Schatten, die sich darübergelegt haben.

„Was?", frage ich und schließe meine Finger um seine. „Was willst du mir sagen, Jax?"

„Dass ich dich liebe."

Cut.

Die Antwort kam zu schnell. Und vor allem, sie kam zu unerwartet! Liebe? Das Wort ist unendlich groß! Wunderschön und angsteinflößend zugleich! Und aus Jacksons Mund so überwältigend, dass es mein System lahmlegt.

Ich kann ihm nicht antworten. Nicht einmal blinzeln kann ich, verdammt! Ein verzweifelt klingendes „Jax" ist alles, was ich über die Lippen bringe. Doch scheinbar genügt es dafür, dass er seine verzieht. Zu einem Lächeln. Einem Lächeln, das so voller Wärme und Verständnis gepackt ist, dass ich blinzeln muss, um das Brennen in meinen Augen zu vertreiben.

Sein Daumen streichelt immer und immer wieder über meine Hand. Die Stelle ist schon vollkommen überreizt, doch dadurch nehme ich das Kribbeln immerhin wahr.

Er … liebt mich? Mich?!

„Du musst nichts sagen." Kaum merklich schüttelt er den Kopf. „Ich erwarte darauf keine Antwort, Zoey, keine Angst. Sei einfach nur bei mir, okay? *Bleib* einfach nur bei mir. Denkst du, das kriegst du hin?"

Nein.

Das ist mein erster Gedanke. Aber nur, weil ich Angst habe. Angst, ihn zu enttäuschen. Angst, ihm doch irgendwann nicht genug zu sein. Ich bin doch nur ein kleiner Freak. Nichts Besonderes. Aber er? Er hat die Kraft und die Fähigkeit, die Welt aus den Angeln zu heben. Er war bereit, sein Leben zu geben, nur, um mich zu beschützen. Eine Träne kullert über meine Wange. Eine einzelne Träne, die Jackson auffängt und fortwischt. Himmel! Selbst meine fucking Tränen räumt er für mich auf! Was ist er nur für ein Kerl?

„Versuch's“, flüstert er und meine Lippen beben. „Für mich.“ Eilig ziehe ich sie zwischen die Zähne, gebe alles, um ja nicht loszuheulen. Als er jedoch eine Hand an mein Kinn führt, er seine Finger ganz sanft darum schließt und ein raues „Bitte“ seinen Mund verlässt, kann ich nicht mehr. Bitterlich weinend breche ich an seiner Brust zusammen. Erinnere mich gerade noch daran, auf die ganzen Kabel und Elektroden zu achten, an denen er noch immer hängt, und berge mein Gesicht an seiner warmen Haut.

„Das werde ich“, schluchze ich. Er streichelt mir das Haar. „Das werde ich, Jax! Ich verspreche es!“

„Na, was ist denn hier für eine Stimmung?“

Connor! Seinen tiefen Bass erkenne ich sofort, lasse mir aber Zeit damit, mich von meinem Liebsten zu lösen. Wir brauchen uns nicht zu verstecken. Der große, böse Mafia-Boss weiß Bescheid. Und wir haben seinen Segen. Er hat ihn mir in jener schicksalhaften Nacht erteilt, noch ehe überhaupt feststand, dass Jax sie überleben würde. Ich werde diesem Mann auf ewig dankbar sein. Für seinen Trost und seine Hilfe. Dafür, dass er mich mit offenen Armen in seine sogenannte Familie aufgenommen hat – um Himmels willen! Ich bin jetzt in der Mafia! Aber vor allem danke ich ihm für das, was er in dieser Nacht für Jax getan hat. Er ist ihm nicht von der Seite gewichen. Wurde nicht müde, mit ihm zu reden und ihn zu berühren. Wenn man mich fragt, so ist er derjenige, der Jax das Leben gerettet hat. Klar, die Ärzte haben ihn operiert und wieder zusammengeflickt, aber Connor O'Brien, der König von New York, hat bis dahin jede Sekunde darum gekämpft, dass sein *Junge*, wie er Jax immer wieder genannt hat, ihn nicht verlässt.

Und Jax hat ihn nicht verlassen.

Er ist bei uns geblieben.

Bei seinem Boss, dem ich wohl nie solch väterliche Züge zugeschrieben hätte, und bei mir.

„Sorry, Connor, aber dein Timing lässt heute zu wünschen übrig."

Der große König schnaubt. Wischt Jacksons Bemerkung mit einer herablassenden Geste vom Tisch und zaubert stattdessen einen riesigen Strauß pinkfarbener Rosen hinter seinem Rücken hervor. Sofort eilt sein Begleiter, der lustige Hüne, den sie alle treffenderweise nur Big Ed nennen, mit einer Vase in der Hand herbei.

„Für die Dame des Hauses!" Ein nonchalantes Grinsen hebt Connors imposanten Bart. Ja, so ähnlich sah der von Jackson auch mal aus … Da fällt mein Blick auf das, was zwischen der Blumenpracht steckt.

„Ein Plüschflamingo? Der ist ja süß! Jax, schau mal!" Den Strauß im Arm zupfe ich an dem quietschrosa Stofftier und kann gar nicht verstehen, warum Jackson seinen Boss so finster anfunkelt. Der zieht sich achselzuckend und mit einem lapidaren „Passt doch!" einen Stuhl zurecht.

„Ja." Jax rollt die Augen. „Wie die Faust aufs Auge. Und was ist mit mir? Was bekomme ich?"

„Den Arsch voll, wenn du sowas noch einmal veranstaltest!" Hoppla? Connors Grinsen steht noch immer, doch das Blitzen im Grau seiner Augen verrät, wie ernst es ihm mit dieser Aussage ist. Und Jax zieht den Kopf ein. Das sehe ich trotz des flauschigen Kissens.

„Es tut mir leid", gibt er so kleinlaut von sich, wie ich ihn noch nie erlebt habe. „Ich habe euch alle in Gefahr gebracht. Ihr habt uns das Leben gerettet."

„So ist das wohl, ja." Connor lehnt sich zurück. „Und das, obwohl ich dich eindringlich gewarnt hatte. Ihr wärt beide draufgegangen, wenn ich nicht über meinen Schatten gesprungen wäre. Das ist dir klar, nicht wahr? Und Kawa vielleicht auch."

Kawa? Fragend schaue ich zu Big Ed, doch beide sagen wir kein Wort. Was hier gerade aufs Tablett kommt, geht uns nichts an, das wissen wir beide. Da bricht Connor das unangenehme Schweigen. Seufzend holt er Luft. „Grace hat mich daran erinnert, dass ich an deiner Stelle wohl genauso gehandelt hätte. Du bist ihr etwas schuldig."

„Und dir?" Eine tiefe Sorgenfalte durchschneidet Jacksons Stirn. Doch mit derselben Gelassenheit, mit der Connor den Raum betreten hat, steht er nun auch wieder auf.

„Du bist mir nichts schuldig, Jax. Du hast meinen Arsch nun schon so oft gerettet, da war ich jetzt einfach auch mal an der Reihe." Das Lächeln ist zurück. „Sieh einfach zu, dass du schnell wieder auf die Beine kommst. Zuhause wartet viel Arbeit auf dich."

Eine gefühlte Ewigkeit lang sehen die beiden sich an und ich werde mir abermals des tiefen Bandes bewusst, das die beiden äußerlich so unterschiedlichen Männer innerlich zu einen scheint. Es treibt mir eine Gänsehaut über den Rücken. Dann nickt Connor mir zu und kurz darauf sind wir wieder allein.

„Wow", entfährt es mir. „Er ist wirklich … beeindruckend."

„Ja, das ist er. Der beeindruckendste Mensch, den ich kenne. Neben dir, Prinzessin."

Er winkt mich zu sich und ich lege den Flamingo-Strauß (hihi, cooles Wortspiel) auf dem leerstehenden Nachbarbett ab, ehe ich mich auf seinen Matratzenrand sinken lasse.

„Versprich mir noch etwas, Zoey. Bitte." Jackson greift meine Hand. „Ab jetzt hörst du auf mich, okay? Vertrau mir und stell mich nicht in Frage. Stell uns nicht in Frage! Mein Leben ist nicht leicht. Es ist gefährlich. Und wenn du dich für eine Zukunft an meiner Seite entscheidest, dann wirst auch du immer einem Risiko ausgesetzt sein. Doch glaub mir, ich werde immer alles geben, damit dir nichts geschieht. Okay?"

„Aber das hast du doch schon."

„Ja, ich weiß. Aber es werden neue Emilios kommen. Sein Bruder zum Beispiel. Wir werden nie in wirklichem Frieden leben können. Immer nur in einem Schein. Aber mein Herz gehört dir, Prinzessin. Was immer auch geschehen wird, vergiss das nie."

Wie könnte ich? Denn noch nie hat mir jemand sein Herz geschenkt. Noch nie war mir ein Mensch so nah. Wie er.

Wie Jax.

Mein Held.

Mein Mafia-Soldat.

Und darum sage ich es aus voller Überzeugung und aus tiefstem Herzen.

„Ich liebe dich."

ENDE

#contimeetssturm

Viele von euch haben sich nach ALL YOUR SILENT TEARS mehr Dark Romance mit rosa Glitzer gewünscht. Und so wurde eine Reihe draus und Jax bekam seine wohlverdiente Geschichte. Wir hoffen, ihr hattet genauso viel Spaß daran wie wir!
Aber … aller guten Dinge sind doch eigentlich drei, oder? ;)
Ihr dürft also gespannt sein, wie es mit NEW YORK MAFIA weitergeht!

Aber erst kommt hier noch die Auflösung, welche Kapitel dieses Mal auf wessen Kappe gehen.

Angelina: Prolog, 1, 4, 5, 7, 9, 10, 11, 16, 17, 18, 19, 20
Carolina: 2, 3, 6, 8, 12, 13, 14, 15, 21, 22, 23, 24

Du hast Band 1 noch nicht gelesen?
Dann wird es aber Zeit!
Connor wartet nicht gern …

Spiele nicht mit mir, kleine Blume.
Reize nie, was du nicht bändigen kannst.

Er ist 15 Jahre älter als sie.
New Yorks gefährlichster Mafiaboss.
Kalt, unnahbar und ein furchtbarer Macho.
Und sie ist gezwungen, ihn zu heiraten!

**Mehr über uns und unsere Bücher
erfährst du …**

Über unsere **Webseiten:**
www.carolinasturm.de
www.angelinaconti.com

Auf **Instagram:**
@carolinasturm_autorin
@angelina.conti.darkromance

Auf **TikTok:**
@carolinasturmautorin
@angelinacontidarkromance

Auf **Facebook:**
@carolinasturmautorin
@angelina.conti.darkromance